풍경의 뉘앙스

KB193228

풍경의

뉘앙스

김병호 평론집

문학수첩

3부.

당선 시로 배우는 시의 기술

평론가도 아니면서 다시 평론집을 묶는다. 시를 쓰고 대학에서 시를 가르치는 처지라 마지못해, 본의 아니게 해왔던 문학적 발언들을 한데 모았다. ㈜문학수첩의 계간 『문학수첩』과 계간 『시인수첩』의 귀한 지면을 빌렸던 글들이다. 시를 쓰는 일보다 시를 해명하고 분석하고 의미를 부여하는 일이 얼마나 고된 일인지도 새삼 깨닫는 시간들이었다.

남의 시에 밑줄을 그어 읽으며, 우리 시대 시의 공시적 지평을 가늠하고 우리 문학의 안과 밖을 살필 수 있었다. 시인의 자리에서 벗어나 공부하는 마음으로 깊게 오래 시를 읽으며, 반성적 거리를 둔 차가운 시선의 비평가를 흉내 내며, 균형을 잃지 않기 위해 노력했다. 한 편의 시가 지니고 있는 뉘앙스를 감별하며 그것들이 지닌 층위를 더듬으면서 함께 나누려 썼던 글들이다.

다시 시의 자리에 돌아가기 위해 마음을 가다듬는 자세로 책을 세상에 내놓는다. 오랜 인연을 마다하지 않고 큰 도움을 준 문학수첩에 감사하며, 이 인연의 시작이었던 故 김종철 선생님께 제일 먼저 감사의 마음을 전한다.

2025년 3월
김병호

1부

시인들의 시적 원형구조

2000년대 젊은

상상력이 낳는 새로운 체험

자연과학의 태동기였던 17세기, '아는 것은 힘'이라고 했던 프랜시스 베이컨의 선언(?)은 이후 수백 년간 근대적 사유의 패러다임을 구축해 왔다. 합리주의자들은 상상력의 분방함을 억제하고 사유를 냉철한 이성의 법칙에 묶어두려 하였고, 이성의 이름으로 상상력을 배제하고 억압하였다. 그리고 사물과 사물의 결합은 자연스러운 연상이 아니라 인과법칙의 사슬에 종속되고 말았다. 데카르트를 비롯한 합리주의자들에게 상상력은 그저 '오류와 거짓의 근원'[1]일 뿐이었다. 그들은 상상력의 세계를 비합리적인 것, 부조리한 것으로 간주해왔었다. 그러나 상상력은 인류가 지나온 역사 전체를 아우르는 광대하고 심원한 시공의 세계

---

1 파스칼이 『팡세』에서 상상력을 '거짓과 오류의 스승'이라 명명했음은 상상력 이론의 역사에 잘 알려져 있다.

이다. 인간이 다른 존재와 차별적 존재로서 자신과 우주에 대해 몽상을 시작한 아득한 옛날부터 과학이 종교화되고 있는 현대에 이르기까지, 그것은 지속적으로 우리의 삶 구석구석에 침투하면서 인간과 세계에 대한 인식과 신비를 확장시켜왔다. 1936년 『상상력』이란 단행본을 발표하면서 상상력 연구의 전기를 마련한 사르트르 이후, 바슐라르와 뒤랑, 융, 코르뱅, 엘리아데 등에 의해 상상력은 학문적 체계를 갖추며 새로운 위상을 차지하게 되었다. 특히 20세기 프랑스를 대표하는 과학철학자인 동시에 현대 문학비평에 매우 큰 영향을 끼친 상상력의 철학자, 가스통 바슐라르의 "객관적 진실의 세계와는 별도로 주관적 진실의 세계가 존재하고, 이성의 가치와는 별도로 무의식 혹은 상상력의 가치가 존재하며, 과학의 세계와는 무관하게 시 혹은 예술의 세계가 존재한다"는 주장은, 상상력을 인간 활동의 근원적 원천으로까지 혁신적으로 끌어올린 '상상력의 코페르니쿠스적 혁명'이었다.

   바슐라르 이후 멀티미디어 시대가 본격적으로 전개되며 문학은 문자 세계를 벗어나 다양한 미디어들과 소통해야 하는 국면을 맞이하게 되었다. 이성 중심의 세계는 자신의 감각기관을 총체적으로 사용하여 감성적이고 유희적인 속성을 발휘하는 시대로 급박하게 옮겨가고 있다.[2] 특히 이러한 징후는 우리 사회의 커뮤니케이션의 주요한 수단이 문자매체에서 영상매체로 옮겨가는 미디어 환경의 변화와 관련되어 보인다. 새로운 세대는 이미 문자적 사유가 아니라 이미지적 사유에 익숙하기 때문이다. 이제 상상은 질료의 별다른 저항 없이 현실로 전화하게

---

2   김현자, 「현대문학과 상상력의 총체성」(『국어국문학』 146호, 국어국문학회, 2007), 47면.

되었다. 바로 현실의 조건이 되어버린 것이다.

상상은 일종의 정신적 놀이다. 그리고 예술가에게 상상력이란 작품을 이루는 중요한 정신적 능력이다. 특히 이러한 능력은 시의 창작 과정에서 잘 드러나는데, 시 창작에서 이전의 체험이 한순간에 어떤 창조의 힘으로 나타나는 경우가 있다. 이때 시적 상상력은 우리에게 '진실로 진실한' 그 무엇 또는 우주의 구조나 인간 경험의 기초적인 본질, 표면의 뒤에 숨어 있는 실재, 그 밖에 이러한 구절들에 의해 암시되는 그 무언가를 보여주려고[3] 한다. 그리고 시인은 이러한 상상력을 통해 새로운 지각과 낡은 체험을 결합하여 직관처럼 순식간에 새로운 체험을 얻고, 다시 계속 반복되는 상상작용을 통해 이런 체험들을 결합하고 종합하여 한 편의 통일체로서 작품을 완성시킨다. 이때 우리가 주목해야 할 부분은 시인의 사유형식으로서의 상상력이 고유한 구조들과 변화의 원리를 가지고 있다는 것이다. 물론 그것이 맺는 '외부 현실'과의 관계를 부정할 수는 없지만 그 공간은 다만 현실의 재조합에 불과하다. 유토피아 역시 인간 사회의 현실적 관계를 구성하는 어떤 요소들을 달리 배열하는 것에 지나지 않는다. 따라서 상상력의 세계가 다루는 감성적 소재는 현실의 소재와 본질적으로 다르지 않다. 그것들은 어떤 특수한 거푸집 속에서 다시 녹여 주조된 것으로 물질이 아니라 중요한 구조들이고, 이 구조들은 일종의 자율성을 의미한다.

이 글에서는 상상력의 자율성 혹은 자발성, 그 적극적 능동성에 대한 자신감이 충만한 2000년대 젊은 시인들의 작품들을 통해 그들의 시

---

3 R. L. Brett, 심명호 역, 『공상과 상상력』(서울대학교 출판부, 1987), 63면.

풍경의 뉘앙스

적 상상력과 원형구조를 살펴보고자 한다. 2000년대 이후 학계에 보고된 연구논문은 불교적 상상력이나 생태학적 상상력 등 분화된 분야의 상상력이거나 특정 시인에 대한 개인 차원의 상상력에 대한 것들이 다수였다.[4] 따라서 2000년대에 활약하고 있는 젊은 시인들의 상상력의 원형구조를 살펴보는 것은 이후 우리 시의 향방을 가늠하는 계기를 마련해줄 수 있으리라 기대한다. 더불어 본 연구에서는 프랑스 신화학자 뤼시앵 보이아[5]가 제시한 원형구조를 그 기준으로 삼고자 한다. 이러한 구조는 예전에 곰브리치가 설명한 기본적인 기하학적 관계[6]로서, 이전의 연구들에서는 원형적 상상력의 근거로 노드롭 프라이의 사계의 원형을 이용하거나 프레이저의 속죄양 원형, 휠라이트 혹은 융의 원형(신화소) 등을 그 근거로 삼았는데, 이것들은 시공간을 넘어서 인류가 공유하고 있는 보편적 경험을 통해 인간 무의식의 기저를 살피려는 의도를 지니고 있다.

뤼시앵 보이아 역시 이러한 지점에서 멀리 떨어져 있는 것은 아니다. 그러나 그가 제시한 근거는 이전의 원형비평이 가지고 있던 복음주의적 한계와 제한적 체계를 극복하려는 모습들을 보여주고 있다. 우선

---

4 『불교적 상상력과 현대시의 세계관』(장영우, 한국어문학연구 43집, 2004), 『한국근대시와 불교적 상상력의 양면성』(구모룡, 한국시학연구, 2003), 생태학적 상상력과 현대시』(강연호, 한국문학이론과 비평 39집, 2008), 『한국 현대시의 불교생태학적 상상력 연구』(김옥성, 한국문학이론과 비평 42집, 2009), 『여성시의 생태적 상상력』(이희경, 한국언어문학, 2003), 『자연의 재신화화와 탈신화화-한국 현대시의 유토피아와 반유토피아 상상력』(김홍진, 한국언어문학 58집, 2006), 『한국 현대시의 해체적 상상력』(이진순, 한국시학연구 17호, 2006), 『시적 상상력과 종교다원주의-고진하의 시를 중심으로』(나희덕, 한국시학연구, 2004), 『신동엽 시에 드러난 신화적 상상력 연구』(이명희, 겨레어문학, 2002), 『오탁번 시의 모더니티와 원형적 상상력』(송기한, 비교학국학, 2006), 『길의 원형심상과 시적 상상력-김소월·윤동주·박목월을 중심으로』(김현자, 시안 16권, 2002) 등.

5 뤼시앵 보이아(1944~)는 부쿠레슈티대학의 역사학부 교수로서, 역사 기술의 역사와 상상력의 세계사를 가르치고 있다. 저서로『상상력을 통한 공간의 탐험』『고대로부터 오늘날까지 다른 인간의 신화』등이 있다.

6 에른스트 H. 곰브리치, 백기수 역, 『예술과 환영-상』(이화여자대학교 출판부, 1991), 222면.

뤼시앙 보이아는 다른 원형비평가들과 마찬가지로 역사의 전진이 시작되는 근원에는 상상력의 세계가 자리 잡고 있었다고 주장하면서 이성과 감성을 포괄하는 상상력의 세계는 인류 역사의 원동력으로서 인간의 정신 속에 프로그램화되어 있다고 설명한다. 즉 이러한 원형의 실체는 인간의 정신 속에 고정되어 있다는 것이다. 이때 원형 자체는 경험될 수 없으며, 의식에 포착되지도 않는다. 우리가 인식할 수 있는 것은 단지 원형의 재현이다. 잠재적인 원형이 현실화되고 지각이 가능해지고 의식의 영역으로 들어오게[7] 되는 것이다. 따라서 이 실체를 개념화하고 그것의 요소들을 분리시키거나 혼합하는 방식은 시선의 다양성에 달려 있다. 카를 구스타프 융이 확인한 원형들이나 가스통 바슐라르가 구분한 네 개의 자연적 요소, 그리고 질베르 뒤랑이 제시한 (대립되는) 두 영역의 상상력 세계 등이 그러하다.

뤼시앙 보이아는 역사적 변화에 적용된 상상력의 세계가 지닌, 본질을 포함할 수 있는 원형들을 제시한다. 그는 자신이 제시한 상상력의 원형구조는 변화하는 다양한 가치 형태 속에 내재하며, 지속적으로 역사를 이끌어왔다고 주장한다. 뤼시앙 보이아는 상상력의 발현을 하나의 파노라마 속에 결집시켜 상상력의 세계에 고유한 구조들과 역동적 움직임을 규정하고 그리하여 상상력의 세계가 지닌 특수한 법칙을 파악하려고 시도했다. 바로 이 부분이 이전의 융이나 질베르 뒤랑, 프레이저 등과 달리 뤼시앙 보이아가 고유한 가치를 지니게 되는 지점이다.

실제로 보이아가 제시한 원형구조는 어떤 초월적 실재에 대한 의식,

---

7 송태현, 『상상력의 위대한 모험가들』(살림, 2005), 89면.

풍경의 뉘앙스

이타성, 통일성의 추구, 영혼과 내세, 탈주, 기원의 현재화, 미래의 해독, 대립적인 것들의 투쟁과 보완이라는 형태 등인데, 이것들이 바로 시공을 뛰어넘으며 항구적인 인간 정신의 뼈대를 구성하고, 역사의 날줄과 씨줄을 엮어내는 본질적 힘으로 작용하는 것이다. 인간 정신의 가장 기본적인 형식으로서, '상징'과 '상상력'을 결합시켜 인지하게 될 때, 인간의 인식은 좀 더 본질을 향해 전진[8]할 수 있음을 우리는 이미 잘 알고 있다. 따라서 이 글에서는 그가 제시한 구조 중 중요한 비중을 차지하고 있는 '초월적 인식'과 '이타성', '통일성', '영혼과 내세', '탈주' 등의 원형 구조를 통해 2000년대 시인들의 상상력 세계에 접근해보고자 한다.

시적 상상력의 원형적 구조

① 초월적 인식

먼저 원형구조의 첫 패턴으로 '초월적 인식'을 들 수 있다. 초월적 인식에서 실재는 비가시적이고 포착할 수 없지만 명백하고 확실한 실재인 만큼 더욱 의미 있는 것이다.[9] 그것은 초자연의 세계와 현실이 민감하게 발현된 현상들로 이루어진 영역인데, 이 민감한 발현 현상들이 경이의 세계를 구성한다. 그리고 신성한 것들의 흔적이 남아 있는 초자연의 세계 구조는 내가 나 자신의 의지와는 구분되는 힘, 즉 나와 다른 전체(신성한 것)에 의해 조건 지어진다는 인간의 의식으로서 성스러운 것이다. 이 실재는 유일하게 세계와 인간 조건에 의미를 줄 수 있는 것이다.

---

8 마광수, 『상징시학』(청하, 1997), 166면.
9 뤼시앵 보이아, 김웅권 역, 『상상력의 세계사』(동문선, 2000), 39면.

새로운 현상은 전통적인 종교들이 누려온 독점의 종말과 신성한 것의 분산이고, 나아가 이 신성한 것의 '변질된' 형태들의 다양화라고 할 수 있다. 이것들은 일상적인 삶의 평범한 사건들보다 더 진실하다. 왜냐하면 그것들은 초월적이고 보다 근본적인 진리에 일치하기 때문이다. 경이로운 것들은 저절로 각인되는 것이 아니다. 그것은 그 자체로는 아무 데에도 존재하지 않는다. 그렇기 때문에 그것은 동일한 문화 내에서도 극도로 다양한 형태로 나타날 수 있다. 하늘을 나는 독수리, 핏빛으로 해석되는 월식 동안의 불그스름한 달빛, 이리 떼의 울부짖음 앞에서 물러서는 개들, 탄식 소리를 내는 밤의 새들, 태양의 어슴푸레한 빛 등의 형태로 말이다. 내재적인 것들 속에서 항상 초월적인 것을 읽을 수 있도록 방향이 잡혀진 시선에는 모든 현상이 근본적으로 다른 차원을 드러내 보일 수 있다. 인류를 이끄는 저항할 수 없는 힘의 작용을 전제로 하고 민족들을 개별화시키고 운명 짓는 민족정신을 전제할 때, 시대와 이데올로기를 관통하는 하나의 지속적인 원형으로서 초월적 실재는 우주적 힘과 보편적 관념, 또는 어떤 메커니즘이 이끄는 현상들의 의미와 궁극성을 부여하는 역할을 하게 된다.

내 스무 살은 노래였다. 거리에서 배운 노래가 목청으로 흘러나올 때, 사람들은 그것을 먼 이방의 방언이라 여겼다. 천둥 소리는 더 크게 들렸고, 몸은 종잇장처럼 구겨졌다. 단 하나의 권능도 없이 숨소리 없는 거리에 서 있었다. 나는 가볍게 다른 문을 열 수 있을까. 꿈도 없는 잠을 매일 잘 수 있을까. 내 손가락들이 들러붙어 물갈퀴가 되고 이빨은 사자처럼 송곳니만 사납게 솟아난다. 성 꼭대기에 올라 어둠에 대고 소리를 지른다. 새의 등에 올라타고 세상을 구경하고 싶었으며 나스카 평원에 새겨넣은 神의 형상을 한 눈으로 보고 싶었다. 나는 어떤 법을 배웠던가. 노래하는 법 말고는 배운 것이 없다. 눈먼 한 마리의 새가 내 머리칼 속에서 둥지를 틀고 있었다. 새의 전생은 자유였다고 평원을 돌보던 파수꾼이었다고, 그 새가 법을 배웠다.

—이재훈, 「나스카 평원을 떠난 새에 관한 이야기」 부분
(『내 최초의 말이 사는 부족에 관한 보고서』, 문학동네, 2022)

시적 주체가 스무 살에 부른 노래는 바로 나스카 평원을 자유롭게 날아다니는 새의 몸짓이었다. 새는 근원적인 것에 접근할 수 있는 존재로서 신비로운 힘을 지니고 있다. 그러나 설움을 알고 꿈을 잃어버린 후 새는 나는 법을 잊었고, 먹고 살고 죽는 소소한 일상, 즉 "수면을 뛰어오르는 물고기나 굴을 빠져나온 뱀을 낚아챌 때마다"(같은 시) 한 생의 빛이 바래는 순간을 목격해야 했다. 그리고 새는 눈이 멀었다. 새가 날 수 없을 때 시적 주체가 배운 것이 바로 노래이다. 이때 노래는 나스카 평원을 자유로이 날아다니던 새의 비행을 대신하는 것이었으나, 사람들은 그것을 "먼 이방의 방언"이라고 여겼다. 결국 시적 주체는 세상과 불화했고 고독했다. 이미 오래전부터 다른 전체에 의해 조건 지어진 인간의 의식은 노래로 대변되는 것이다.

신성한 것은 인간 사회와 초월적인 세계 사이의 매개자 역할을 하게 되는데, 이 작품에서 새는 신성의 흔적으로 표현된다. 그리하여 신성성의 박탈, 즉 '날지 못하는 새'가 되어버렸을 때에도 이 본질을 변화시키는 것은 아무것도 없다. 인간 조건을 초월하려는 시적 주체의 영원한 현존적 이상과 꿈은 초자연적 세계에서 한정된 경이로운 능력을 발휘

하게 된다. 결국 선험적 범주에 의해 구성된 '초월적 인식'은 궁극적 근원이며 근거가 되는 것으로 스스로를 드러내지 않는 특성을 가진다. 그러나 자신을 드러내지 않으면서도 현상계의 근원이며 그 근거가 되는 신, 영혼, 궁극적 실재와 같은 범주의 것들을 짐작하게 한다. 따라서 실재하기는 하나 우리가 인식하기 어려운 초월적 실재에 대한 의식은 상상력이 태생적으로 지닌 원형구조라고 할 수 있다. 특히 문학이론가로서 상상력의 개념을 정리한 코울리지가 상상력을 현상세계가 감추고 있는 초월적 진리를 드러내는 능력[10]이라고 정의했을 정도로, 초월적 인식은 상상력의 가장 중요한 개념이기도 하다. 이러한 상상력의 원형구조는 이재훈뿐만이 아니라 김경주, 여태천 등의 시세계에서도 흔히 발견된다.

② 이타성

두 번째 원형구조는 '이타성(異他性)'이다. 이타성은 상상력의 세계가 지닌 모든 구조들에서 가장 많이 통용되는 원형으로서, 일반적으로 자아와 타자, 우리와 다른 사람들 사이의 결합은 이타성의 복잡한 체계를 통해 표현된다.[11] 특히 상상력의 세계가 지닌 모든 구조들에서 이타성은 가장 많이 통용되는 것으로 우리와 타자들이라는 용어를 연결시키는 중심축으로서 인간 간의 상호관계가 가진 본질적인 것을 재규합한다. 인류의 역사 자체가 자기정체성과 이타성이라는 대립되면서도 보완적인 원리를 중심으로 한 다양한 담론에 불과하기 때문이다.

---

10 장경렬, 『코울리지: 상상력과 언어』(태학사, 2006), 199~205면 참조.
11 뤼시앵 보이아, 앞의 책, 43면.

현대사회에서 우리는 지난날과 마찬가지로 집단과 종 사이에 동일한 동요를 확인할 수 있고, 차이에 대해 가치를 부여할 뿐 아니라, 차이를 격화시키는 경향과 그것을 소멸시키는 경향 사이에 동일한 동요를 확인할 수 있다. '다름'은 유사성에 비해 궁극적으로 부차적이다. 인간들을 결합시키는 것은 그들을 분리시키는 것보다 더 중요하다. 그러나 차별이 유사성보다 인간 정신에 보다 잘 각인되었다는 점을 인정하지 않을 수 없다. 가시 세계의 배후에서 찾아낸 이러한 원형은 하늘이 내려준 것이 아니라 그들이 어릴 때부터 배워 기억하고 있는[12] 하나의 형태이다. 즉 민족주의나 인종차별주의는 상상력의 세계가 지닌 지속적인 구조로부터 비롯되었고 이것들을 오로지 어떤 역사적 상황들과 결부시킬 수만은 없는 것이다.

이타성이 그것이 지닌 모든 찬란함 속에서 표명될 때, 통용되는 도덕과 공통적인 행동은 더 이상 통하지 않는다. 그러므로 현실적인 타자는 상상력의 세계가 펼치는 유희를 감추는 구실이나 알리바이에 지나지 않는다. 오늘날 이타성의 형태와 정도는 지난 세기에 비해 급격할 정도로 수정되었으며 서구 사회는 이러한 이타성이 드러나는 가치 하락적인 함축성을 줄이고, 나아가 제거하기 위해 뚜렷한 통합의 노력을 기울이고 있다. 사람들은 상당히 갑작스럽게 순수하고 가혹한 인종차별주의로부터 '인종'이란 개념의 부정 자체로 넘어갔고, 오랫동안 지배적이었던 남성적 가치들은 여성적 가치들에 대한 유사한 긍정을 받아들여야만 했다. 이러한 모습은 이전 사회에 비해 '탈중앙집중화'되고,

---

12 에른스트 H. 곰브리치, 앞의 책, 237면.

'가변성의 기하학적 모습'을 띤 사회에서 타자는 많은 '중심'과 관련해 더욱 현존화하고 다양화되고 있음을 드러내는 단면이기도 하다.

이타성의 유희는 중심을 주변으로 연결하는 메커니즘과 중심의 개념에 본질적으로 달려 있다. 넓은 의미에서 이타성은 서로 다른 공간들과 풍경들, 다른 존재들, 다른 사회들과 같은 차이들로 이루어진 하나의 전체와 관계된다. 그리하여 그것의 궁극적 결과는 매혹적이면서도 동시에 불안하고 파열된 세계[13]이다.

이전의 관점에서 여성은 완전한 타자였다. 물론 현재도 유효하다. 즉 여성은 이타성의 본질적인 모든 속성들을 지니고 있어, 남성의 '정상 상태' 앞에서 오랫동안 주변적이고 미개한(?) 존재로 간주되어 왔다. 보다 나으면서 동시에 보다 나쁘다고 간주된 여성은 숭배와 모멸, 유혹과 두려움을 불러일으켰다. 그러나 이제 우리의 문학작품에서 '길들여진' 여성은 위험하고 나아가 '악마적인' 여성과 교대하였다고 단언하고 싶은 마음까지 든다. 물론 20세기 말부터 진행된 해방적 반작용은 여성의 새로운 모습을 추가했지만, 여성 신화의 구조적 애매함을 수정하지는 못했다. 이러한 풍경들은 다수의 젊은 여성 시인들에게서 자주 목격되는데, 이 자리에서는 김민정의 시를 살펴보기로 한다.

주황색 플라스틱에 까만 글씨를 판 이름표를 달고 나는 매일매일 학교에 간다 비 맞은 구두가 아직 덜 말랐는데 나 오늘 학교 안 가면 안 돼? 엄마는 송곳처럼 뾰족뾰족 깎은 세 자루의 연필과 면도칼을 세

---

13 뤼시앵 보이아, 앞의 책, 44면.

워 내 호주머니 속에 넣어준다 가다 가다 어김없이 가나안 정육점 앞
에서 외팔이 소년을 만난다 외팔이 소년은 제 한 팔을 갈아먹은 고기
써는 기계에 내 한 다리를 쑤셔놓고는 오늘도 영구 흉내를 내 보인다
(…) 덜렁덜렁해진 모가지로 끄덕끄덕하며 나는 호주머니에서 연필
을 꺼내 외팔이 소년의 혀를 꾸욱 하고 찍어버린다 구멍 난 혀를 면도
칼로 잘라 신주머니에 넣으며 나는 매일매일 학교에 간다 덜렁덜렁해
진 모가지에서 빨간 물감에 절인 빗물 같은 피가 숙제장 위로 뚝뚝 떨
어진다 사방에서 남자애들이 코를 싸쥔 채 오줌을 갈겨댄다 선생님이
막대기로 남자애들의 머리통을 탕탕 후리더니 날 안고 화장실로 간다
어김없이 선생님은 내 교복블라우스 앞가슴 새에 입술을 비벼 넣더니
단추 하나를 먹어버린다 걱정 마 도로 달아줄게 교복블라우스 단추를
다 먹어치운 선생님이 내 젖꼭지를 꼬집어 뜯더니 동글동글 반죽하기
시작한다 봐 선생님이 단추 만들어준다고 했잖아

─김민정, 「나는 안 닮고 나를 닮은 검은 나나들」 부분
(『날으는 고슴도치 아가씨』, 문학동네, 2021)

남성 중심의 지배적 세계에서 여성은 타자의 단순화와 확장의 작용
을 거치면서 극단의 풍자와 비유에까지 이른다. 위의 작품에서처럼 평
범성은 거부되는 대신 다른 특별한 의미를 간직하고 있어야 한다. 우리
에게 뭔가 특별한 것을 말할 것이 없다면 타자란 아무 소용이 없기 때
문이다. 여성으로서의 차별은 남성과의 유사성보다 인간 정신에 보다
잘 각인되는데, 이러한 타자의 '비정상성'은 매우 긴 계층체제로 배치
된, 탈가치화시키거나 또는 가치부여적 특질들에 의해 표현된다. 남성

중심의 규범에 비춰볼 때, 이 '이방인'은 확실히 더 낮거나 더 나쁘게 드러날 수 있으며 경우에 따라서는 더 나으면서 동시에 더 나쁘게 드러날 수도 있다.

앞의 작품에서 시적 주체는 성적인 차별의 시선과 아이와 어른의 중간 단계라는 사춘기의 억압, 각종 제도와 규율이 만들어낸 편견에 무방비로 노출되어 있다. 게다가 기성의 제도를 억압으로 느끼며 그 억압에 대한 거부와 도발을 일탈의 언어로 표현하고 있는 시인의 어법은 충격적이다. 그러나 이러한 이타성의 메커니즘은 실상 언제나 동일하다. 이 시에서처럼 남성 중심의 지배적 사회에서 타자로서의 여성과 같은 이타성의 메커니즘은, 타자에 대한 고유한 환상과 욕망을 투영하여 광적인 꿈들과 기상천외한 계획들을 구체화할 수 있는 가능성을 제공한다. 그리고 이러한 구조의 근본적 해결책은 중심을 주변부에 연결시키는 도식 속에서 그것들의 자리를 갖게 하는 것이다.

③ 통일성

세 번째로 살펴볼 원형구조는 통일적인 원리를 따르게 하려는 '통일성'이다. 인간은 기본적으로 동질적이고 이해하기 쉬운 세계에서 살기를 갈망한다. 그리고 남녀 양성적 존재의 신화는 남성성과 여성성의 원리들이 아직 분리되지 않은 최초의 조화로운 종합을 예시함으로써 절대를 구상하는 방식을 완벽하게 반영하고 있다.[14]

통일성은 우주를 다스리는 법칙, 천지만물 속 인간의 통합, 소우주

---

14 뤼시앵 보이아, 앞의 책, 43면.

와 대우주의 교감과 같은 우주적 의미에서도 나타나고, 인간 공동체들의 계층구조에 따라서도 나타난다. 역사의 고유한 조건으로부터 벗어나고자 하는 욕망은 바로 역사와 인간 조건의 한계에 직면한 인간의 보편적 반응을 정의하는 것이다. 그것은 소란스럽고 예측 불가능한 공간으로부터 탈주하고, 조화와 행복을 보장해줄 수 있는 보호된 구역으로 피신하는 것을 목표로 한다. 이때 세계는 선과 악의 이분법, 어떤 절대적 진리의 승리, 인간 정신의 개화 등 구조화된 이데올로기 속에 현존하는데, 이 구조들은 통일성의 추구이고 우리와 타자들의 관계를 드러내는 변증법이다.

먼저 상상력의 세계는 분극화되어 각각의 정반대 대응체를 갖게 된다. 낮과 밤, 흑과 백, 선과 악, 땅과 하늘, 물과 불, 정신과 물질, 진보와 퇴보, 여성성과 남성성, 신성함과 동물성, 건설과 파괴 등 각각의 원리는 욕망과 거부라는 모순적인 태도를 부추기는데, 이러한 현상들을 단순화시키고 극화시키며 고차원의 의미를 부여하려는 경향이 통일성의 원리이다.

통일성의 원리는 더불어 대립되는 것들, 혹은 조화되지 않는 것들 사이의 균형이나 조화, 그리고 동일함과 상이함 사이, 일반적인 것과 구체적인 것 사이, 관념과 심상 사이, 개별적인 것과 보편적인 것 사이, 신기롭고 신선한 감각과 낡고 친숙한 사물 사이[15]에서 서로 대립되는 극들을 전체적 해석 속에서 결합시키거나 모순적 결합을 통해 복속시키는 하나의 원형구조다. 문화적이고 시대적인 구분을 넘어서 구조적

---

15 뤼시앵 보이아, 앞의 책, 43면.

으로 보편적인 중요성을 지니고 있는 원형구조로 우월한 존재를 지닌 실재에 대한 믿음이다. 세계 그리고 특히 타자의 다양성 앞에서 느끼는 경이와 불안을 근원과 본질, 의미를 통해 종합하려는 구조이기도 하다. 황병승의 시는 이러한 통일성의 원형을 현대적으로 변형한 것이라 할 수 있다.

> 그대가 욕조에 누워 있다면 그 욕조는 분명 눈부시다
> 그대가 사과를 먹고 있다면 나는 사과를 질투할 것이며
> 나는 그대의 찬 손에 쥐어진 칼 기꺼이 그대의 심장을
> 망칠 것이다
>
> 열두 살, 그때 이미 나는 남성을 찢고 나온 위대한 여성
> 미래를 점치기 위해 쥐의 습성을 지닌 또래의 사내아이
> 들에게
> 날마다 보내던 연애편지들
>
> (…)
>
> 미래를 잊지 않기 위해 나는 골방의 악취를 견딘다
> 화장을 하고 지우고 치마를 입고 브래지어를 푸는 사이
> 조금씩 헛배가 부르고 입덧을 하며
>
> 도마뱀은 쓴다

찢고 또 쓴다

포옹을 할 때마다 나의 등 뒤로 무섭게 달아나는 그대의 시선!

그대여 나에게도 자궁이 있다 그게 잘못인가

어찌하여 그대는 아직도 나의 이름을 의심하는가

　　　　—황병승, 「여장남자 시코쿠」 부분(『여장남자 시코쿠』, 문학과지성사, 2012)

　이 시에서 시적 화자는 남성을 찢고 나온 위대한 열두 살 여성이다. 자기 안의 여성성을 발견한 소년은 또래의 사내아이들에게 날마다 연애편지를 쓴다. 즉 자기정체성을 확인하는 과정에서 찢고 다시 쓰기를 반복하는 연애편지일 것이다. 남성성을 찢고 나온 여성성처럼, 커밍아웃한 그를 기다리고 있는 것은 세상의 싸늘한 시선이 현실이다. 그러나 우리가 주목해야 할 것은 몸을 통해 체현된 우주의 통일성이다. 이러한 통일성의 원리는 이타성에 대립적이면서도 보완적[16]인데, 가장 기본적인 수준인 절대적 의미의 통일성이 있다.

　남녀의 물리적 분열이 아니라 원형적 실체를 현대적으로 변용한 새로운 가치의 발굴은 근대성의 경험과 함께 진행되었다. 자기 자신을 고유한 존재로 의식하면서 기원에 대해 성찰하는 것은 타자에 대한 다양한 발상들의 계기를 제공하기도 한다. 이러한 통일성의 원형은 일련의 신화들과 의식들 전체가 우리 공동체들의 긴밀한 결합을 보장해주도록 되어 있다.

16　뤼시앵 보이아, 앞의 책, 159면.

이 작품에는 이전 시대 혹은 보편적 가치에서 규정된 분열이 시인에 의해 내밀한 유대 혹은 혼재로 전이되어 있다. 즉 통일성의 원형구조는 의식적인 존재와 본질적으로 의식을 결여한 무의식적인 것 사이의 상호 조화[17]로 작용하고 있는 것이다. 이 작품은 보편적 가치의 자산과 근대성의 경험이 크게 배척되지 않고 있으나, 이와 같은 표현은 객관적·역사적 현실보다 시인의 이상적 계획을 구현하는 통일성의 원형을 보여준다.

④ 영혼과 내세

네 번째로 살펴볼 원형구조는 '영혼과 내세'에 대한 것으로서, 이 정신구조는 인간 존재의 물질적인 육체가 독립적이고 비물질적인 요소로 되어 있다는 확신을 반영[18]한다. 이 독립적이고 비물질적인 요소는 분신이나 정령, 영혼으로 육체적 삶이 진행되고 있는 중에도 육체로부터 분리될 수 있다. 그리고 그것은 육체의 죽음 이후에도 계속해서 자신의 존재를 유지하는데, 이렇게 파괴할 수도 없이 불멸하는 분신은 내세의 세계에 자리 잡고 있다.

그리스인들이 말했던 저승 개념처럼 이 내세는 가까우면 산 자들의 세계로 열려 있고, 반대로 멀면 닫혀 있는 세계로, 분신은 고대의 고전적 지옥처럼 전생의 공적이나 죄과와는 별개로 내세에서 축소된 삶을 산다. 아니면 반대로 벌을 받거나 기독교적 세계관처럼 보상을 받는다. 후자의 경우 사람들은 그것에 신과 교감의 기회를 부여하는데 이 지점

---

17 장경렬, 앞의 책, 213면.
18 뤼시앵 보이아, 앞의 책, 241~242면 참조.

에서 종교의 태생이 비롯되기도 한다. 아무튼 우리가 주시해야 할 부분은 다양한 육체 속에서 반복적으로 환생·윤회하면서 그것들이 물질세계에 여전히 결부되어 있다는 점이다.

분신이 내세로 이주하는 사고의 구조는 온갖 종류의 상상적인 구축물을 자극했으며 때로 지옥과 천국에 관한 매우 정교한 지형학과 사회학으로 귀착했다. 이러한 영향은 단테의 『신곡』에서도 쉽게 찾아볼 수 있으며,[19] 수많은 하부 섹션들을 거느리고 있는 불교의 지옥에서도 찾아볼 수 있을 것이다.

산 자들의 세계와 죽은 자들의 세계, 이들 사이의 구별이 절대적인 것은 아니다. 일부 선택받은 자들이 내세 쪽으로 이동하도록 해주는 문들이 우리의 삶 곳곳에 놓여 있기 때문이다. 따라서 이러한 정령들은 우리들 가운데 존재할 수도 있으며 나타나거나 접촉될 수 있는데, 이러한 믿음의 원형구조는 이미 인류의 역사가 시작되면서부터 진행된 것이라고 할 수 있겠다. 우리 문학의 전통에서 이러한 내세에 대한 것들을 짚어보자면 신라의 문무왕은 죽어서도 동해의 용이 되고자 했으며, 「정읍사」의 여인과 박 제상의 부인은 기다림의 한을 응결시킨 망부석의 돌이 되기도 했다. 2000년대에 들어와서 이러한 원형구조는 김중일의 시편에서도 잘 드러난다.

이 저녁, 도시는 잠시 청동기로 돌아간다

---

19 단테는 그의 장편 서사시 『신곡』에서 지옥을 전지옥(제1지옥), 상부지옥(제2~5지옥), 하부지옥(제6~9지옥)으로 나누고, 제7지옥은 세 곳의 장소로, 제8지옥은 열 개의 계곡으로, 제9지옥은 네 개의 연못지구로 세분하고 있다.

빠르게 녹청(綠靑)이 끼는 도시에서

나는 날마다 돌아온다

수세기의 대기를 가르며

기억 속으로 멀어졌다 되돌아오는 부메랑이 되어

나는 돌아온다 오늘도

서울역 지하분묘에서

허리를 꺾고 모로 누워 있는 남자가 발굴되었다

차가운 청동빛의 몸을 갖고 있는 저 미라는

누가 던진 부메랑일까

탈진한 태양이 앰뷸런스 지붕 위에서

깜빡거린다 나는

한 마리 매를 쫓아 솟구쳐올라

낙차 큰 태양을 명중시키고

고대의 낯선 땅으로 떨어지는 부메랑을 본다

내가 던진 부메랑이

돌아온다 내 오래된 손목시계 속으로

무수히 끊긴 원을 그리며

— 김중일, 「저녁의 청동기」 부분(『국경꽃집』, 창비, 2017)

원형은 불변하는 형태가 있으며, 다른 한편으로는 내세가 변화의 거
울이자 동력으로서 역사의 전진에 알맞게 각색되는 부분도 있다. 또한
주목되는 것은 내세가 역사에게 귀중하고 무궁무진한 원천뿐 아니라
해독을 가능케 하는 열쇠를 제공한다는 점이다. 원형이 인간 정신의 근

풍경의 뉘앙스

본적 갈망을 밝혀주는 데 비해, 그것의 다양한 판들은 문명의 제도들이 지닌 가장 심층적인 곳으로 들어가게 해준다.

김중일의 시에서 죽음 혹은 내세의 원형구조는 개별화된 운명 혹은 계속적인 환생의 형식으로 나타난다. 부메랑을 매개로 하여 보이는 풍경은 서울역의 지하분묘와 청동기의 낯선 땅이다. 시적 주체는 이러한 시공간을 넘나들며 신의 계획과 질서의 원리를 깨뜨린다. 사건과 가치들, 경향과 모순 등의 각각의 상황을 우주적 힘으로 생생하게 종합하면서 개별적 관계를 추진한다.

이때 시적 화자는 역사에 대한 영웅적이고 인격화된 비전이 아니라 신성한 것, 운명 혹은 역사와 공동체 사이의 매개자로서 자신의 역할과 상황만을 보여준다. 압축된 상상력의 세계 수혜자로서 우리가 사는 시대와 수천 년 전의 과거에 실질적 흔적을 남김으로써, 이전 신화가 집단적으로 구현하던 현상을 스스로 드러내는 것이다. 이는 현실에 대한 반전이 아니라, 과거와 현재의 순환적 역사관을 바탕으로 현재가 과거의 내세로 작용하는 것이다. 시공간의 물리적 상황을 넘어서 새로운 형태의 삶으로 변용되어 시공간의 소통을 그려내고 있는 이 작품은 화자의 상황이 타율적으로 붙박여 있는 것이 아니라, 스스로의 의지 혹은 운명으로서 우주에서 스스로의 삶의 방식으로 선택하고 있다.

"차가운 청동빛의 몸을 갖고 있는" 미라를 보며 화자는 생물학적 삶과 죽음의 의미와는 관계없는 불안의 공포를 경험한다. 안주할 수 없는 현실의 삶에서, 불확실하고 모순된 진리 속에서, 고립된 인간이 끊임없이 자신과의 관계를 만들어가는 과정에서 죽음과 내세는 이러한 형식으로 표현되는 것이다.

⑤ 탈주

인간은 역사적 삶의 소용돌이에 따르지 않는 한결같이 조화로운 시간 속에서 피난처를 찾기 위해 역사로부터 탈출하기를 갈망한다. 이러한 욕망은 보편적인 것으로 단지 이 욕망을 달성하는 수단들이 다를 뿐이다. 결국 탈주의 원형구조는 인간 조건과 역사를 거부한 결과라고 할 수 있겠다. 인간은 정신적 작용이나 초자연적 능력을 통한 상승 또는 자연 상태로의 퇴행, 혹은 미래로의 도주, 근원으로의 회귀 등과 같은 상상할 수 있는 온갖 변형을 통해 구속으로부터 벗어나고 자신의 육신으로부터 빠져나오며, 조건을 바꾸기[20]를 갈망한다. 다른 조건을 창조하는 것 또한 현실의 역사와 이에 수반되는 비참함을 무너뜨리고 다른 변화를 추구하는 것을 의미한다. 해결책들의 추구는 태초의 찬양 속에서 또는 종교적 의미에서의 정화된 미래 속에서, 아니면 이미 알려진 공간(섬·먼 나라·천체·은하계) 또는 유토피아와 같은 관례적인 공간에서 이루어진다. 거부는 수동적 방식으로 역사 앞에서 도망가는 것이나, 능동적이고 심지어 공격적인 방식을 통해 운명을 돌파하고 사건들의 흐름에 자신의 의지를 강제하려고 시도하는 것으로 나타날 수도 있다. 더구나 퇴행의 꿈과 영웅적 행동은 결합될 수도 있는데, 이는 역사에 대항하는 절망적인 싸움이 그 자체로 가장 강력한 요인으로 작용하기 때문이다. 이때 '탈주'의 원형구조는 하나의 능동적 상상력으로 작용한다. 능동적 상상력은 어떤 개인으로 하여금 그가 재구성하는 외부 세계와 대조를 이루게 하고 동시에 타인들의 내적 세계와도 대조를 이루

---

20 뤼시앵 보이아, 앞의 책, 44면.

풍경의 뉘앙스

게 만드는[21] 하나의 방식으로, 구체적 세계로부터 벗어나기 위해 상상력은 고갈되지 않는 자원을 가지고 있다.

인간 존재는 모든 점에서 현실의 삶을 추월하는 데 이용되는 허구들을 지칠 줄 모르고 생산하는 자들이다. 예술과 문학, 게임, 축제 등에 의해 전달되는 허구는 그저 단순히 현실의 기지 사항들을 재구성할 수 있다. 그것들은 또한 인간 조건을 재창조하려는 목표로 이 기지 사항들을 뒤집거나 초월할 수 있다. 사회적인 압력이 증가하면 할수록, 이러한 조정 기능은 더 섬세하게 작동하게 되어 있다. 바쁜 현대사회의 레저산업이나 게임, 인터넷 문화 등은 '다른 삶'을 언제나 현재적으로 추구하고 있다는 것을 매우 명료하게 드러내준다.

이런 의미에서 종교 역시 하나의 탈주 전략으로 해석할 수 있다. 종교적인 모든 종합은 어떤 초월적 실재에 비해 현재의 세계를 가치 하락시키는 것을 전제한다. 한편에는 물질의 불완전성과 불가피한 부패가 있고, 다른 한편에는 절대와 영원성이 있다. 두 조건 사이의 경계는 죽음을 통과한다. 그렇지만 이것이 일상적 삶이라는 기간 내에서 바로 수련과 일종의 '초월'을 가능케 하는 어떤 종교적 의례를 막는 것은 아니다. 금욕과 명상, 수도 생활은 다른 조건에 이르는 길들 가운데 들어간다. 동양은 이것들에 대한 우선권을 간직하고 있다. 불교와 도교, 요가 등은 입문자들에게 물질의 무거움과 시간의 지배로부터 벗어나게 해주는 정도까지 탈주의 기술을 세련되게 했다. 그러므로 우리는 누구나 꿈속으로 피신할 수 있다. 우리는 존재의 다른 차원에 기대를 걸 수 있다.

---

21 R. 위그, 「이미지의 몽상」(『예술의 이해』, 서울예대 출판부, 1989), 140면.

그러나 우리는 또한 역사를 폭파해버릴 수 있는 수단들도 상상할 수 있다. 상상력의 세계가 제공하는 차원을 따라서 인간과 사회를 재창조할 수 있는 수단들을.

외곽을 순환하는 빛나는 질주가
나를 미치게 만들어
외곽 너머는
낡고 위태로운 폐경을 가득해
붉게 물든 후미등이
유곽처럼 웃음을 흘리고 있어
(…)
적도로 가는 비행기가
양떼구름 가득한 공중을 지나
사라지고 있어
빛나는 궤도를 따라
어둠이 도열해 있어
중심을 파고드는 속도를 놓치면
그것으로 끝이지
혜성이 충돌할 때
얼마나 아름다운 섬광이 번쩍일까
외곽을 이탈한 속도는
얼마나 평화로운 공중이 될까
한 무리의 혜성처럼 질주하는 속도

풍경의 뉘앙스

거대한 궤적을 만들어

외곽을 이루고 있어

단 한 번도 중심인 적이 없는

외곽의 질주

―조동범, 「서울외곽순환고속도로」 부분
『심야 배스킨라빈스 살인사건』, 문학동네, 2006)

중심으로부터의 화려한 탈주를 꿈꾸는 조동범의 이 작품은 결국 성
공하지 못하는 이탈에 대한 이야기이다. 우리 사회를 지배하는 질서와
자유라는 두 개의 원리는 조정의 결여로부터 무수한 개인적 사회적 불
행을 파생시켜왔는데, 상상력의 세계는 이 두 항목 사이의 결여를 용납
하지 않는다. 사회와 개인, 인간과 자연 사이에 어떠한 모순도 없으며,
무한한 자유에 어떠한 방해물도 없는 세계로의 탈주는 "평화로운 공
중"으로 발현된다.

마음이 모든 근심으로부터 자유롭고, 고통과 불행으로부터 떨어져
안전한 상태의 세계를 도모하는 것이 화자의 이탈이며, 탈주에 대한 욕
망은 "빛나는 질주"로 화자를 자극하고, "어둠이 도열해" 있는 "빛나는
궤도"에서의 이탈 유혹은 "아름다운 섬광"으로 그려진다. 이때 궤도 밖
의 세계는 우리가 영원히 잃어버린 세계이고, 우리가 단지 향수를 느끼
며 회상할 수 있는 세계이다. 그것을 상징적으로 현재화시키는 것이 바
로 나타났다 사라지는 "섬광"이다. 인간은 공동체 속에서 통합된 조화
로운 인격으로 특징지어지기보다는 단절과 초월의 논리로 개인화된 욕
망을 발현하고자 한다.

2000년대 상상력의 새로운 역사

상상력의 세계가 걸어온 역사는 원형의 역사로 정의될 수 있다. 그리고 원형을 인간 정신의 불변 요소 또는 본질적 성향이라고 한다면 그것은 조직하는 도식이며 거푸집이다. 이 안에 담는 재료는 변하지만 그 윤곽은 그대로 있기 때문이다.

상상력의 세계는 우리의 삶 도처에 편재한다. 모든 사유와 기획, 행동은 검증을 기다리는 가정으로부터 더할 나위 없는 야릇한 환상까지 아우르는 매우 폭넓은 범위 속에서 상상력의 차원을 지니고 있다. 그러나 상상력의 세계에서 현실을 단순히 변장시킨 것만 보는 것은 대단히 왜곡된 시각이다. 전설과 신화에는 현실적이고 역사적인 단편의 정보들이 포함되어 있기 때문이다. 그것들은 오로지 원형들에서 '자양'을 취할 수 있다. 현실 세계에 대한 저항은 때때로 명백한 사실을 부정하거나 그것들의 의미를 전복시키는 뛰어난 능력을 통해 나타나는데, 이는 상상력의 세계가 지닌 자율성과 모델들의 지속성을 드러내는 증거다. 이는 상상력이 단순한 재현적 이미지를 유도해내는 능력이 아니라 새로운 이미지를 창조해내는 능력임을 밝히는 방증이며, 더불어 단순한 인간 능력의 일부가 아니라 모든 인간 능력의 창조적 원동력이 되고 있다.

상상력의 목표는 현실 세계를 없애고 자신으로 대체하는 것이 아니다. 그것의 전략은 이상적인 모델들을 물질의 무거움과 변화하는 역사 상황에 맞게 적응시킴으로써 구체적인 세계의 통제를 추구하는 것이다. 실망스러울 수밖에 없는 현실에서 상상력의 세계는 보상적인 역할을 한다. 그것은 어디서나 끊임없이 작용하지만, 특히 그것들의 발현은 환멸을 보상해주고, 공포에 장막을 쳐주며, 교차적으로 오는 해결책들을 창안하도록 촉구된 것들이다.

상상력이 창조의 원동력이 된다는 사실은 새로운 이미지가 모든 창작 활동의 출발점이라는 사실에 비추어보면 명확해지는데, 2000년대 우리의 시세계는 이러한 상상력이 빚어낸 새로운 세상의 진풍경이기도 하다. 더불어 앞서 살펴본 바와 같이 상상력의 원형구조들은 2000년대 우리의 시에도 은밀하게 기능하면서 문학사적 공간을 풍요롭게 채색하고 있다.

2000년대에 등단한 일군의 젊은 시인들이 새로운 문학의 주체로 부상하고 있는 이 시점에서 그들 상상력의 원형구조를 살피는 작업은 매우 유효한 가치를 지닌다. 시 작품에는 개인의 차원이든 사회 공동체의 차원이든 한 편의 작품을 통해 일구어가는 상상력의 원초적 원리가 간직되어 있기 때문이다. 뤼시앵 보이아가 제시한 이론에 기초해 살펴본 '초월적 실재에 대한 의식', '이타성', '통일성', '영혼과 내세', '탈주' 등의 원형구조는 오늘날 우리 시문학이 다원적이고 풍요로운 상상력의 구조를 지니고 있으며, 한편으로 우리에게 주어진 새로운 정체성을 확인하는 계기로 작용할 수 있었다.

2부

시의 발견, 기쁨의 자리

관계의 합치, 어울림의 감각

정병근, 박형권, 유종인, 김유선

시인이 작품 안에서 그려내는 현실적 형상의 의지는 시인이 지닌 낭만적 열정에서 나온다. 우리가 마음속에 가꾸는 열망의 공간에 다른 현실이 자라는 것인 만큼, 그것을 키우는 시인의 마음은 정지하지 않고 항상 서성이며 움직이게 된다. 여전히 꿈으로만 남아 있는 듯한 낙원. 시인은 시적 상상력과 체험의 재구성을 통해 새로운 세계를 만들어내는데, 이 세계는 다시 한번 현실의 표상과의 만남을 통해 충돌하고 불화하면서 더욱 견고한 세계로 구축된다. 시인은 열망과 현실, 낙원과 생활 사이의 균열 속에서 구체에 골몰하면서 길 위에서 헤매며 괴로워한다.

그러나 시인은 고여 있거나 정지된 존재가 아니라, 세계를 향해 나아가는 인간이다. 혼돈된 세계에 부단히 새로운 표현의 형식을 부여하고, 새로운 세계를 전취하고, 심미적 재구성을 통해 새로운 지평을 획득하는 것이 시인의 몫이기 때문이다. 이 자리에서는 삶과 세계의 전체성을 감각적으로 통찰하면서 인간과 인간, 인간과 자연, 인간과 사회가 화해적으로 공존하는 방식을 펼쳐낸 몇몇 작품을 살펴볼 것이다. 열망의 공간이 반드시 화해나 평화의 형식을 갖출 필요는 없다. 다만 이 자리의 작품들은 자기 내면 혹은 자아와 세계의 열망을 삶의 구조적 심부로부터 추출해 형상화해내고 있다는 공통점을 지니고 있을 뿐이다.

천지에 나 닮은 이가, 수심에 가득 찬 이가
전철역 출구 앞에 행방 없이 서있다
납작하고 깡마른 얼굴에 툭 튀어나온 입을 위로 꽉 다물고
어쩌면 나 같은 상념에 젖는지
소란의 바깥으로 눈을 보낸 채
아니면 아닌 모양으로 서있다
차들은 지나가고 나는 에이고 외로워져서
남인 듯 명랑하게 그를 부른다
그이는 나를 얼핏 못 알아보다가 아,
어머니의 장자가 나를 알아본다
"근아" 하고 부르던 어린 날의 그이가 내 앞에 있다
―날이 춥심더. 잠바가 얇은 것 같네.
오늘은,
산 밑 당집에서 돼지머리 썰어 먹던 이야기 말고
수박을 들고 어느 절집에 찾아갔던 이야기 말고
고시촌을 떠돌던 정 씨 이야기 말고
낙산 비탈 방에 기거하며 경비 일 하는 사연을 들어보련다

만국기 날리는 전자가게 앞을 지나

마트 지나 빵집 끼고 오른쪽으로 돌아

형님을 데리고

—정병근, 「형님을 데리고」(『눈과 도끼』, 천년의시작, 2020)

현대인에게 근본적 선택은 한계가 있으나 그래도 우리는 스스로의 삶의 방식을 선택할 수 있는 시대에 살고 있다. 어디에 살 것인지, 무엇을 할 것인지, 어떻게 먹을 것을 구할 것인지 하는 문제에 대한 답은 점차 개별화되어가고 있으며 가족의 구성마저도 비정형화되어버렸다. 그러나 정병근의 작품은 우리를 이러한 선택 이전의 공간으로 인도한다. 작품 속에서 그려지는 세계는, 삶의 신산스러움을 그 어느 방향으로도 풀 수 없을 만큼 생활이 발목을 묶고 있는 현대인의 삶 뒤편이다.

"천지에 나 닮은 이"면서 "수심에 가득 찬" 형을 만나게 된 화자는 삶의 무거움에 대한 어떤 방책이나 통로를 보여주기보다는 그보다 훨씬 긴 시간에 걸쳐진 위로와 해소의 감정을 건네준다. 행간에서 지워진 형제의 대화는 단출하다. 형은 "근아"라고 동생을 부르고, 동생은 "날이 춥심더. 잠바가 얇은 것 같네."라며 답한다. 위로보다 해소에 가까운 감정의 발로다.

현실의 생활은 개체적 삶을 직접적으로 규정하고 있는 작은 테두리, 이를테면 일상, 직업, 인간관계 등에 의해 영향을 받게 된다. 그리고 이것들은 다시 개체적 실존의 삶을 둘러싸고 있는 더 큰 테두리의 질서로부터 영향을 받는다. 인간은 실존적 주체로서 이 외부 환경과 맞서고 대결하면서 위로와 해소의 수위를 나름으로 조정하고 이 세계에 형성

풍경의 뉘앙스

적으로 관계한다. 덜컥 외로워진 화자가 "남인 듯 명랑하게" 형을 부르는 행위는, 생활이 허락하는 한계 내에서의 가능성을 누리면서 지금 여기의 현재적 삶을 견뎌내고 또한 창출하는 하나의 양식이 된다. 화자는 "산 밑 당집에서 돼지머리 썰어 먹던 이야기"나 "수박을 들고 어느 절집에 찾아갔던" 과거의 이야기나 "고시촌을 떠돌던" 다른 사람의 이야기가 아니라 "낙산 비탈 방에 기거하며 경비 일"을 하는 육친의 이야기를 듣고 싶어 한다. 개체적 실존으로서 화자는 그들의 삶을 에워싼 불가피한 한계 속에서 작은 위로의 가능성을 찾고자 하는 것이다.

자기연민의 감정에서 극복으로 이어지는 마음자리는 삶의 긴장과 팽팽함 속에서 우리가 상실하고 있는 것, 잊어버린 것, 놓쳐버린 것에 스스로를 열어놓게 만든다. 화자가 "천지에 나 닮은" "형님을 데리고" 함께 가는 노정은, 부재하는 근원적 가치를 좇으려면 거치지 않을 수 없는 세상의 가장자리이며 삶의 묘연한 미로와 같다. 그래서 화자는 기꺼이 어린 날의 동생이 되어, 어린 날의 형과 함께 낯설고 다정한 마음으로 길을 간다. 어린 시절의 '당집'이나 '절집'은 아닐지라도 자기연민에서 시작된 자기위로라는, 근원적 치유가 가능한 차원으로 말이다. 이 지점에서 시인이 지키고자 하는 삶의 진실과 시적 진실이 맞닿게 된다.

서울에서 살려면 서울을 믿어야 하는데
서울에 목을 매야 하는데
딱 한번 서울에게 배신을 때렸어
서울의 수돗물 아리수를 못 믿어서 정수기를 들인 거야

지하방에서 사는 주제에 정수기를 들인 거야

우리의 배신이란 고작 그런 거지

한 달에 몇만 원씩 삼 년에 걸쳐 잘라주기로 했어

물맛이 달라졌다고 믿으며 꼬박꼬박 할부금을 내지

삼 개월에 한 번씩 정수기 필터 교환사가 와

그는 동부시장 어물전 아저씨처럼 삼 개월 쌓인 불신의 찌꺼기들을

고등어 내장 꺼내듯 고스란히 들어내지

스팀 분사기로 푹푹 복강을 세척하고

새 필터를 끼우지 내장 썩는 냄새가 장난이 아니야

필터의 문제가 아니야 그의 발냄새 때문이지

정수기 필터 교환사가 왔다 갔어

그의 발자국을 지우며 하루를 보냈어 정수기 회사에서 전화가 와

서비스 품질이 좋았느냐고

발냄새 때문에 스트레스가 이만저만이 아니라고 말하지 못하지

그의 밥줄을 끊을 수는 없으므로

물 흐르듯 스트레스는 낮은 곳으로 흘러 그러므로 그를 보호해야
하지

그와 우리는 서울의 스트레스를 걸러주는 마지막 필터인지도 모르
니까

우리가 거쳐 나오는 것은 변비조차 순결해

복장에 필터 하나씩은 내장하고 살거든

　　　　　—박형권, 「정수기 필터 교환사가 왔다 갔어」(『POSITION』 2013년 가을호)

　　　　　　　　　　　　　　　　　　　　　　　　풍경의 뉘앙스

현대사회는 다양한 문화적 층위와 계층 간의 갈등 요인이 복잡하게 얽혀 있기 때문에, 그 복잡한 상황에 처한 인간의 심리나 정서 역시 복잡할 수밖에 없다. 문학작품도 현대의 복잡한 생활 체험을 반영하면서 언어의 충동적 파괴나 폭력적 해체가 하나의 양상으로 나타나게 된다고 이야기한다. 그러나 여전히 시는 인간의 공동체적 삶의 의미를 담아내야 하며, 그 가치를 지켜내는 것을 시인의 사명으로 여기는 시인들도 있다. 그중 한 사람이 바로 박형권이다.

「정수기 필터 교환사가 왔다 갔어」는 쉽고 평이한 언어 구조를 선보이고 있다. 화자의 내면 풍경이 손에 잡힐 만큼 선명하게 그려져 있기 때문에 독자의 공감대도 더욱 넓어진다. 화자가 바라보는 서울살이는 상식적이고 지극히 소박한 휴머니즘에서 크게 벗어나지 않는다. 그래서 화자의 고백처럼 그가 하는 배신은 고작 "서울의 수돗물 아리수를 못 믿어서" "지하방에 사는 주제에 정수기를 들인" 일 정도다.

이 작품은 자본주의의 구조적 문제점이나 다양한 계층의 굴곡진 삶에 대한 사실적 천착이라기보다는 자신의 심미적 부담에 대한 반응에 가깝다. 시인이 감각하는 더 본질적이고 근원적인 쪽을 지향하는 무의식의 발로는 정수기 필터 교환사의 발냄새에 있다. "스트레스가 이만저만이" 아닌 그의 발냄새를 그의 밥줄을 걱정하며 참아주는 일, 그를 보호해주는 일은 결국 화자 자신을 보호하는 일과 다르지 않기 때문이다. 이렇게 시가 전달하는 마음의 공간에는 개인적 의식의 자아만이 있는 게 아니다. 전달의 객관화를 거친 시어 속에는 시인의 의식과 그 의식이 경험하고 만나는 타자의 의식이 공유되어 있다. 정수기로 대변되는 화자의 배신과 필터 교환사의 발냄새에는, 개인의 의식을 주관적으로 매개하는 사회적 의식이 개입되어 있다. 따라서 시인은 욕망의 자발성에 몸을 맡기지 않고 마음과 마음의 부딪침, 화자와 타자, 혹은 주체와 내면 그 자체에서 그려지는 겹침과 어울림에 집중한다.

  화자는 서울에 사는 우리들은 "복장에 필터 하나씩은 내장하고" 살기 때문에 변비마저 순결하다고 항변한다. 스스로의 진리성을 입증할 수 없는 독백이다. 그러나 이러한 시적 진리성은 개별적 차이를 간과하지 않은 채 화자와 필터 교환사처럼, 사람들 사이에서 얼마만큼의 일치감을 유발할 때 성립될 수 있는 것이다. 화자와 필터 교환사의 동일성에 대한 확인을 통해 시인은 개체적 차이의 상호성을 인정하며, 이는 동일성과 차이성의 역동적 긴장 관계에서 오는 삶의 에너지에 대한 확인으로 이어진다. 타락하거나 부패한 세계에서 세계 밖에 서 있을 수도, 또한 긍정을 통해 세계의 참됨을 인정할 수도 없을 때, 시인은 오로지 세계 속에서 부정을 통해 존재한다. 지하방에 살면서도 정수기를 설치하는 모순적인 선택밖에 주어지지 않는 현실에서 근본적인 삶의 형식이 전이될 수 있음도 보여준다.

> 아파트 화단 한켠에 누가 자루를 내다났다
> 얼룩과 곰팡이가 조금 서렸어도
> 묵은 쌀자루를 보니
> 산새에게 진 외상이 떠올랐다
>
> 겨우내 정발산 텃새들이 내게 들려주길
> 된바람에 실어 혹은 초조한 겨울 볕에 내놓은

직박구리 오목눈이 곤줄박이 까마귀 딱따구리 동고비……

낯익은 까치는 말수가 줄었어도

한 귀로는 까마귀 소리 높이 듣고 한 귀로는 오목눈이 소리를 낮춰 들었으니

눈과 얼음을 헤쳐 얻은 모이들로

모래주머니의 모래까지 삭혀 얼러낸 힘의 소리라 생각하니

나는 소리의 빛두루마기가 되고 말았으니

아니, 아니 갈 수가 없는 거라

나는 묵은 쌀자루를 어깨에 둘러멨다

저녁이 가까웠으나 저녁에 배고픈 소리를 모른 척하면

밤새 노루잠이 찾아들 거라 또 생각하니

나는 마른 가지에 얼굴을 긁히며 숨에 들어

잔설에 찍힌 내 눈발자국에 쌀자루를 풀었다

내 발자국 깊은 데마다 쌀을 풀었으나

자루는 이내 동이나 이 한 끼의 생색이 더 가난한데

저녁 바람에 나는 구멍 난 마대 자루에서 펄럭였다

갚지도 못할 새소리에 빚을 떠안았으니

나는 이제 봄을 당기는 시나 지어야겠다

솔바람소리에 방귀나 뀌는

두동진 시나 우물거려야겠다

　　　　　　　　　—유종인, 「새소리 값을 주러 갔다」(『시인동네』 2013년 가을호)

시는 기본적으로 안으로부터 밖으로 나아가는 움직임을 지니게 된다. 이것은 시가 개인적 실존의 삶을 그린다는 점과 관계되는데, 사회적 이념이나 삶의 전체성을 지향한다고 해도 그 뿌리는 결국 개인적 실존의 삶을 구성하는 열망과 불안, 좌절과 혼돈의 일상이라는 의미다.

아파트 화단에서 묵은 쌀자루를 발견한 화자는 겨우내 "갚지도 못할 새소리에 빚을 떠안았"다며 자루를 어깨에 둘러메고 숲으로 들어간다. 이는 삶과 세계의 전체성, 개체와 전체 사이에서 원형적 경험을 시도하고 있는 것이다. 묵은 '쌀자루'와 '새소리'라는 구체적 보편성의 표현과 이미지 속에서 삶의 변용된 전체의 모습을 하고 나타난다. 더불어 "직박구리 오목눈이 곤줄박이 까마귀 딱따구리 동고비" 등의 새소리는 화자와 새들이 개체로 고립되어 존재하는 것이 아니라 삶의 전체성과 개인적 실존이 무의식적으로 관여되어 있음도 보여준다.

특히 시인은 화자와 세계, 주체와 객체가 어떻게 관계 지으면서 어울리고 어긋날 수 있는가를 보여준다. '얼룩과 곰팡이'가 서린 쌀자루와 펄럭이는 구멍 난 '마대 자루', 발자국 깊은 데마다 풀어놓은 쌀은 어울림 속의 어긋남, 어긋남 속의 어울림을 하나의 관계로 그려내고 있다. 서로 대립되는 것의 어우러짐의 관계, 시인은 심미적 대상으로서의 자연이 어떻게 삶의 전체를 인식하는 데 관계하는가를 밝힌다. 관계 속에서 유발되는 미적 인식은 이러한 사물의 연관성에 대한 인식 속에서 어울림의 방식이 드러난다. 미적 인식은 사물 그 자체의 속성에서 오는 것이 아니라 시인의 심미적 재구성에 의해 대상이 어떻게 타자와, 세계와 교류하는가를 드러내는 데 기인하기 때문이다.

감각과 사고는 시인과 대상의 교류를 통해 이어진다. 시인의 주관적 인식과 대상, 시인의 마음과 사물의 풍경이 만나 서로 교류하고 합치될 때, 비로소 생겨나는 관계의 합치 속에서 시인은 어떻게 자신과 사물이 자연과 역사에 어울릴 수 있는가를 다시 한번 성찰하게 된다. 그래서 화자는 "저녁이 가까웠으나 저녁에 배고픈 소리를 모른 척"할 수 없다며, "아니 갈 수가 없는 거라"고 고백하는 것이다. 작품 안에서 화자가 보여주는 이러한 삶의 소박함은 미에 대한 감각이 삶의 본래적 소박성과도 연결된다는 것을 보여준다. 잔설에 찍힌 자신의 발자국에 쌀을 풀어놓은 화자는 "이제 봄을 당기는 시나 지어야겠다"고 말한다. 삶의 소박성에 대한 지향은 예술이 추구하는 삶의 조화적 상태와 연결되고 작품 안에서 실현될 때 타자와의 갈등 없는 어우러짐의 상태에 도달하게 된다. "솔바람소리에 방귀나 뀌는/두동진 시"가 바로 어우러짐의 절정

이고, 이를 통해 독자는 이성보다는 도덕적이고 미학적인 완성을 경험하게 되는 질적 도약을 하게 된다.

　마지막으로 살펴볼 작품은 김유선 시인의 「하지」다. 이 작품은 시인의 감각이 사물에 대한 의식으로 존재한다는 현상학적 통찰을 보여준다. 단순히 자연의 순리에 대한 지각과 인식에 머무는 것이 아니라, 사람과 자연이 관계를 맺고 그 관계 속에서 존재적 아름다움의 느낌을 감각하게 되는 지향성도 함께 보여주고 있다.

> 들판 몸으로 깊숙이 들어간 햇볕이 눈부시게 산란하네
> 나도 산란하고 싶네
> 내 몸의 죽어 있는 것들도 저렇게 살아났으면 좋겠네
> 다 쓰지 못한 반수면의 것들
> 감자꽃 아니어도 질긴 껍질 뚫고 하얗게 분 피어내려면
> 저 햇빛을 뿌리 끝까지 끌어내려야 한다고
> 내 속의 뿌리들이 더 깊이 들숨을 쉬네
> 땅속 경작한 넓이만큼 하늘을 가질 수 있다고
> 감자꽃 하얗게 밤을 새네
>
> 오늘부터는 꽃들도 차례차례 씨앗으로 늙겠네
> 매발톱 꽃씨 성급히 땅속에 눕네
> 오늘부터는 잘난 햇볕도 한 뼘씩 늙어져 어두워진다고
> 햇볕 품지 못한 생각의 좁은 길이 냉기를 품네

보잘것없던 구름조각들 서로 뭉쳐

머지않아 비로 쏟아지겠네, 속 시원하겠지? 당신도 비 하지?

하지만 아직 들판은 햇볕이 산란 중,

불임의 허수아비는 상체만 펄럭이고

회임시킨 젊은이 귀농한 밭에 허수아비처럼 멈춰 있네

당분간은 절반의 만남으로 어색하게 악수를 내미는

이편과 그편, 떠날까 남을까

잘 섞인 텃밭에서는 아무 일 없는 듯

잡초도 매일 한 뼘씩 키가 커져서

다산하는 하지라네, 당신도 하지, 다산

— 김유선, 「하지」(『시인수첩』 2013년 가을호)

　화자는 첫 행에서부터 "들판 몸으로 깊숙이 들어간 햇볕이 눈부시게 산란하네" "나도 산란하고 싶네"라고 고백한다. 이 작품은 감각적으로 뿐만이 아니라 의식적, 또 생명리듬적으로 자연에 대한 일관된 지향성을 갖추고 있다. '감자꽃'과 '매발톱 꽃씨', '허수아비'는 각각의 부분이면서 잘 섞인 텃밭 혹은 들판에 수렴되는 변증법적 통합을 가능하게 한다. 이는 일종의 전체화 작용인데, 한여름에서 가을로 기울기 시작하는 들판의 전체적 변화 가능성을 타진하는 데서 "이편과 그편"의 화자는 자신의 정체성을 발견할 수 있다.

　자기가 처한 필연적 현실, "다 쓰지 못한 반수면의" 상태에서도 화자는 의지적 행동을 추구한다. 한계 속에서도 자유롭고, 자유스러우면서도 어쩔 수 없는 제약을 화자는 감각하게 된다. 이때 시인은 '허수아비'

와 '젊은이'를 통해 스스로의 제한에 충실하면서도 그것을 넘어서고자 하는 욕망, 삶의 보편적 둘레에 대한 시선을 놓치지 않는다. "햇빛을 뿌리 끝까지 끌어내"려 하고 "내 속의 뿌리들이 더 깊이 들숨을" 쉬는 것을 감각하는 화자는 외부의 현실과 인간의 감각의 대응을 보여준다.

감각 작용이 감각 그 자체와 그것을 에워싼 조건과의 교호 작용 속에서 이루어지듯이, 화자는 들판에 서서 감각적 순간의 연속적 교차를 증언하고 있다. 화자는 현실의 삶이, 지금 여기의 순간과 조금 전과 조금 후 그리고 저곳과의 교차 속에 이루어지는 것을 보여준다. 그러면서 차가워진 마음과 구름조각들이 뭉쳐서 만들어낸 먹구름을 보며 "속 시원하겠지? 당신도 비 하지?"라며 능청스럽게 묻는다.

제한된 공간 속에서의 심미적 체험은 오히려 감각적 충만감을 주면서 동시에 넓고 깊은 삶의 다른 복합적 차원으로서의 가능성을 일깨워준다. 삶의 리듬이 생명 일반의 리듬이나 세계의 리듬 속에서 일어나듯이 감각과 조건, 나와 타자, 지금 여기와 세계 전체의 겹침은 현실에 대한 감각과 상호주관성에 의해 이루어진다. "내 몸의 죽어 있는 것들도 저렇게 살아났으면 좋겠네"라고 말하는 화자는 이러한 감각의 균형이 삶의 감각적 순간의 연쇄를 넘어서는 조화의 힘이라고 대변한다. 조화 속의 일치에 대한 예감과 기대는 삶의 보다 나은 질서 형성에 대한 근본적 전제가 되고 있음을 간파하였기 때문이다.

감동은 시에서 현상 그 자체와 일차적으로, 즉 감각적으로 교류하는 데서 생겨난다. 그러면서 그것은 느껴진 그 사물이 다른 사물과 어떤 관계에 있는지, 그 관계 속에서 일정한 조화의 가능성이 있는지를 타진하는 데서 재생산된다. 여기서 살핀 네 편의 작품들이 보여주는 미적 감각은 삶의 경험적 소박함과 예술의 지향성이 맞닿은 곳에서 일어난 것들이어서 더욱 가치가 크다.

중년의 불안한 이중성

전동균, 정병근, 장무령

소나무 아래 서 있다
비를 맞고 서 있다

어떤 싸움이 지나갔는가

시커멓게 탄
나뭇가지들, 만지면
재가 되는 울음들

또 무엇이 오고 있는가

어스름이 우산처럼 펼쳐져도
제 목을 찌를 듯 번쩍이는

52

침엽의 눈들

사랑은 부서졌다
나는 나를 속였다

독바위, 혼자인 저녁은 끝없고
몇천리씩 가라앉고
흩어지고

젖이 퉁퉁 분 흰 개가 지나갔다 헛것처럼

이글이글
빗줄기만 서 있다

—전동균, 「독바위」(『당신이 없는 곳에서 당신과 함께』, 창비, 2019)

전동균은 일상에서 발견한 대상과 상황을 통해 자기 자신에 대한 깊은 성찰의 자세를 보여주는 데 능한 시인이다. 이번 작품에서도 시인은 소시민적 자기성찰에서 벗어나 자기 외부에 존재하는 일체의 풍경과 일체화된 자아의 성취를 시도한다. 그 일체의 것은 "독바위"이기도 하고, "흰 개"이기도 하고, "빗줄기"이기도 하다. 이렇게 그의 내면 성찰은 자기 외부에 존재하는 풍경과 등가적인 의미를 지닌다. 시인은 외부 현실을 부정하거나 질타하는 것이 아니라 내면의 풍경을 외부의 풍경에 겹쳐놓음으로써, 시의 안과 밖에서 어떤(?) 동질의 풍경을 지향하도록 의도한다. "시커멓게 탄/나뭇가지"가 다르지 않고, "재"와 "울음"이 다르지 않고, "독바위"와 '나'와 "빗줄기"가 다르지 않은 까닭이 여기에 있다. 그리고 풍경과 사물의 배면에는 '비'가 있고 '저녁'이 있다. "사랑은 부서졌다/나는 나를 속였다"고 자백하는 시인은, 서정주의 "거울 앞에 선 누이"의 모습과 그리 멀어 보이지 않는다. 삶의 어느 지점을 통과하거나 지나쳐온 자들만이 갖는 회오(悔悟)의 풍경, 시인은 자아와 세계가 상호 침투하며 융합하는 서정적 체험의 보편 구조에 충실한 모습을 보여준다.

전동균의 작품에서 자아와 세계는 서로의 경계를 조금씩 지워가면서 서로에게 스며든다. 시인은 작품 안에서 스스로의 동일성을 구현하고 서정적 합일의 운동을 주도해나간다. 표면적 표현에 이러한 심리적 적극성이 드러나진 않지만, 화자의 시선 자체는 이미 심리적 동의를 획득한 채 진행되고 있다. '울음'이나 '사랑'을 애써 말하지 않고, "젖이 퉁퉁 분 흰 개"가 지나가는 것을 "헛것처럼"이라고밖에 말하지 못할 정도로 시인은 아픈 존재들을 먼 거리에서 바라보는 시선을 짐작게 한다.

전동균의 작품이 절제된 양식을 추구하고 있음에도 불구하고 항상 만만치 않은 깊이와 넓이를 지니게 되는 까닭, 읽으면 읽을수록 새로운 감각으로 다가오는 까닭도 따지고 보면 이러한 시적 태도 때문이 아닐까 생각된다.

시인은 풍경으로의 몰입과 풍경과의 거리 사이에서 긴장을 연출한다. 자아의 욕망과 감정을 다스리며 철저하게 사물의 고요 속으로 들어가려 하는 것이다. 시인이 지나가는 "싸움"과 "흰 개"에 대해 "어떤"이란 수식어를 붙이고, "헛것처럼"이라는 수식어를 붙이는 까닭은 이미 이러한 거리두기의 심리적 긴장이 작동하고 있기 때문이다. 시인은 비를 통해 제 목을 찌를 듯한 "침엽"의 위험을 느끼고 이글거리는 빗줄기에 감각의 흐름을 맡긴다. 그가 외부의 풍경을 바라보는 것은 내면과의 관계에서 이중의 의미와 긴장을 만들어내려는 무의식적 표현이다. 그가 작품 안에서 그려내는 풍경은 궁극적으로 존재의 소멸을 아는 자의 외로움이며, 이는 오랜 시간의 축적과 궤적을 통해 완성되는 것이다. 추억과 성찰, 반성과 창조, 그리고 어쩔 수 없는 소멸(지나감)을 낳는 곤혹스러운 풍경, 시인은 그 풍경 앞에서 존재의 소멸을 지켜보고 견디면서 중년의 원천적 내면을 작품으로 각인한다.

밖으로 향한 그녀의 표정은 옳은가
엘리베이터에서 마주친 그녀가
당황하면서 밝게 인사를 한다
당황하면서 밝은 그녀의 인사는 적절한가

우연히 만난 산책길,
하얀 이를 드러내며 내 옆으로 붙어 걷는
그녀의 생기로운 머릿내는 바람직한가

핫팬츠의 바글바글한 주름과 미끈한 맨다리
발이 다 드러나는 샌들에
빨간 매니큐어를 칠한 발톱은 타당한가
한 손아귀에 잡힐 듯한 그녀의 발목은
어디까지 괜찮은가

깊은 새벽 주차장에 한 남자와 두런거리는
그녀는 언제까지 옳은가
못 본 척 들어와 입 다무는
나의 자세는 마침내 선량한가

부딪힐 때마다 안녕하세요,
인사하는 그녀의 아이들은 티 없이 맑은가
좀처럼 보이지 않는
그녀의 남편은 어디에서 안녕한가

　　　　　　　　　—정병근, 「6층여자」(『애지』 2015년 가을호)

이 작품에서 드러나는 화자의 시선은 다소 독특하다. 자신만이 목격
하고 인지한 어떤 사실에 대해 "옳은가", "적절한가", "바람직한가", "괜

찮은가", "선량한가", "안녕한가"를 물으면서 타인의 삶에 대해 선뜻 판단을 내리지 못하고 오히려 독자의 몫으로 돌려놓는다. 물론 화자가 던지는 이 물음 자체가 시인의 가치적 판단을 전제로 한 것이긴 하지만 묻는 형식이 지닌 유보의 여운이 더 무겁다. 시인이 바라보고 있는 것은 우리 새로운 삶의 이면이다. 그리고 이를 바라보고 있는 시인의 태도는 허무에 가깝다. 옳음과 그름에 대한 이분법적 시선이 아니라 "못 본 척 들어와 입 다무는/나의 자세는 마침내 선량한가"라는 스스로의 물음에 집중되어야 한다. 판단을 유보한 불명확한 어투와 독특한 형식화의 과정에서 시인은 오히려 자기만의 자리를 마련한다.

삶에 대한 보편적 가치나 인생의 진실은 무엇일까. 화자는 다소 곤혹스러운 목격의 사실들을 통해 아슬아슬한 안녕에 대해 의심한다. 타자의 시선을 견지하려고 노력하는 화자에게 생활은 마땅히 가져야 할 것이지만, 화자는 그것을 흔쾌히 받아들이지는 못한다. 타인의 일탈에 대해 갈등하고 망설이는 모습은 시인의 오지랖일까 시인의 양심일까. 아마도 시인은 우리가 살아갈 삶이 가진 황폐함에 대해 이미 알고 있는 자이다. 어떻게 살아갈 것인가에 대한 구체적인 고민을 드러내지는 않고 삶의 가치나 이유에 대해서도 나서지 않는다. 옳은 것은 없다는 식이다. 그리고 "좀처럼 보이지 않는/그녀의 남편"을 그리 염려하는 것만도 아니다. 여자의 "핫팬츠"와 "미끈한 맨다리", "한 손아귀에 잡힐 듯한 그녀의 발목"까지 훔쳐본 화자는 욕망의 시선을 감추지도 않는다.

어떤 사실(문제) 앞에서 서성거리거나 망설이는 화자의 태도는 결국 사회적 기준에 맞는 어른의 사고를 갖게 되거나 시민으로서의 사회적 책임을 깨닫게 되는 중년의 것이다. 화자는 이분법적인 도식적 가치에서 벗어나 정신과 욕망이 충돌하는 경계의 모순을 받아들인다. 이때 속악한 세계로의 편입이 아니라 삶의 가치에서 속악을 합리화하는 것은 욕망을 인정하는 것이다. '6층 여자'의 일탈을 목격한 화자의 갈등은 임금님 귀가 당나귀 귀라는 사실을 알고 생병을 앓는 이발사의 그것과 무게가 같진 않다. 이발사는 말하고 싶은 욕망에 휘둘린 것이고 화자는 어떤 가치에 대해 의심을 하는 것이기 때문이다. 중년의 시인에게, 삶을 지배하고 있는 보편적 가치가 꼭 절대적인 것만은 아니다. 그래서 정병근은 타인의 일탈을 통해 자기성장의 이중적 의미를 보여주면서 곤혹스러운 표정을 감추지 못하는 것이다.

　　대학교 앞 맥주 집 '칼멘' 사장은 우리와 동년배였다.
　　장사보다 사람을 좋아하는 그의 약점을 우리는 약아빠지게 알고
　있었다
　　제대하고 나면 취업하고 난 후로 그와의 술값 연대를 지속하며
　　마르지 않는 우물에 입을 대듯 우리는 '칼멘'에 모여들었다
　　졸업 후 외상값을 갚으러 갔던 단 한 명은
　　'칼멘'을 폐업하고 택시 운전을 시작한 그의 소식을 전했다

　　그날 김 대리는 가만히 있지 않았다
　　우리는 그만하자고 말했지만
　　우리의 얼굴을 보고 '아저씨 못생겼어'라고 말하는
　　유치원생들처럼 곧이곧대로
　　김 대리만이 바르게 말했다는 것을

우리는 모르지 않았다

적어도 집 한 채쯤은 숨겨놓은 줄 알았다
한때는 유망 중소기업 사장이었던 그가
마지막 남은 건물까지 정리한다고 했을 때
대학생인 딸과 우울증의 아내와
함께할 전원주택 하나쯤은 적어도
채권자들의 시선이 닿지 않는 곳에 숨겨놓고
사원들 월급을 해결한 줄 알았다
휴대폰 메시지에 찍혀 있던 부고장에
이름만 남겨놓을 줄은 몰랐다

나는 이력란을 채워나간다
첫째 줄, 택시 운전을 시작한 그에게 마음만으로 미안해했다
둘째 줄, 바른 말을 한 그와는 사적으로도 통화하지 않았다
셋째 줄, 융통성 없는 그의 장례식장에 임시 역에 들르듯이 다녀왔다

그들이 쓰지 않은 빈 줄에 앉아서 나를 소개한다
　　　　　　　　　―장무령, 「자기소개서」(『시와표현』 2015년 9월호)

　압축하거나 과감히 생략하지 않고 어찌 보면 술자리의 신변잡기같
이 늘어진 장무령의 시적 방식은 자칫 지루하고 장황한 느낌을 줄 수도
있겠다. 일반적으로 시에서의 정공법이 암시적이면서도 촌철살인(寸鐵

殺人)과 같이 핵심을 찌르는 것이라면, 이 작품은 종착지까지 애써 에 둘러 가는 방식을 취하고 있기 때문이다. 그러나 이러한 '둘러 가기'의 방식은 내밀한 자기의식의 탐구를 본업으로 삼는 시의 장르적 특성을 충실히 이행하는 길이 될지 모른다는 생각을 하게 만든다. 인생살이와 내면 탐구란 정답도 없이, 결론도 없이 끝을 모른 채 마냥 걸음을 지속 할 수밖에 없는 길이 인생이라면 시 역시 똑같은 길을 지니고 있기 때 문이다. 시인은 그 구불구불한 자의식의 여로를 하나의 길로 그려 보인 다. 비록 그 모양새가 혼자만의 중얼거림 속에 함몰되어 보이고 좀스러 워 보이기도 하지만, 결국은 잡스럽기 그지없는 인생길을 담아내는 새 로운 시의 형식을 펼쳐 보인다.

화자는 중년의 한 지점을 통과하고 있다. 이는 자기변명에 가까운 삶의 장면으로 드러난다. 대학 시절의 외상값을 갚지 않고 졸업했던 동 년배 술집 주인의 "택시 운전" 소식을 전해 듣고 "마음만으로 미안해" 하고, "곧이곧대로" "바르게 말"하는 김 대리와는 "사적으로" 통화하지 않으며, "대학생 딸과 우울증의 아내"를 남겨놓고 겨우 사원들 월급을 해결하고 자살을 한 어느 중소기업 사장을 "융통성 없는" 사람이라고 말한다. 중년의 삶은 자연의 다른 생물과 마찬가지로 오래되어 무르익 는데, 이러한 변화는 단순히 외부 환경과 시간의 변화를 통해서만 오는 것이 아니다. 이는 내면과 외부 환경 양쪽에 모두 걸친 문제인데, 시인 은 사회인으로서의 삶 이전의 가치를 의심하게 하는 몇몇의 장면들을 소환한다. 공동체적 가치는 해체되고 새롭게 편입할 집단도 없는 상황 이 중년의 상황이라면, 화자는 지난 가치를 넘어 변명과 같은 자기만의 새로운 가치를 옹호하게 된다. 진정한 삶을 이루기 위해 간직하고 있어야 할 과거의 가치는 훼손되고, 누군가가 "쓰지 않은" 빈 이력란에 자기 변명을 적어낸다. 삶의 목표와 가치가 각박한 현실에 종속되면서 중년의 화자는 노련함으로 무장하게 되고, 세속화 혹은 생존의 문제 속에서 자아와 사회의 분열의 양태까지 목격하게 된다.

일반적으로 이런 내용의 작품들은 인류의 보편적 가치를 사회화의 한 방편으로 이해하고 이를 극복하기 위한 근원적 가치를 에둘러 표하거나 상황의 지연을 시도하며, 이를 자기성찰의 계기로 삼으려고 한다. 그런데 장무령은 오히려 세속적 정면 돌파를 시도한다. 낯 두꺼운 중년의 삶과 내면을 민낯으로 내보이면서, 자기를 돌아보기보다는 자신이 처한 삶의 조건을 행간의 전면에 내세운다. 사회적 가치의 암묵적 승리는 중년에서 선험적으로 상실된 게 아니라 실제로 상실되었다는 것을 시인은 증거하고자 한다. 사회의 압력, 특히 중년에 감당해야 하는 그것은 삶의 기반마저 바꾸며, 시인은 변화의 방향을 설명하고, 일종의 가치 상실을 에둘러 말하고 싶어 한다.

간략하게 살펴본 세 편의 작품에는 모두 중년 남성의 시선이 감춰져 있다. 카를 융에 의하면 중년이란 인생의 전환기, 내적으로 스스로를 반추하는 시기다. 그래서 중년기에는 심리적으로 더 중요한 문제나 변화 상황과 직면하게 된다. 하지만 어른이라는 책임 속에서 변화에 대한 울분이나 불안, 두려움 등을 표출하는 것은 사회적으로 적절하지 않다는 의식이 강화되어 있다. 겉으로는 침착해 보이지만 내면적으로는 불안한 이중성을 지니게 된다. 중년기에 위기의 상황을 맞게 되고, 그에 따라 심리적인 장애가 일어날 가능성이 높아지는 이유다. 따라서 중년의 인물들은 그것들을 표출하기 위한, 혹은 그것들을 위장할 수 있는 매개가 필요한 것이다. 세 명의 시인들이 각각 그려내는 풍경들도 이러한 논리에서 멀리 벗어나지 못한다.

다른 세상으로의 탐색을 통해 중년에 증가하는 불안이 완화될 것으로 기대되지만 실상 시인들이 그리는 풍경은 세상이 주는 가치관과 기존의 가치관 사이의 자기융화이다. 세상의 기준과 잣대가 아니라 자신만의 기준과 잣대로 새로운 가치를 만들어내는 힘은 중년의 것이기 때문이다. 시인들은 중년에 목격되는 삶의 풍경이나 자신의 내면을 살피면서 그 풍경과의 긴장도 놓치지 않는다. 풍경과의 힘겨루기를 하고 스스로의 내면을 살피는 일은 시의 창조를 이루어내는 시인 자신과의 싸움이라고밖에 할 수 없다. 어떤 보편적 가치나 이상, 기계적 윤리에서 벗어나 무의식 속에 깊이 각인된 삶에 대한 균형을 욕망하는 정서적 체험의 현재화가 여기서 살펴본 시 세 편의 풍경이다.

삶의 무효성에 대한 고전적 응답

최종천, 이정록, 길상호, 윤제림

어찌 보면 삶이란 진지한 우스꽝스러움이며 진정성을 향한 유희일 것이다. 그럼에도 불구하고 외부 현실의 불확실성을 실존의 가능성으로 의미 부여하면서, 사회 정치적 역사 현실과 부딪쳐 구체적이고 보편적인 가치를 찾아내려는 것이 예술의 몫이며 숙명이기도 하다. 특히 시는 이러한 삶의 단면을 가장 심층적으로 드러내는 예술의 장르로서 작동한다. 삶이 권태와 불안으로 순환을 거듭해도 실존적 가치에 대해 탐색하고 규명하기 위한 방향성을 포기하지 않는다. 이때 시는 문맥의 단순한 피상적 의미망에서 벗어나 내적 의미화의 작용을 통해 특정화되고 세계와의 소통 통로가 된다.

일반적으로 문맥에 놓인 기표의 기본적 특성은 그것의 변별적 성격에 있다. 시적 기표의 정체성은 다른 기표들과 일련의 차이를 담보하고 있을 때, 부재하거나 우회하는 의미들의 적극적 가치를 확보할 수 있다. 이는 단순히 행간이나 표면 등의 표피적 의미망에서 드러난 무의미한 세부들의 의미를 파악하는 것이 아니다. 오히려 부재하고 우회적으로 도달할 수만 있는 것들의 내부적 의미를 구축하고 이해할 수 있게 돕는다. 그러니 외양의 허위성을 벗어나 의미의 영역을 구조화하는 것은 오롯이 시인의 몫이라 할 수 있겠다. 어떤 사실의 영역이 아닌 의미의 영역을 확보하는 것이 예술이기 때문이다. 문맥의 피상적 의미, 즉 시행이 가지고 있는 기만적 외양을 극복하고 이면의 진실에 도달하려는 의지는 이제 독자의 몫이 된다. 부재의 흔적으로 흔적을 인식하게 하는 추리 기법처럼, 기표에 산재한 다양한 세부를 자신의 이해 영역으로 데려와 전이를 통해 의미를 획득하는 것이 시의 재미이며 새로운 가치가 아닐까.

여기서 살펴볼 네 편의 작품들이 이런 범주에 속한다고 생각된다. 서술되지 않은 공허와 공백의 의미를 추적하고 최대한 수렴하는 것. 네 편의 작품에서 시인들은 각각 상징적 현실의 해체를 통해 불가능한 실재를 목격하게 하고, 보편화된 무의미를 새로운 주제로 국한시켜 의미의 궁지를 벗어나게 해준다. 표피와 내부, 시인과 독자의 상응관계가 중첩되는 지점에서 내면의 심리적 현실을 짐작게 하고, 외부적 현실과 내적 진실 사이의 차이에서 시인의 욕망을 발현하고자 노력한다. 그리고 이러한 노력은 독자들에게 소통과 해독의 쾌감을 선물하고, 논리적 설명의 차원을 뛰어넘어, 대면하지 못한 시인의 욕망, 혹은 실재로 유도하기도 한다.

오늘 뉴스에 맨손으로 벽을 타고 올라가 고층아파트만 털어온
일당이 붙잡혔다고 한다. 부디 그들을 석방하기를

美의 이름으로 건의한다. 그들에게 도둑질은

아주 부차적인 것이다. 해도 그만 안 해도 그만이다.

그들의 주목적은 고층을 맨손으로 오르기

기어올라가서 고관대작들의 넥타이를 풀어주기

풀다가 안 되면 잡고 늘어지거나 내려오기

맨손이란 백수라는 것이고 어느 누구와도

악수를 할 준비가 되어 있다는 것이다.

심지어는 배관 파이프와도 악수를 한다.

맨손으로 고층아파트를 올랐다는 성취감!

그 상승과 비약의 미학을

엘리베이터에 실려 가는 비곗덩어리들은 모른다.

맨손으로 오른 고층에서 악수할 손이 없기에

그들은 다이아 반지와 목걸이와 악수를 할 뿐이다.

도둑질은 이렇게 예술이 되고 미적 성취가 된다.

법치주의는 미학을 모르는 무식한이다.

그가 상승과 비약의 미학을 도둑질에 접목시킨 것은

우리가 먼저 악수를 청하지 않았기 때문이다.

그러므로 벽 타기 도둑은 용서되어야 하는 것이다.

　　　　　　　—최종천, 「美를 위하여」(『인생은 짧고 기계는 영원하다』, 반걸음, 2018)

　최종천의 위 작품은 표피적 의미와 내적 의미 간의 절합에 의해 중층 결정되는 형식을 갖추고 있다. 우선 우리는 욕망화된 현실에 대한 인정에서 시 읽기를 시작해야 한다. 눈앞의 현실과는 차원이 다른 새로운 현실이, 시인의 상상과 생활이 충돌하는 자리에서 발생하기 때문이다. 삶의 가혹함을 체험한 자들만이 체감할 수 있는 실체는 사물의 표면과 이면을 함께 바라보는 총체적 시선이 전제될 수밖에 없다. 하지만 시인은 자신의 이러한 인식을 노출시키지 않으려고 노력한다. 그 대신 외부적 현실 풍경에서 이루어지는 삶의 사유가 새로운 방식의 성찰로 이어지기를 유도한다.

"맨손으로 벽을 타고 올라가 고층아파트만 털어온/일당"의 도둑질이 "예술이 되고 미적 성취가 된다"라고 주장하는 시인의 진술은 세상과 맺는 관계의 내용이 아니라 형식에 대한, 시의 자격적 문제를 제기한다. '벽 타기 도둑'의 용서를 구하면서, 삶이 대립과 소외를 거치면서 새롭게 형성시키는 것이 여전히 시임을 독자에게 전달하고 싶기 때문이다. '도둑질'을 삶의 치열한 한 방식으로 인정하면서 오히려, 시의 내용이 아니라 그 내용들에 시의 형태를 부여함으로써 작품에 사회적 성격을 덧입히는 자신만의 독특한 방식을 고수하고 있다. '도둑질'과 '미학'을 연루시킴으로써 '고층아파트'의 '비곗덩어리'와 '맨손이란 백수'의 관계를 설정하고, "상승과 비약의 미학"으로 위장하여, 규정된 관념에 도전하는 모습을 기꺼이 보여주는 것이다. 이때 그의 성찰은 변죽을 울리는 법이 없고 항상 핵심적인 질문을 향해 정면으로 진행되는데, 시적 풍경에 대한 진지한 탐색과 성찰에서 철저하게 단련된 고뇌의 소산이라고 할 수 있다.

시인은 현대적 삶의 비루함과 그 비루함 저편에 놓인 불평등을 여실하게 드러냄으로써 그곳에 가닿지 못하는 거리를 재삼 확인시켜준다. "용서"는 결국 실패한 패자가 구해야 하는 마지막의 최선이 아닌가. 시인이 지향하는 세계와 시인이 발 디딘 세계 사이에 놓인 그 거리를 시인은 "벽 타기"라는 격렬적 은유를 통해 반응하고 형식화함으로써 반어적 냉철함을 확보하게 된다. 실존적으로 연루되어 있지 않은 중심을 향해 시종일관 의도되는 의미들을 위임받아 구성하는 즐거움이 시의 매력이지 않을까. 최종천의 「美를 위하여」는 중심에서 벗어나 있는 위치를 수단으로 새로운 주체를 추적하는 '연루'의 방식으로 독자들에게 은밀한 쾌감을 선사하고 있다.

　　빈집을 무너지지 않게 하려면 말이죠, 그건, 기둥에 개를 묶어두는 거예요. 개는 외로움만큼 뒷다리를 버티겠죠. 그때마다 빈집도 안간힘으로 목줄을 잡아당기겠죠. 목줄 밖으로 튕겨 나가는 밥그릇 때문에 집 한 채를 끌어당기는 긴 혀, 한쪽으로만 쏠려 더 쉽게 무너질 거라고요? 그러니까 며칠씩 돌려 매야지요. 겨울이라고 남쪽만 좋아하지는 않으니까요. 그 사람도 노을 서린 쪽문으로 떠났으니까요. 빈집은 쓰러지지 않으려고 기둥이며 서까래를 컹컹 꿰맞추겠죠. 내친김에 북쪽 기둥엔 염소도 옭아맸어요. 독촉고지서 받고 한숨 쉬던 자리. 막내가 가출했을 때 줄담배 피우던 대문 쪽 굽은 기둥에도 옮겨 매었죠. 빈집은 하루하루 힘이 세어졌죠. 듣고 있나요? 그대가 떠난 뒤 나도 빈집이 되었죠. 정수리에 말뚝을 치고 떠난 당신, 저도 꼼짝없이 힘이 세어졌죠. 당신 빈 가슴엔 무엇이 묶여 있나요? 뼛센 짐승이 폐가처럼 울고 있나요? 빈방에 걸린 가족사진이 아랫목 눈물자리를 굽어보듯.

　　　　　　　　　　　　　―이정록, 「이별」(『문예바다』 2015년 겨울호)

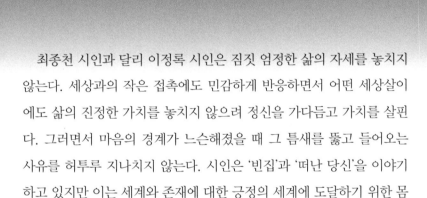

　최종천 시인과 달리 이정록 시인은 짐짓 엄정한 삶의 자세를 놓치지 않는다. 세상과의 작은 접촉에도 민감하게 반응하면서 어떤 세상살이에도 삶의 진정한 가치를 놓치지 않으려 정신을 가다듬고 가치를 살핀다. 그러면서 마음의 경계가 느슨해졌을 때 그 틈새를 뚫고 들어오는 사유를 허투루 지나치지 않는다. 시인은 '빈집'과 '떠난 당신'을 이야기하고 있지만 이는 세계와 존재에 대한 긍정의 세계에 도달하기 위한 몸부림이라 보는 것이 옳아 보인다.

　진실에 도달하는 길은 부정을 통한 것과 긍정을 통한 것이 함께 있겠지만, 마침내는 두 가지의 방식이 맞물려 한자리를 지향하게 되기도 한다. 이러한 방식은 개인이 지닌 세계 인식의 단순성에 기인한 것인데, '빈집'과 이를 지탱하고 있는 '개'의 관계로 대변된다. 특히 눈여겨봐야 할 부분이 개의 목줄을 팽팽하게 끌어당기는 '외로움'임을 독자는 어렵지 않게 간파할 수 있다. 매일 조금씩 '밥그릇'을 옮겨, 묶어 맨 집의 균형을 맞춰야 하지만, 언제나 팽팽하게 당겨지는 외로움의 절대적 질량(거리)은 변하지 않는다. 외로움의 힘으로 "기둥이며 서까래"가 꿰맞춰지고, '빈집'은 쉽게 무너지지 않고 버티게 된다. 그리고 당신이 떠난 빈집을 화자 역시, 목줄 매단 개처럼 간신히 버텨내고 있다.

　이정록 시인은 대상을 추상적으로 사유하는 것이 아니라, 구체적인 몸으로 그것들을 느끼며 실감을 옮겨 적는 데 능한 시인이다. 구체적 실감을 통해 확실하고 근본적인 세계 인식의 방법을 체득한 그의 세계는, '빈집'처럼 추상적인 한두 마디의 언어로 설명되기에는 어려운 감각이자 느낌이다. "하루하루 힘이 세어"진 빈집은 외로움의 절대치가 되어가고, 시인은 추상과 관념 앞에 이러한 구체적 존재의 실감을 내놓게 된다.

　「이별」에는 마음 깊은 곳에서 모든 존재와 생명의 내부에 응집된 역동적 지향성이 내재되어 있다. 작품의 행간에는 존재와 부재가 내재시킨 역동적 힘이 '외로움'으로 솟구쳐 오르거나 그 속에서 꿈틀대며 전율한다. 이별에서 비롯된 외로움을 이처럼 살아 움직이는 팽팽한 긴장과 역동성으로 이끌어내는 작품은 실로 오랜만인 것 같다.

　　아침부터 벌레는

　　배춧잎 한 장을 펼쳐놓고서

　　부지런히 그림을 그린다

　　벌레에게 그림은

　　풍경을 하나씩 지워가는 것

　　그 작은 입으로 갉을수록

　　잎맥 사이사이가

헐거워진다, 가벼워진다

꼬물꼬물 몸을 옮길 때마다

몸 튜브에 무럭무럭

초록 물감이 들어찬다

언젠가 또 저 몸을 짜내면

잎맥이 또렷한 두 장

하얀 날개가 그려지리라

채우는 그림에만 골몰했던

내가 완성해낼 수 없는,

벌레의 붓질을 바라보다가

아침이 다 번지고 말았다

—길상호, 「지우는 그림」(『시인수첩』 2015년 겨울호)

아름다움에 대한 감각은 삶의 본래적 소박성에 관한 감각에서 비롯된다. 사물이 지닌 그대로의 실상을 그대로의 것으로 느끼는 소박성에서 아름다움에 대한 감각은 시작한다. 벌레를 벌레로, 배춧잎을 배춧잎으로, 꽃을 꽃으로 느끼고 받아들일 수 없다면 어떻게 꽃과 배춧잎과 벌레의 아름다움을 즐길 수 있겠는가. 길상호의 시선은 항상 이런 지극한 소박성에서 시작한다. 규정된 고정관념의 틀에서 벗어나, 비유와 의미는 제일 나중 자리에 놓고, 그보다 먼저 사물을 사물로서 즐기고 싶어 한다.

배춧잎을 갉아먹는 벌레를 바라보는 시인의 시선은 그것의 의미를 새롭게 바라보는 데까지 나아가는 것을 회피하지 않는다. 그 시선의 끝에는 자신의 인식을 존중하고, 예술에서 추구하는 삶의 조화적 상태에 대한 감각과 어떤 성찰에까지 미치고 있다. 이는 시인의 시선으로 이루어지는 현상학적 통찰을 통해 아름다움에 대한 지각에 이름으로써 우리의 느낌도 그 자체로서가 아니라 사물에 대한 느낌으로 존재하게 된다는 것을 증명한다. 즉 사람과 사물의 관계가 맺어지고 그 맺어진 관계 속에서 아름다움에 대한 새로운 지점을 확보할 수 있기 때문이다.

제 몸에 '푸른 물감'을 채우는 벌레를 보고 제 몸에 "잎맥이 또렷한" 배춧잎을 담아낸다는 인식에 도달하고서는 '지우는' 것과 '채우는' 것의 새로운 의미를 도출해낸다. 아름다움은 대상 각각이 홑으로 존재하는 것이 아니고 시인의 의식과 느낌의 관여 속에서 응답하는 것이라서 나와 벌레, 지우는 것과 채우는 행위 속에서 어떤 감각의 지향성이 드러난다. 배춧잎을 갉아먹는 벌레와 화자의 마음이 서로 만나 교류하고 합치될 때 이 풍경에 대한 아름다움은 화자의 주관적 의식과 벌레 사이에서 생겨나고, 동시에 화자는 자신과 사물의 어울림에 대해 되돌아보게 된다. 화자와 벌레처럼 주체와 대상의 관계에서 발생하는 반성이란 결국 삶의 소박성에 대한 반성과 동일한 것이다. 화자가 사물과 갈등 없이, 혹은 더 적은 갈등 속에서 어우러지는 상태에 도달하는 것은 화자가 스스로를 이성적으로 그리고 도덕적으로 발견하고 완성해간다는 것을 의미한다. "헐거워진다, 가벼워진다"는 화자의 진술은 예술적 인식을 통해 자연인으로부터 윤리적 성숙의 상태에 도달하는 질적 도약을 경험하게 된다는 토로이기도 하다.

복잡다단한 현대사회에서 아름다움에 대한 감각은 그리 쉬운 덕목이 아니다. 삶의 본래적 소박성에 대한 욕망이 제한되기 때문이다. 현대사회의 경험적 빈곤에서 소박성의 추구와 인식의 당위성은 어떤 유효성을 지니게 될까? 시인은 그것을 조화의 상태이며 이상이라고 판단한다. "아침이 다 번지고 말았다"라는 마지막 행은 주어진 현실의 제약과 기계적 인식에서 벗어나 조화와 행복의 한 지점에 도달했음을 의미하기 때문이다.

1

상자에 누워계신 아버지, 마지막으로 하나만 여쭙겠습니다 아버지
노릇이 이번 생에 처음이셨지요? 애당초 원치도 않았고 배운 적도 없
는 일이셨지요? 그저 감나무나 코끼리 혹은 도라지꽃이나 되려 하셨
지요?

2

파장(罷場) 무렵의 황천장터
아무도 거들떠보지 않아 끝까지 많은 물건 하나를
제일 어리고 마음 약한 당신이
수줍게 품어 안으셨지요?
아버지학교를 마친 영리한 귀신들도 도리질하며 뒷걸음을 치고
현고학생부군(顯考學生府君) 제사에 다녀오는 혼백들도
빙 둘러 날아가며 손사래를 치던 물건,
당신의 아들은 못된 자식으로만
마흔일곱 번을 태어났던 사람
이승에 산 세월만 도합 천이백 년이 넘는 구렁이

당나라 똥 막대기

3
마지막 절 받으시오, 젊은이
상자 속에 갇혔을 뿐
아직은 새파란 불꽃을 품은 당신
하직인사를 받으시오
누워서 떠나지만, 잠시 뒤엘랑은
지구의 망원경으론 잡히지도 않을 만큼
먼 협곡이나 아무것도 무겁지 않은 평원에
사뿐히 내려앉을 우주의 청년,

아버지여 안녕히.

　　　　　　　　—윤제림, 「절 받으시오, 젊은이」(『시인수첩』 2015년 겨울호)

　　아버지의 죽음을 받아들이는 아들의 모습이 그려진 작품이다. 윤제림은 죽음이 누구에게나 공평하다는 사실로 남루한 생을 위로하고자 하지 않는다. 아버지를 '젊은이', '우주의 청년'으로 호명하면서 존재의 보편적 본질에 다가서려고 노력한다.

　　화자의 시점에서 죽음은 단순한 고통을 넘어서서 존재의 본원으로 회귀하는 일처럼 보인다. 그런데 아들인 화자는 아버지와 자신의 관계를 통해 적멸, 번뇌의 경계를 떠난 무위적정(無爲寂靜)의 경지를 선사하려고 한다. "아버지 노릇이 이번 생에 처음이셨지요? 애당초 원치도 않았고 배운 적도 없는 일이셨지요? 그저 감나무나 코끼리 혹은 도라지꽃이나 되려 하셨지요?"라는 1연의 질문은 화자를 자식으로 둔 아버지의 삶을 우회적으로 그려낸다. 아버지 노릇에 능하지 못했던 아버지의 삶을 돌아보며, 마음의 여진을 남기듯, 물릴 수 없는 뼈저린 죽음에 자식으로서 지니게 되는 깊은 연민은 아버지를 "우주의 청년"으로 부르게끔 한다.

죽음은 세상으로부터 버림을 받은 것이겠지만 화자는 그 죽음을 "새파란 불꽃을 품은" 아버지에게 새로운 생명을 주는 기회로 만들어주고 싶다. 자기위안적 방식이기도 하지만, 시인은 청운의 꿈을 품었던 젊은이의 불꽃은 여전히 새파랗고, "지구의 망원경으론 잡히지도" 않으면서 거역할 수도 없는 새로운 세계를 아버지에게 선사하고 싶은 것이다.

누구에게나 죽음은 하나의 큰 질서에 포섭되는 일이며, 동시에 존재의 개별적 현상이고 유일무이한 사건이다. 하지만 자식에게 육친인 아버지의 죽음은 그 이상이다. 그래서 살아남은 자식의 한탄은 한갓된 관념이 아니라 어떤 형이상학적인 초월도 주저하지 않게 된다. 남루한 생을 살다 떠난 아버지에 대한 책임과 고통을 느끼며 끊을 수 없는 내면적 유대를 통해 화자는 또 다른 부활을 꿈꾼다. 따라서 화자가 아버지의 죽음을 바라보는 시선에는 비애나 부당한 연민이 없다. 아버지와의 내면적 유대를 통해 자신과 동일시하거나 동일자적 시선 속에서 죽음을 포섭하고 있기 때문이다. 동일자로 환원되었기 때문에 아버지에 대한 상실에서 비롯된 비애는 오히려 유대를 강화하고, 아버지를 통해 내가 지각하지 못하는 세계, 비가시적 세계에 대한 시선을 갖게 한다.

다소 거칠게 말하자면 2000년대 이후 우리 시는 사이비 개성화의 한복판에 놓이게 되었다. '참신한 아이디어'나 '신선한 무엇', '경이스러운 것'에 대한 압력을 감당해내지 못하고 엄청난 스트레스에 허덕이고 있다. 기존의 시와는 다른, 개성적이고 특수한 면모를 갖추고 심어줘야 한다는 스스로의 압박으로 시의 기준은 '참신'함과 '신선'함과 '독특'함의 형용사를 전제로 하게 되었지만, 지금의 우리 시가 보여주는 개성은 진정한 것이라고 보기 어렵다. 특수하고 개성적인 것인 양 가장한 표준화된 문법과 도식을 기계적으로 따르고 있기 때문이다. 시의 가치적 척도가 얼마나 이목을 끄는가 또는 얼마나 포장을 잘하는가에 달려 있다면 동네 마트나 문방구에 놓인 질소 가득 찬 불량식품과 다른 게 뭐가 있겠나.

　여기서 살펴본 네 편의 작품은 자신의 개인적인 통합성과 정체성을 회복하는 시다. 이는 2000년대 이후 흔히 수용되었던 이해의 방식과는 달리 전통적 관점에 따른 것으로, 기표적 질서 혹은 표면적 행간의 이면에 감추어진 의미망을 포착하고 삶의 본질적 진실을 추구하려 노력하고 있다. 시적 화자가 자기 자신을 초현실적 대상으로 파악하는 것이 아니라, 보편적 삶의 한 부분에서 스스로를 하나의 대상으로 인식하고 주변과의 상호작용 속에서 삶의 무효성에 맞서 응시의 또 다른 방식으로 삶의 실감을 보여주는 미덕이 무엇인지를 알고 있는 작품들이다. 그리고 오늘 우리 시의 가치는 바로 이러한 지점에서 찾을 수 있다.

풍경의 뉘앙스와 표정

권대웅, 박소란, 유종인, 문정영

요즘 김춘수 선생의 글을 다시 읽고 있는데, 언젠가 밑줄 그으면서 읽은 대목이 다시금 눈에 들어왔다. "돌은 무뚝뚝하고 표정이 굳어 있다. 얼른 보아 그런 인상을 준다. 그러나 그렇지가 않다. 돌에도 표정이 있다. 돌의 표정은 더욱 미묘하고 신비스럽다. 그것은 밤의 표정, 어둠의 표정과도 같다." 「돌의 표정」이란 짧은 글에서 그은 밑줄이었다. 시인은 석류꽃이나 화강석 벽의 네모반듯한 돌들도 모두 제각각의 개성과 제각각의 감정을 지니고 있으며 그것들은 스스로 추상화나 개념화를 거부한다고 말한다. 이는 사물의 뉘앙스와 표정을 읽어내는 일은 사물의 몸과 마음의 비밀을 엿보는 것이며 오로지 시인의 능력에 의해서만 가능한 일이라는 의미로 읽혔다. 더불어 꽃이나 돌에 비치는 밤의 표정과 어둠이 빚는 뉘앙스는 결국 어둠이 스스로를 드러내는 방식이라는 시인의 주장에도 다시 한번 고개를 끄덕일 수밖에 없었다.

사람들은 자연 풍경을 대상으로 하는 시들을 흔히 현실 인식이 부족하다고 거칠게 폄하하곤 한다. 이러한 오해와 편견은, 그동안 시를 포함한 문학 속에서 자연이 현실을 은폐하고 이를 강화시키는 기제로 이용되었기 때문이다. 1990년대 이데올로기에 대한 알레르기로 신서정이 등장한 이후, 시에서 그려지는 자연은 이전과 다른 차원에서 다양하게 의미화되었다. 이를테면 정치 사회와 절연된 유토피아의 공간이나, 편집증적 애착이 노골화된 미학적 대상의 공간으로 현실적 결핍과 괴리감을 감수할 수밖에 없었다. 그래서 한때 자연에 대한 예찬은 내용 없는 아름다움에 대한 투신이라는 조롱과 더불어 미학적 사치라는 굴레에 갇혀 움쩍달싹하지도 못했다.

자연에 대한 열망과 시화 자체가 새로운 미학이 되진 않는다는 사실에 시인들 대부분은 동의한다. 이는 사회나 역사의 지배에서 벗어나 독자적으로 존재하고 싶은 '개인'으로서의 욕망이 자연에 투사되긴 하지만, 삶의 태도와 가치관까지 규정하진 못하기 때문이다. 자연의 시화 과정에서 드러나는 미학의 단순성과 획일성은 시를 지탱하는 철학적 빈곤과도 직결된다. 문학을 구성하는 실재의 하나가 세계와 삶에 대한 치열한 문제의식이라고 할 때, 작품의 의미와 완성도는 문제의식의 철학적 깊이에 의해 결정된다고 받아들여지기 마련이다. 현실 인식의 결핍이 미학의 단순성과 맞물려 인식되는 이러한 태도의 근간에는 '현실 인식이 누락된 소박한 미학은 우리의 사회의 삶을 대변하는 데 실패하고 있다'는 또 다른 오해와 편견이 누적되어 있다.

그러나 2000년대 미래파 소동 이후 시인들은 자연에 대한 깊은 친화력과 섬세한 언어 세공술, 심미적 감식안을 내세워 자연 풍경에 새로운 가치를 부여하기 시작했다. 자연 속에서 미적 황홀을 체험하거나 존재적 충만감에 몰입하는 풍경에서 벗어나, 미학의 협소함이나 획일성에서도 벗어나는 모습들을 보여주려 노력했다. 미적 주체로서 시인은 인간 존재의 심연을 투영하고, 내면의 격렬한 고뇌를 반영하며, 세계의 불가해한 본질을 투사하고자 했다. 막연한 감동, 혹은 상실감을 통해 도달하는 삶에 대한 낭만적 환상이나 욕망의 매개로서의 자연이 아니라 현실에 대한 어떤 생산적 의미나 항체를 방출하는 공간으로 재창조하고 싶었던 것이다.

목련이 핀다
꽃 속에서 뱃고동 소리가 들린다
정박해 있던 배가 하늘로 떠난다
깊고 깊은 저 먼
꽃의 바다

눈이 내리고 눈이 쌓여
오도 가도 못하는 마을에
백발(白髮)의 노모가 혼자 저녁을 짓는다

들창 너머 목련나무로 배가 들어온다
겨우내 단 한마디도 하지 못했던
말이 터진다

나무에 수없이 내리는 닻

저 구름 너머에서 들어오는 배와
통음(通音)하던 하얀 눈송이들이
펑펑 운다

떠나는 곳이 있고 돌아오는 것이 있지만
이 세상에 항구는 단 하나다
당신이 기다리고 있는
봄 항구에 꽃이 핀다

　　　　　　—권대웅, 「북항(北港)」(『나는 누가 살다 간 여름일까』, 문학동네, 2017)

　시인이 이끄는 대로 그의 미적 시선을 좇아가면 자연스럽게 섬세한
미감에 공감하게 된다. 그리고 시인이 자연을 시화한 동기나 목적이 경
험의 육화보다 좀 더 미적인 것에 있음도 알 수 있다. 꽃 속에서 들리는

뱃고동 소리나 "백발(白髮)의 노모가 혼자 저녁을 짓는" 풍경이나 "통음(通音)하던 하얀 눈송이들"은 현실성이 휘발된 미학적 공간이다. 이때 앞선 비판과 마찬가지로, 현실에서 멀어질수록 매력적으로 부풀어오르는 그리움이 현실 세계를 미학적으로 단순화시키고 축소시키고 있다는 지적에 직면하게 될 수도 있다. 그러나 현대인의 갈등과 분열, 소모적 피곤에 찌든 개인의 일상에서 벗어난 새로운 차원의 미적 공간 창출은 감각적 재현의 기능에 충실하면서 삶의 다른 영역을 상정하게 된다. 현실에서의 일탈과 새로운 안주에 대한 욕망은 시에서 현실의 맥락을 지우고, 미적 사물로서 변형된 자연의 풍경을 만들어낸다. 이러한 감각적 재현을 단순히 삶에 대한 낭만적 환상과 욕망의 결정체라고 매도할 수만은 없을 것이다. 이런 태도는 현대사회에서 삶의 진실과 존재의 본질적 의의를 보장하기 위해 인간과 자연의 동일성의 상태를 회복하고자 하는 노력으로 읽어야 한다.

"눈이 내리고 눈이 쌓여/오도 가도 못"하던 북항의 마을에도 봄이 오고 꽃이 피고 내가 당신을 기다리고 있다는 것은 부재하는 시원의 공간을 현현시키려는 시인의 모습이다. 현실에서 상실된 요람을 회복하고자 하는 일종의 기능태이기도 하다. 시인은 인간과 자연이 조화롭게 공존하는 동일성의 상태를 원한다. 일상의 현실 논리 속에 편입되지 않은 심층의 공간을 확보하고 삭막한 현실의 지향점을 제시해준다. 무엇보다 이 작품에서 주목해야 할 부분은 '통음(通音)'의 지점이다. 세상과 절연된 겨울 북항으로 표상되는 심층에 내재된 삶의 진실이 세상 밖으로 드러나고 소통함으로써 결국 봄이 오는 것이다.

화자는 봄이 오듯이 당신이 되돌아올 것을 의심하지 않는다. "떠나는 곳이 있고 돌아오는 것이 있지만/이 세상에 항구는 단 하나다"라는 화자의 진술은 결국 당신이 떠난 곳도 돌아올 곳도 이곳뿐임을 달리 표현하고 있다. 이 대목은 자연의 풍경을 통해 미학적 감응력의 최대치를 끌어 올리며 시적 긴장이 발현되는 지점이기도 하다. 권대웅은 자연에 대한 심각한 질적 변용을 꾀하지는 않지만 그가 지향하는 황홀경의 세계는 훨씬 더 미학적 의미를 확보하면서 우리에게 진한 감동을 안겨준다.

누가 자꾸 나무를 심어요
방 안 가득 넘실대는 초록, 벌써 내 키만큼 자랐죠

누가 자꾸 문을 두드려요
두개 세개의 묵직한 자물쇠를 걸어둔 것인데

벽을 허물고 천장을 부숴요 누가 자꾸

갓 구운 해를 잘라 아침 접시 위에 놓아요
그 먹음직스러운 빛, 아아
포크를 든 나는 거의 신음할 뻔했죠

이게 무슨 일인지 몰라
불을 *끄고 또 꺼요*

늙은 벽시계는 갓난쟁이가 되어

웃네요 별안간
어둠의 말간 젖을 빨며 노네요

이게 무슨 일인지
누가 자꾸
허기를 훔쳐가요 울음을 가져가요

넘실대는 초록, 그 사이사이 여문
빨강

빨강을 하나 따다 반으로 쪼개어볼까 재미 삼아
손을 뻗어 시늉하면
누가 자꾸
손을 가져가요 꼭 붙들고 놓아주지 않아요

　　　　　　　—박소란, 「누가 자꾸」(『한 사람의 닫힌 문』, 창비, 2019)

　　앞선 권대웅의 경우와 달리 박소란은 자연 풍경에 새로운 질적 변용
을 꾀하고자 한다. 그의 시세계는 질적 통합 과정을 통해 새로운 시적
특질을 잉태하면서 자신만의 독특한 시세계를 개진한다. "두개 세개의
묵직한 자물쇠를 걸어둔" 문을 자꾸 두드리는 것의 정체는 무엇이며,
"갓 구운 해를" 자르는 아침 초록의 잎사귀와 빨강의 열매 사이에서 시
적 화자의 '허기'와 '울음'을 훔쳐가는 것은 무엇일까? 화자의 고백처럼,
황량한 현실 속에서 메말라가는 화자를 위해 누군가가 자꾸 심는 나무

는 외부에 대한 고뇌와 대결 의식을 쉽게 내보이지 않는다. 그로부터 빚어지는 긴장감도 느끼기 어렵다. 다만 시인은 시적 화자의 내면과 나무 사이의 경계를 넘나들면서 그 미학적 깊이를 '초록'으로 확보하고, 질적 변용을 통해 자기만의 개성적 시적 특질을 만들어내려고 한다.

'나무'의 겉만 살피는 피상적 인식에서 벗어나 시인의 시선과 감각은 그 이면으로 파고든다. "넘실대는 초록" 속에서 해를 자르고 빨강을 따는 것은 일상적 삶을 거부하고 내면의 욕망을 투사하는 행위다. "자꾸/ 손을 가져가"고 "꼭 붙들고 놓아주지 않"는 것은 시인이 그 초록의 세계에 도달하기 위해 치달리는 격렬한 고독과 같은 모습이다. 유폐된 삶으로부터의 도피는 현실에 처절하게 부딪치면서 영혼의 고향을 지향하는 어떤 질주다.

자신의 영혼이 치유될 수 있는 초록은 시인이 지닌 욕망의 표상이다. 초록과 빨강은 화자가 안주하고 있는 공간의 "벽을 허물고 천장을 부"수고 새로운 이미지를 만들어낸다. '누가' 없던, 초록 이전의 황량한 세계에서 벗어나 화자를 구원해주는 대상은 화자에게 초록의 황홀경을 선사하면서 강렬한 지향성을 내보인다. 이때 가공할 욕망도 없는 화자는 유폐된 공간 속에서 스스로 응축하는 것이 아니라 스스로를 외부로 타전하고 초현실적 공간으로 망명을 시도한다. 초록으로의 회귀 내지 회복은 화자가 초록의 외부에 있는 누구와의 동일성을 희망하는 것이며 이러한 욕망은 타자인 '누가'와 동질의 것이 된다. 소통과 공존에 대한 갈망은 시인의 발랄한 상상력을 통해 초록의 풍경으로 새롭게 의미화된다. 박소란의 이러한 갈망은 이성이나 의식을 넘어서 비이성과 꿈의 영역으로, 그리고 경험적 감각의 경계를 넘어 인식의 지평을 심화시키고 있다.

가뭄 끝에 소낙비가 후려치니
열두 폭
아니 스무 폭
찢어진 서른 폭쯤으로
자드락비 병풍이 펼쳐지네

나는 어둑하니 홀로 손발톱을 깎는데
모이는 손톱 발톱이
마음이 잘 맞는 계? 모임 같네

그러니 나는 슬쩍 빠져 앉아
책장에서 내려와 뒹구는 머리통 굵은 책들
적막이 딛는 댓돌처럼 바라보네
시내를 갈지자로 걷는 징검돌처럼 바라보네
맨발로 디뎌볼까
소낙비 돌아가고 나면
졸음이 무거워진 머리에 목침인양 괴어볼까

아 선득한 종아리를 괜히 쓸어보면
쓸쓸함도 한 물건 같네

풍경의 뉘앙스

찢어진 서른 폭 소낙비 병풍이

두 폭 머리병풍처럼 졸아들고

그마저도 접혀 사라질까

빗소리 시원하던

사랑의 등짝을

반신 거울에 슬쩍 비춰나 두네

─ 유종인, 「설치미술」(『시인수첩』 2016년 봄호)

유종인의 위 시는 정통 서정시의 맥을 잇는 규범적 작품이다. 그렇다고 구태의연하거나 고리타분하다는 의미가 아니다. 자연에 있는 사물의 표층적 이미지화의 단계를 넘어 '소낙비'를 투시함으로써 자신의 내면 심층에 내재해 있는 자아를 환기시킨다. 시인은 소낙비 속에서 시적 자아를 육화하고, 그 이미지를 다시 외부의 이미지에 중첩시킴으로써 일상의 이미지를 정화하려고 한다.

가뭄 끝의 소나기를 바라보며 손톱과 발톱을 깎고 있는 화자는 자기 옆에 나뒹굴고 있는 두꺼운 책을 댓돌이나 징검돌로 바라보며 묘한 쓸쓸함에 마음이 기운다. 그러나 병풍 같은 소낙비 속에서 책을 '댓돌'이나 '징검돌'로 바라보는 심사는 단순히 그것들의 유비적 관계에서 벗어나 대상에 다가가거나 건너오는 매개로 바라보는 것임을 간과해서는 안 된다. 특히 점점 잦아드는 빗줄기를 바라보면서 야윈 사랑의 뒷모습을 읽어내는 내면의 풍경은, 경험의 영역을 초월한 자리에서 새로운 풍경을 그려낸다.

시인은 소낙비 풍경 속의 모든 사물을 시적으로 인식한다. 작고 하찮은 것을 따뜻하고 그리운 마음으로 바라보고 그것들에 마음을 덧대려고 한다. "종아리를 괜히 쓸어보면/쓸쓸함도 한 물건 같"다고 고백하는 대목에서 이러한 시인의 마음이 잘 드러난다. '괜히'라는 부사어에서 드러나는 공연한 쓸쓸함은 시인이 쓸쓸함을 느끼기 이전에 이미 그 자리에 있던 것으로 문법의 시제 논리로는 어긋난다. 그러나 '괜히'라는 말이 지닌 어감과 근원적 파장은, 시인이 대상을 마음으로 느끼고 그 의미를 깨우치는 일면을 고스란히 보여준다.

쓸쓸함을 물건으로 느낀다 하여 감정의 사물화라 한정시키면 시는 오히려 그 의미망이 축소된다. 갑자기 든 서늘한 마음이 이 쓸쓸함의 근거가 되며, 전신 거울도 아닌 반신 거울과 앞이 아닌 뒤의 등짝을 비추는 것은 그 풍경 안에 내재된 세계를 깨닫고 그것을 받아들이려는 시적 성실함으로 읽어낼 수 있다.

둘러보니 썩은 서어나무 속이다
내가 잎이었는지, 잎의 언저리에 피는 헛꿈이었는지
불우한 생각이 각설탕 태우는 냄새 같은

기억 같은 건 믿지 말라, 그 말을 새가 물고 있는 동안 네가 내 안에
멈추어 있었는지, 비어 있었는지
있다가 사라져버린 것들이 나에게 묻는다
눈발이 날리는 날
서어나무 발자국은 길 가운데 멈추고, 서쪽 뿌리에서 어떤 처연한
결기가 걸어 나온다

수첩에 적어 둔 계절은 느리게도 오지 않는다

눈 감아도 네가 내 안에서 눈에 덮여 있는 저녁은 갈까마귀 목덜미
빛이다

아침에 먹는 아스피린으로 내 피는 멈추지 않는다

그렇게 흘러 너에게 가다 보면 나는 조막만 해진 밀랍인형이 될 것
이다

결국, 이란 허공의 말이 천천히 지혈되고 있었다

—문정영, 「아스피린」(『꽃들의 이별법』, 시산맥사, 2018)

문정영 역시 자신만의 독특한 시적 감수성을 통해 자연 풍경을 새롭
게 변형시키고자 한다. 비록 풍경을 대상으로 하지만 그가 묘사한 시적
현실은 자연 풍경 그 자체에 머무르진 않는다. 시인만의 상상력과 인식
과정, 그리고 미학을 통해 자연 풍경을 내면 풍경으로 형상화하고 있
다. 개성적 상상력이 시적 대상에 작용했을 때 표출되는 인식론과 미
학은 형이상학의 영역에 속한 것이라 할 수 있겠는데, 이는 아스피린과
서어나무라는 절묘한 결합에서부터 시작된다.

시인은 많은 나무들 중에 왜 서어나무를 선택했을까? 서어나무는 중
부 이남 지역의 산간이나 해안 지방에서 흔히 볼 수 있는 낙엽활엽수
다. 그러나 공해에 대한 저항력이 약해 도심에서는 거의 볼 수가 없다.
도심에서 물러난 나무는 화자의 불우한 생각을 담아내기에 더없이 좋
은 제재다. 또한 아스피린은 일반적으로 혈관 내에 피가 굳고 뭉치는
혈전을 억제하는 데 효능이 있는 것으로 알려져 있다. 그런데 화자는

정작 지혈을 원하고 있다. 달콤한 기억과 불우한 생각의 혼재, 너의 부재의 원인에 대한 혼란 속에서 절망적인 현재의 상황을 인정하는 것은 결국 자기반성의 치열성을 담보해내게 된다. 그러면서 화자는 눈 내리는 날의 서어나무와 갈까마귀와의 교감을 통해 시적 일체를 시도한다. 그것들과 일체된 공간 속에서 화자는 외롭고 고독한 마음을 어찌할 도리가 없고 스스로 감당할 수밖에 없는 '결국'의 상황을 받아들인다.

"눈 감아도 네가 내 안에서 눈에 덮여 있는 저녁은 갈까마귀 목덜미 빛"이라고 고백하며, 시인은 대상을 마음으로 껴안는다. 시인이 이런 내밀한 세계를 드러내는 일은, 아픈 자책을 통해 내면을 풍경으로 그려내는 시의 본질에서 벗어나지 않는다. "어떤 처연한 결기가" 묻어난 치열한 사랑일수록 외롭고 고독한 법임을 시인은 이미 알고 있기 때문이다.

자연과 이성의 절대적 믿음이 깨져버린 산업화 사회에서, 혹은 더 이상 완전한 치유가 불가능한 현대인의 의식 속에서 자연 풍경을 새로운 어법과 정서로 가져오는 일은 시인을 구도자적 탐구로 인도하는 것처럼 보인다. 그리움과 회환, 고독과 쓸쓸함 등 인간적 번뇌를 떨쳐버리지 못하고 삶의 진실에 천착하는 시인의 내면을 풍경으로 대체하고자 하는 노력은 오롯이 시인만의 몫이기도 하다. 이러한 노력은 누군가에게 일말의 공감과 위안을 느끼게 한다. 시인이 자연 풍경을 단순히 수사적 기교로 위장하며 시적 진실을 방기하는 것이 아니라 사물의 표정과 뉘앙스를 읽어내고, 그것들을 존재의 내면으로 치열하게 펼쳐낼 때 서정적 울림이 더욱 강해진다는 것을 독자들 역시 잘 알고 있다.

도시의 갈망

전동균, 임동확, 안숭범, 조미희

때마다 쏟아지는 수십 종의 계간지와 월간지의 작품들을 허겁지겁 읽다 보면 그 작품들을 자연스레 두 가지 부류로 대별할 수 있다. 구분의 기준이야 시에 대한 정의만큼 많겠지만 직관적으로 거칠게 나눠보자면, 하나는 바깥 세계를 향해 일직선으로 줄달음치는 표현의 몸부림을 보여주는 것이고, 다른 하나는 높이보다는 깊이를, 그리고 바깥보다는 안쪽을 들여다보고 있는 것이다. 특히 도시의 삶에 근거를 두고 있는 작품들에서 이러한 경향은 더욱 두드러진다.

산업혁명 이후 도시는 단순히 하나의 장소일 뿐만 아니라, 그 자체로서 한 벌의 이미지들이며 메시지들의 회로다. 도시가 감각적 느낌과 그것들이 계획하고 강제하는 조건을 설정하는 동시에 자본이 계속해서 증식하도록 강요되는 것처럼, 그 자본의 문화도 끊이지 않는 거대의 문화다. 도시는 앞으로 성장하게 되어 있는 것, 진보할 수 있는 것들이 스스로 정체하고 독립자로 존재하고 싶어 하는 욕망을 끊임없이 부정한다.

이를테면 도시에서 개인은 고향으로 돌아갈 수도 없으며, 영원한 이주민(?)의 신분적 한계로 인해 고통을 받고, 스스로를 미래와 맞바꿀 만한 것도 없는 존재다. 이때 일군의 시인들은 도시의 삶에 의문을 제기하며 인간의 삶이 진정 자신의 것이 아니고 우리가 제어할 수 없는 막강한 과정에 종속되어 있다는 사실을 되풀이한다. 이 자리에는 이러한 관점에서 현대인의 불안과 예민한 경험이 작동되고 있는 주목할 만한 작품들을 모아봤다.

쩌억 입 벌린 악어들이 튀어나오고 있어 물병의 물들이 피로 변하고 접시들은 춤추고 까악 깍 울고 표범들이 담을 뚫고 달려오고 있어

뭐 이런 일이 한두번이냐,
봄밤은 건들건들
슬리퍼를 끌고 지나가는데

덜그럭 덜그럭
텅 빈 운동장 트랙을 돌고 있는 유골들
통곡도 뉘우침도 없이
작년 그 자리에 피어나는
백치 같은 꽃들

누가
약에 취해 잠든 내 얼굴에 먹자[墨字]를 새기고 있어

도둑놈, 개새끼, 사기꾼
인둣불을 지지고 있어

눈은 없고 눈썹만 까만 것이
생글생글 웃는 것이

—전동균, 「눈은 없고 눈썹만 까만」
(『당신이 없는 곳에서 당신과 함께』, 창비, 2019)

 "눈은 없고 눈썹만 까만 것"이 무엇일까? 무슨 수수께끼 같은 이 물음은 시를 다 읽고 나서도 좀처럼 명확해지지 않는다. 그럼에도 불구하고 시인이 그려내는 풍경은 새삼 투명하다. 혼란스럽지 않게 동원된 시적 이미지들이 그렇고, 정제된 시인만의 언어가 그렇다. 시인의 이런 투명한 시를 들여다보면 시인만의 정신적 엄격성과 예술가적 의식의 명료성이 드러난다. 아마도 이러한 투명성은 그의 시적 재능과 비판적 감성이 균형 있게 조화를 이룬 결과로 보인다. 거기에는 자아와 세계 사이의 관계에서 적절한 자기비판적 거리를 유지하고 스스로를 살피는 자기통제력이 작동하고 있다. 이러한 통제력은 여타 시인들과 달리 독자를 거북하게 만들지도 않고, 독자와의 공감력을 높이면서 오히려 친근하게 감싸는 느낌을 선사한다. 다시 말해 전동균이 지닌 시적 투명성은 독자를 끌어들이는 포용의 힘을 미덕으로 간직하고 있다. 특히 위의 시는 이러한 미덕을 한껏 보여준다. 개인적 서정성에 함몰하거나 자기 자신만의 감정을 과장하는 이기적 낭만주의자의 목소리에서 벗어나 투명한 시 안에서 독자인 우리의 모습을 비쳐보고, 시인이 내세운 시적 자아와 독자가 자연스럽게 교감을 나눌 수 있는 여지를 확보하는 데 능하다.

시인에게 봄은 쉽게 날 수 있는 계절이 아니다. 매번 봄이 찾아오지만 시인에게 봄은, 특히 봄밤은 매번 하나의 공포에 가깝다. '악어'와 '표범'과 '핏물'이 등장하는 공포의 무대다. 그런데 신기하게도 정작 화자는 절대적 공포를 느끼지 않는다. "뭐 이런 일이 한두번이냐"며 오히려 천연덕스럽다. "건들건들" "덜그덕 덜그덕" 지난해와 다름없는 꽃이 피고 지난해와 다름없이 화자는 지낸다. 그러나 이런 익숙한 공포에도 맨 정신으로는 도저히 잠이 들 수 없었는지, 봄밤의 잠이 항상 그러한지, 화자는 "약에 취해" 잠이 든다. 그리고 그런 봄밤에 누군가 화자의 "얼굴에 먹자[墨字]를 새기고 있"다. "도둑놈, 개새끼, 사기꾼". 천인공노할 범죄는 아니어도, 살다 보면 어느 순간 본의 아니게 듣게 되는, 욕설에 가까운 것들이다.

지워지지 않게 "인듯불"로 "먹자"를 새기는 이는 누굴까? "눈은 없고 눈썹만 까만" 주제에 "생글생글" 웃기까지 하는 그것은 무엇일까? 봄밤을 건너온 유령일까? 봄밤 그 자체일까? 시인은 안일한 일상의 삶과 그 삶의 굴레로부터 빠져나와 스스로를 돌아본다. 세계 앞에서 자아를 함몰시키거나 허무주의적 태도를 취하지도 않고, 세계를 부정하고 파괴하려는 몸짓도 과장하지 않는다. 내부의 감성에 부딪쳐오는 삶의 한 단면에 예민하게 반응할 뿐이다. 분명 존재하지만 '있다'고 말할 수 없는 저편에 대한 화자의 관심과 욕망은 서로에 대한 인정에서 불안전한 화해를 유지한다.

화자는 봄밤을 '악어'와 표범'으로 부르고, 봄밤은 화자를 '도둑놈',

'사기꾼'으로 부르는 풍경이 그리 낯설지만은 않은 까닭은 여기에서 연유한다. 절제되고 세련되었으나 결코 기교에 의해 치장되지 않는 비유적 언어를 사용하고 있는 시인에게는 낭만주의자나 몽상가가 아닌 다른 호칭이 필요할 것 같다.

아주 먼 곳으로 떠돌 때만 다가오는 고향 같은 저녁이 온다
저녁노을이 바쁜 귀갓길을 잠시 붙드는 사월의 보라매공원 저편
무엇이든 지우거나 삼키려 드는 큰 입을 등 뒤에 숨긴 어둠이,
일생을 두고 감추고 싶은 비밀 같은 밤이 밀려오고 있다
행여 단단한 각오나 용기 없이는 무작정 빨려 들어갈 뿐인 무인칭의 시간,
미처 그만이라고 소리칠 새 없이 다가오는 미지의 힘에 그저 이끌려 갈 뿐인,
그러나 정작 아무 일도 일어나지 않을 것 같은 정적이 열리고 있다
차라리 나라면 결국엔 이문 남기며 파장하는 골목시장의 상인들 같은 소란,
짐짓 자신마저 속고 마는 평화보다 덜컥 거리의 유세를 택할 고요가
연신 연초록 느티나무 나뭇가지로 귀가하는 참새 떼처럼 몰려들고 있다
그러나 그 어디에도 소속되지 않은 나를 끝없이 호명하는 저물녘의 어머니
더는 버틸 힘 없는 영혼의 다리뼈를 일으켜 세우던 삼종(三鐘)의 종소리 같은,

자칫하면 미처 예상치 못한 억센 손길에 찢겨 죽을 수도 있는 과거
혹은 미래가,

아니면, 결국 너와 나 사이 하나의 깊이로 불러 모으는 해구의 소용
돌이가.

—임동확, 「저녁이 온다」(『누군가 간절히 나를 부를 때』, 문학수첩, 2017)

거리에 비례하는 공간적 그리움에는 그만큼의 현실적 원심력이 작
용한다. 도시의 어둠과 밤은 언제나 고향을 떠나 있는 이들에게 하나의
폭력과 불안으로 다가오고, 화자는 "그 어디에도 소속되지 않은 나"가
되고 만다. 화자는 도시의 삶이 가져다주는 안정과 타성 사이, 평화와
불안 사이를 위태롭게 오간다. 시인은 자기성찰의 모습을 보여주면서
더불어 독자까지도 긴장의 세계로 유도한다.

서울, 도시 삶의 한복판에서 새로운 일탈의 공간을 지향하는 '개와
늑대의 시간'에 화자는 고향을 떠나와 외톨이처럼, 아니 '무인칭'으로
서게 된 소외된 삶의 궤적을 그려본다. 도시의 어둠은 고향의 어둠과
다르다. 유년의 따뜻한 기억과 포근한 안식이 예비된 고향에서의 어둠
은 저녁연기가 피어오르는 해 저물녘 나를 찾는 어머니의 정겨운 목소
리나, 하루 세 번 기도를 드릴 때마다 울리는 평화와 안식의 '삼종의 종
소리'와 관계되어 있다. 그러나 도시의 어둠은 "무엇이든 지우거나 삼
키려 드는 큰 입을 등 뒤에 숨긴" 위협이며 위장에 불과하다. 도시의 호
흡에 어울리게 메마르고 팍팍하고 건조한 시적 배경 속에서 화자는 도
시에 대한 환멸과 공포를 굳이 감추지 않는다. "미처 예상치 못한 억센
손길에 찢겨 죽을 수도 있는" 시간성은 고향의 공간성을 능가한다. 우

리 사회의 현대성이 공간성보다는 속도의 시간성이 우위를 점하고 있음을 냉철하게 직시하는 부분이기도 하다.

모두가 속도에 정신이 팔려 앞으로만 나아갈 때 화자는 홀로 "사월의 보라매공원 저편"의 붉어가는 노을을 바라본다. 어둠은 신비롭고 은밀하며 새로운 생성을 품고 있는 하나의 조건이다. 화자는 현실과 몽환 속에서 스스로에게 숨겨져 있는 순수한 표상들을 읽어낸다. 그것은 도시에 길들여진 문명의 방식으로 위장된 평화보다는 사람들의 숨결이 느껴지는 '골목시장의 소란'이나 귀가하는 참새 떼의 바쁜 날갯짓이다.

시인은 황폐한 도시에 맞서는 예민하고 불우한 자아가 아니라, 자신을 부르는 목소리와 종소리를 잊지 않는 낭만적 자아다. 스스로 아픈 마음을 달래며 "너와 나 사이 하나의 깊이로 불러 모으는 해구의 소용돌이"를 그릴 줄 아는 자다. 상처받은 영혼에서 상처를 준 세상을 응시하고 상처를 딛고 일어서려는 낭만적 의지는 소외된 자아의 수동적 삶에 함몰되지 않는다. 그래서 그의 시는 이해되기보다는 느끼고 품고 새기는 것이 옳은 독법 같다.

오늘 보니 젓가락이 휘어 있다, 반찬보다 먼저 흘러내리는 어제의 다짐, 몇 번을 읽은 만화책이 등을 돌리자, 늦은 밤 현관문이 겨울 쪽으로 몸을 연다, 평균적 생활이라는 믿음, 아파트상가 삼층 개척교회를 지나다가, 본다, 마지막 신자를 잃은 지 오랜 것들, 희한한 회한에 대해, 음지와 극지를 오가다 날개를 접은 철새에 대해, 건들바람이 황량한 겨드랑이를 확인하고 가고, 슬리퍼가 나를 고쳐 신는다, 야간업소 포스터 속 오빠도 이리저리 돌아눕는 밤에, 온종일 기다림을 짓는 버스정류장으로, 돌과 마음의 자리를 툭툭 옮겨 가면서, 마중 간다, 자꾸 얼어붙는 예언 쪽에서 한 여자를 떼어 내며, 걸음마다 고이는 것이 두렵다, 굴뚝 위 난쟁이의 표정을 향해 꽃마리가 흔들리는 시간에, 드디어 막차가 어둠을 토한다, 모두 내게로 쏟아지는 것들, 처녀 때부터 입던 외투를 걸친 여자는 거기서, 비도 눈도 아닌 것을 괜스레 털고 있는데, 미소를 흉내 내는 저 안간힘의 이유들이여,

—안숭범, 「하차」(『무한으로 가는 순간들』, 문학수첩 2017)

풍경의 뉘앙스

안숭범 역시 앞의 임동확과 동일한 서정적 자장을 공유하고 있다. 시인은 휘어지고, 미끄러지고, 넘어진 삶의 한복판에 시적 화자를 배치한다. 그리고 현대의 삶이 내포하고 있는 증오나 난폭함으로 갈등하는 마음자리가 아니라, 서로 다른 본성의 것들을 하나의 정화화된 틀 안에 가두어 획일화시키려는 도시성에 대한 저항을 오히려 내밀하게 그려내고 있다.

바람이 불고 모든 것이 흔들리는 막차의 시간에서 화자는 "안간힘의 이유들"을 찾는다. 팍팍한 현실에서 탈출하고자 하는 시인의 욕망은 경직된 현실 속에서 흔들리고 있는 것들에게 자꾸 눈이 간다. 오래전에 휘어져 있었으나 오늘에서야 발견하게 된 '휘어진 젓가락'과 더 이상 신자가 없는 '개척교회'라든지, 오래된 외투를 걸친 여자라든지, 하다못해 바람에 휘날리는 야간업소 포스터에도 눈길이 간다. 화자의 눈에는 이것들이 모두 자신의 마음과 다르지 않아서 그렇다. 이것들은 부정적 현실을 넘어설 수 있는 의지를 가지고 있지도 못하다. 그저 "미소를 흉내내"며 버티는 모양새다. 이러한 풍경과 이미지들은 "평균적 생활이라는 믿음"에 수렴된다. 하지만 인위적인 희망의 암시 같은 것은 없다.

시인은 엄격한 자의식이나 절제된 표현보다는, 숨어 있던 감성들을 자유롭게 풀어놓고 풍부하고 세밀한 시선의 언어들을 내보인다. 시인은 우리의 시력으로는 좀처럼 보기 힘들거나 무심코 지나쳤던 풍경을 소환하며 사물의 이면을 들춰내는 능력을 보여준다. 그가 축조해놓고 있는 시적 공간 속에서 대상과 사물은 이전의 표정을 벗고 민낯으로 다가오고, 독자들은 그것들을 통해 보다 깊은 내면의 교환을 경험하고 연결을 체화하게 된다.

"어제의 다짐"과 "평균적 생활"을 믿고 싶어 하는 화자에게 세상은 방해자나 혹은 적대자의 존재로 등장하기 쉽다. 그러나 화자는 그것들 틈에서 오히려 동반자의 표정들을 발굴해낸다. 세계가 가지고 있는 모순과 불합리를 지적하고 비판하기보다는, 왜소하고 무력한 화자 자신의 내면과 동질의 것들을 찾아냄으로써 소외와 단절을 극복해내고자 한다. 이러한 모습은 앞의 임동확이 보여주는 삶의 성찰자적 모습이라기보다는, 달관 내지 탐색자적 모습에 더 가깝다. 갈등과 고민을 내면화하고 해소하고자 하는 "안간힘의 이유"가 실은 여기에 있는 '인정'일지도 모른다.

> 너는 우주에서 자유로운 여자
> 공굴리기를 하는 서커스의 단원처럼
> 임시천막 같은 둥근 지구를 바라보며
> 커다란 막대사탕의 무늬처럼 돈다
>
> 그리운 무중력
> 하이힐도 세탁기도 필요 없는 무중력
> 떠다니는 물방울로 머리를 감고
> 풍경 따윈 필요 없는 창문을 가진
> 너는 우주인
> 너는 기분 좋은 갈매기
>
> 나는 지구의 골목에 있고

모든 중력에는 수만 가지의 따가운 간섭이 있는

지구에 남겨진 여자

너는 무중력의 배란기

나도 무중력의 배란기를 가질 수 있었다면

중력의 계단에 앉아 지루한

헛구역질은 하지 않았겠지

너의 발은 지구의 기우뚱거리는 관습을 지우고

관습의 궤도로부터 낭만적이다

너는 빛나는 귀환이 있는 부양(浮揚)이 있고

나는 빛나는 도피도 없는 부양(扶養)이 있다

나의 예민한 귓바퀴는

사탕의 동그라미를 도는 분홍색 맛을 꿀꺽 삼킨다

당신은 중력을 이탈하고 있습니다

중력은 나를 놓치고

나는 중심을 버린다

* 세계 최초의 여성 우주비행사

—조미희, 「그리운 무중력—발렌티나 테레시코바*에게」
（『자칭 씨의 오지 입문기』, 문학수첩, 2019)

앞의 세 시인의 작품이 현실의 굴레 속에서 안간힘을 쓰듯 각각의 삶의 방식을 재탐색하거나 그것을 받아들이는 반성적 태도를 드러내고 있었다면, 이번 조미희의 작품 역시 일상과 현실의 중력에서 크게 벗어나지 않는다. 다만 그의 시선은 우주로 확장된 한 지점에서 세계 최초의 여성 우주인인 발렌티나 테레시코바를 소환해내고 있다.

화자는 지구라는 작고 둥근 행성의 중력에 묶여 있는 자신과, 중력을 벗어나 저 무한대의 우주를 날고 있는 테레시코바를 비교한다. 화자 스스로 "모든 중력에는 수만 가지의 따가운 간섭이 있"다고 토로하면서 일탈이 아닌 탈출을 꿈꾼다. "지구의 기우뚱거리는 관습을 지우고/ 관습의 궤도로부터"의 탈출이다. 그러면서 화자를 얽매는 중력이 어디서 기인하는 것인지도 잊지 않는다. 그것들은 바로 '하이힐'과 '세탁기', "빛나는 도피도 없는 부양(扶養)"의 비유에서 선명하게 드러난다. 화자는 여성으로서의 삶, 사회가 요구하는 차별적 역할에 심한 중압감을 느끼고 있다. 시인은 이러한 시적 정서를 통해 대상과의 아주 먼 거리를 유지하고자 하는 심리적 거리를 노출시킨다. 쓸쓸함과 연민은 모든 존재의 숙명에 대한 자각에서 오는 것이 보편적인데, 시인의 경우 오히려 관조를 통해 타자와 자아의 중첩을 느끼게 된다.

더욱 눈여겨 살펴야 할 부분은 우주적 상상력과 감각에서 비롯된 쓸쓸함이나 고독의 느낌보다는 오히려 슬픈 운명에 몰입된 감정과 그것에서 탈출하고자 하는 욕망을 관조하는 모습이 강렬한 이미지를 만들어내고 있다는 점이다. 스스로를 대상화하고 객관화하고 관조하고자 하는 욕망은 대상에 대한 접근 방식이 아니라 화자의 위치가 갖는 전형적 미적 거리에서 획득된다. 이 작품이 확보한 미적 성취는 이러한 적절한 미적 거리와 심리적 균형에 의해 이루어진 것이며, 지나치게 감상적이지도 않으면서 원거리의 우주인과 근거리의 화자에 대한 조망이 탁월하게 구현되는 지점에서 발현한다. "사탕의 동그라미를 도는 분홍색 맛"과 같은 탈출은 시공간의 확대를 통한 인식적 확장으로, 특히 "당신은 중력을 이탈하고 있습니다"라는 선언적 명제는 일상의 작은 존재와 우주적인 것 사이의 심연을 도약하는 황홀감을 선사하기도 한다. 끊임없이 현실을 벗어나고 싶은 열망은 오히려 새로운 삶의 욕구를 가장 잘 응축하고 있는 것이 아닐까 싶다.

도시의 삶이 비개인적이며 억압적인 어떤 힘에 의해 형성되고 조종되고 있다는 노여운 사실에 대해 시인들은 다양하게 반응한다. 시인은 사사로운 감정과 특수한 개인의 경험을 과장하면서 스스로의 내면세계를 들여다본다. 전동균과 임동확은 우리가 살아내고 있는 현실의 불안이 인간 존재에 내재하고 있으며 구체적 대상이 없는 실존의 것이라 하고, 안숭범과 조미희는 생활 세계의 운행 속에서 현실적으로 작동하는 직접성의 것과 관계되어 있다고 항변한다. 비록 접근 방식은 다르지만 시인들은 우리 삶의 불안이 인간의 왜소화와 자아 상실에서 비롯되고 있음을 부정하지 않는다. 이들은 소외와 상실을 넘어 가치로서의 어떤 갈망을 보여주고 있기 때문이다.

해명할 수 없는 어떤 본래의 삶

변종태, 이윤학, 문성해

시인은 세계를 감각하는 자이다. 시인 자신의 고유한 감각을 통해 외적으로 분리되어 있는 세계를 이해하고, 서로 아무 관련 없는 내용들에 연속성을 부여한다. 내용적인 연속은 시인의 감각이 어떤 내적 연관성을 예견하거나 그것을 가정할 수 있는 최소한의 타당성을 본능적으로 포착할 수 있음을 의미한다. 그래서 시인의 감각은 일종의 심리적 토대인데, 시인은 이러한 토대를 바탕으로, 세계를 가지고 있으면서도 스스로 세계에 귀속될 수 있는 존재로 자리한다. 관념의 추상을 넘어 통합적 세계 속에 감추어진 근거에 접근할 수 있는 능력을 갖고 있는 것이다.

시인은 자신의 대상 지평 안에 세계를 수용하고, 삶과 죽음의 문제도 생략해버리며, '나'에게서 세계로 넘어가는 현실적 연결점을 지워버린다. 이러한 과정 속에서 우리 삶의 진실은 장기적으로 통합되어 있는 보편적 인과성이나 존재론적 근거를 훼손당하기도 한다. 하지만 시인

은 각각의 입장에서 자신의 회의 속에 고립되어 있는 결과를 승인해주
거나 분열을 통해 설명할 수 없게 된 설명 불가능성을 시인의 감각으로
승인하며 세계를 이해시켜준다. 외적 규칙성을 초월하여 해명할 수 없
는 어떤 본래적인 것의 타당한 근거를 관념적으로 초월해내는 것이다.
이 자리에서 함께 읽을 세 편의 시들은 각각의 입장에서 이러한 예를
가장 근본적으로 보여주는 작품이 될 것이다.

　　기원전의 나를 해독하는 일은

　　오래 살아온 동굴의 벽화를 해독하는 일

　　지린내 풍기는 삶의 벽에 굵은 나무 하나 그려 넣고

　　맨손으로 은행을 까는 일

　　노오란 들판에서 짐승 한 마리 떠메고 돌아오는 일

　　심장 따뜻한 짐승의 가죽을 벗기며

　　붉은 웃음으로 가족들의 안부를 묻고

　　일회성 삶의 지린내를 맡으며 오늘밤의 포만으로

　　다시 기원후의 삶을 동굴 벽에 그려 넣으며

　　맨손으로 은행을 까는 일은

　　기원전 내 모습이 핏빛으로 물드는 일

　　퇴근길 은행나무 가로수 아래를 지나다가

　　은행을 밟은 채 버스에 올라탔을 때의 난감함

　　벽화에 다시 핏빛 노을이 번질 때

　　등 떠밀려 사냥터로 나가는 가장의 뒷모습

　　지린 은행처럼 창밖에는 사냥감 한 마리 보이지 않고

기원전의 생을 기억하는 일은 다시

맨손으로 익은 은행을 주무르는 일

화석이 된 가장의 일과를 동굴 벽에 그려 넣으며

어제의 포만을 기억하는 가족들의 흐뭇한 얼굴을 추억하는 일

은행나무 아래를 조심스레 걸어서 만원버스를 타는 일

기원전 내 생의 벽화가 희미해가는 일

은행나무 아래서 기원후의 나를 추억하는 일

—변종태, 「은행나무 아래서」(『시인수첩』 2016년 가을호)

이 시에서 시인은 현실의 주체로서 자기 존재를 유보하고 환상으로 채색된 심연과도 같은 자기 자신의 내면세계로 몰입한다. 하이데거는 『존재와 시간』에서 우리가 스스로 결정하지 않았음에도 이미 세계 속으로 우리가 이미 던져져 있음을 지적하면서, 우리는 우리가 반성하여 알기 이전에 이미 언제나 하나의 세계 속에 들어선 채로 머물고, 이러한 사실은 불안과 같은 일정한 기분 속에서 뒤늦게 알려진다고 주장했다.

하이데거의 지적처럼 시인은 가을의 풍경 속에서 인간의 근원을 궁리하면서 현대성의 필연적 산물과 맞닥뜨린다. 불안과 좌절, 출구 없음 등의 내면화된 생의 국면들을 운명적으로 감내하는, 새로운 차원의 내면 풍경을 목격하게 된다. 이러한 풍경은 "퇴근길 은행나무 가로수 아래를 지나다가/은행을 밟은 채 버스에 올라탔을 때의 난감함"으로 응집된다. 현실과 전생, 혹은 기원후와 기원전의 경계의 틈은 시적 주체의 틈이자 균열이며, 언어로 정립되지 않는 또 다른 은유의 현장이다. 그렇다면 시인은 왜 이런 기원전의 근원적 공간을 그리워하고 있는 것

일까? 이는 시인이 자기의식의 바깥을 시의 현실로 삼고 있기 때문이다. 가장은 "등 떠밀려 사냥터로 나가"지만 정작 "사냥감 한 마리 보이지 않"는 현실을 통해 기원전 풍경을 시의 영역으로 확장하고 있다. 이때 기원전 삶의 모습과 기원후 자신의 운명에 대한 진지한 탐색이 병행되고, 시인만의 고유한 언어적 촉감으로 보이지 않는 관념 세계의 깊이와 넓이를 현실로 환원한다. 기원전의 '일회성 삶'과 수천 년이 지난 기원후의 '일회성 삶'의 차이는 무엇인지, 시인은 궁리에 빠진다.

시인은 인간의 윤회적 삶이 광활한 지평의 잠재적인 기능태란 사실을 본능적으로 깨닫고 자신의 시적 감수성을 통해 새로운 풍경을 만들어낸다. 결국 "기원전의 나를 해독하는 일"은 인간의 논리 이전의 아득한 공간을 짐작하는 일이며, 기원전과 기원후의 '나'가 근원적으로 지닌, 주체와 세계 사이의 틈새를 언어로 메우려는 일이다. 세계와 인간의 틈새에 말이 있는 것이 아니라 말에서 세계와 주체가 태어나는 일임도 시인은 잊지 않고 있다.

시인은 고약한 뒤틀림이나 잠재적인 폭력을 통해 시공간을 넘나들지 않는다. 그저 기원전과 기원후의 틈새에도 불구하고 변함없는 '가장'으로서의 역할과 몫에 집중하고 있을 뿐이다. "들판에서 짐승 한 마리 떠메고 돌아"와 "짐승의 가죽을 벗기며" "가족들의 안부를 묻"는 기원전 가장의 모습과 "가족들의 흐뭇한 얼굴을 추억하"며 "은행나무 아래를 조심스레 걸어서 만원버스를 타는 일"이 자연스럽게 오버랩되고 있다. '은행나무'는 고생대부터 수억 년을 생존해온 수종으로 살아있는 화석이라 불리기도 하는데, 이 시에서 '은행'은 일상적인 영역을 넘어 근원적인 것에 접근하는 수단으로 활용된다. 더불어 자기 근원과 윤회

적 삶의 기원에 대한 피투성(被投性)의 상징이 되기도 한다.

「은행나무 아래서」의 피투성은 인간의 유한성 혹은 수동성을 의미하게 되지만 무엇보다, 어디서 와서 어디로 가는지 존재에 대한 의문이 시인 스스로 기획한 것이 아니라 스스로의 존재로 내던져져 있다는 시인의 존재론적 인식을 통해 적나라하게 드러났다는 점에 주목해야 할 것이다. 선명하게 환원되는 기원전 경험 영역과 교차해 현실을 감각적으로 재구성하려는 시인의 언어가 기원전과 기원후의 경계를 자각적으로 지워내고 있다는 점도 귀하게 여겨진다.

> 자신에게 사로잡힌 풀벌레들이 지린내를 풍기며
> 울어주는 공터로 돌아온 그는 벽시계를 업어다
> 한데와 내통하는 벽장을 막았다 그는 홀몸으로

복어 배를 부여안고 서글퍼한 날들을 회개했다

자신에 대한 소문은 자신만 모른다고

인격 중 가장 어린 아동이 속삭였다

새벽이면 인격들의 중얼거림이 권태와 변태를 불러왔고

언제나 술을 마신 식전이 되었다 세상 어디엔가는

썩은 물만 빠져나오지 못하는 탱크가 있다는 게 사실이었다

눈을 감으면 개펄이 보이는 동네에서 살았다 엎드려 잠자는

할머니뻘 되는 여자가 나타나 자꾸 소란을 피웠다

얼굴을 들고 나다닐 수 없는 동네에서

그는 드디어 모든 술을 끊을 수 있었다

그는 가난을 즐기는 게으름뱅이가 되려다 실패한

수천만 번째 사례가 되었다 작가를 꿈꾸는 시인이었고

출항하는 어부들을 따라 산책 나갔다

그냥 돌아오는 길도 잊은 지 오래되었다

그는 마지막 술병 마개를 비틀었다 지문에

굵은 소금을 찍으며 중국을 떠올렸다

그는 방금 바닷물을 빠져나온

젖은 몸, 파란 입술을 깨물었다

—이윤학, 「공터의 벽시계」(『시인수첩』 2016년 가을호)

「공터의 벽시계」에서 그려지는 풍경은, 쉽게 명시될 수는 없으나 불투명하고 부조리한 삶의 처절함과의 싸움이며 존재의 숙명에 대한 의심이다. 다수의 정체성을 지닌 화자는 "권태와 변태"의 나날을 보낸다. 화

자는 "작가를 꿈꾸는 시인"이었으나 "가난을 즐기는 게으름뱅이"도 되지 못하고 "마지막 술병 마개를" 비튼다. 기묘한 것은 고통에 빠진 자일수록 자신이 생의 변경에 속해 있다는 자각에 민감하게 반응한다는 것이다. 고통의 중심에 있는 존재가 생의 중심에서 추방되었을 때 느끼게되는 실존의 딜레마는 「공터의 벽시계」를 관통하는 거대한 그늘이다.

화자는 "벽시계를 업어다/한데와 내통하는 벽장을 막"는다. 이때 '공터의 벽시계'는 찬바람을 막아주는 도구이며, 생의 그늘에서 벗어나고자 하는 화자의 의지이다. 그러나 생으로 인한 고통의 대가가 생으로부터의 소외일 때, 유혹처럼 다가오는 죽음도 있다. 고통 속에 모호해질 뿐인 생은 화자에게 실체가 없거나 무의미한 것에 불과하다. 화자의 생에 난 빈 구멍을 채울 수 있는 것은 더 이상 생의 내부에는 존재하지 않는다.

이 시는 죽음의 힘에 제압되기 직전의 부서지고 허약한 생의 관념에서 씌어졌다. 생과 자아의 치명적인 불균형 속에서 탄생하는 이 도저함을 되돌아보게 만들고 있다. 화자는 단순한 삶의 권태가 아니라 삶의 운명적 불구성을 내면화하는 동시에 개체로서의 고립을 감수해내고 있다. 이러한 파편화는 현대사회의 특징 중 하나이기도 하지만 시인은 이중의 몫을 감내하면서 고립된 내면의 균열과 내압을 언어화한다. 이것이 시인의 운명일지도 모른다. 화자가 지나쳐온 "서글퍼한 날들"은 "썩은 물만 빠져나오지 못하는 탱크"에 갇혀 있다. 회개를 해도 소용없고, 스스로를 제어할 수 없는 것을 관망해야 하는 고통은 '시인'으로서의 파토스로 전환되면서 삶의 진정성과 고통의 밀도를 획득한다.

불안정한 실존 속에서 격렬한 감정이 위태롭게 분출되지만 화자는 고뇌의 대상을 회피하지 않는다. "공터의 벽시계"로 표상되는 생의 상처 속에서, 소멸하는 것과 곧 소멸할 것들이 가득한 삶의 공간에서, 그가 할 수 있는 일은 그리 많지 않다. 그저 쓸쓸하게 지켜보거나 고통스럽게 견디거나 때로 완강하게 부정하는 것 정도일 뿐이다. "바닷물을 빠져나온/젖은 몸"으로 "파란 입술을 깨"무는 화자는, 결국 생이 죽음에 귀속되는 장면을 통해 생을 성찰하고 그 힘으로 생을 지속한다. 화자에게 생 자체보다 더 허약한 것은 생과 그 자신의 위태로운 관계다. 자신이 곧 생의 바깥으로 이탈하게 될 것을 확신하면서도 화자는 시간의 흐름을 감내해야 하는 불구의 존재가 된다.

아무도 설명해주지 않는 생의 폭력은, 시간의 질서와 삶의 의미를 흩어놓는다. 생의 활력을 박탈당한 존재의 내면은 죽음에 흡수되며, 무력한 삶의 이력을 수렴하게 된다. 시인이 그려내는 이러한 죽음의 이미지는 삶의 흠집과 훼손을 수락하기보다는 차라리 전멸을 택하는 것, 조금씩 몰락해가며 완전한 파괴를 원하는 모습일지도 모른다. "바닷물을 빠져나온" 것처럼 파멸에 자신을 내어줌으로써 얻게 되는, 생의 시간을 시인은 이해하고 있기 때문이다.

처음엔 작은 활자들이 기어 나오는 줄 알았다
신문지에 검은 쌀을 붓고 바구미를 눌러 죽이는 밤
턱이 갈라진 바구미들을
처음엔 서캐를 눌러 죽이듯 손톱으로 눌러 죽이다가
휴지로 감아 죽이다가
마침내 럭셔리하게 자루 달린 국자로 때려 죽인다

죽임의 방식을 바꾸자 기세 좋던 놈들이 주춤주춤,
죽은 척 나자빠져 있다가 잽싸게 도망치는 놈도 있다
놈들에게도 뇌가 있다는 것이 도무지 우습다

혐오도 죄책감도 없이
눌러 죽이고 찍어 죽이고 비벼 죽이는 밤
그나저나 살해가 이리 지겨워도 되나
고만 죽이고 싶다 해도 기를 쓰고 나온다
이깟 것들이 먹으면 대체 얼마나 먹는다고
쌀 한 톨을 두고 대치하는 나의 전선이여
아침에는 학습지를 파는 전화와 싸우고
오후에는 종이박스를 두고 경비와 실랑이하고
밤에는 하찮은 벌레들과 싸움을 한다

누가 등이 딱딱한 적들을 자꾸만 내게로 내보낸다
열기로 적의로 환해지는 밤,
누군가 와서 자꾸만 내 이불을 걷어 간다는 생각,
자꾸만 내게서 양수 같은 어둠을 걷어 간다는 생각,
날이 새도록 터뜨려 죽이는 이 어둠은 가히 옳은가
　　　―문성해, 「바구미를 죽이는 밤」(『내가 모르는 한 사람』, 문학수첩, 2020)

　시인에게 현실은 단순히 미래를 위한 역동적인 자기투여의 공간이
아니다. 시가 단순히 삶의 인위성과 공작성(工作性)에서 비롯된 파편화

되고 유희적인 환영에 의해 현실을 점검하고자 하는 알리바이도 아니다. 이 시에서 시인은 자기의 언어 공간에 갇혀 있는 상황을 일원적 논리가 아닌 다층적 구조로 구현하면서도 표면적 서사는 선명하게 드러낸다.

평범한 일상의 어느 저녁, 화자는 "신문지에 검은 쌀을 붓고 바구미를 눌러 죽이는" 행위에서 시작해 "누군가 와서 자꾸만 내 이불을 걷어 간다는" 공포와 "자꾸만 내게서 양수 같은 어둠을 걷어 간다는" 공포로 치닫게 된다. "혐오도 죄책감도 없이" 바구미를 "눌러 죽이고 찍어 죽이고 비벼 죽이는" 모습은 "아침에는 학습지를 파는 전화와 싸우고/오후에는 종이박스를 두고 경비와 실랑이하"는 모습과 겹친다. 세계 안에서 혹은 현실의 벼랑 앞에서 직면하게 되는 존재의 비극성을 여실히 지적하면서도 시인은 이 갈등을 면밀하게 언표 안에 감추어놓는다. 자위적 매개 없이 일상의 풍경을 중심으로 시인의 본질적 의무를 외롭게 수행하는 시인의 자세를 엿볼 수 있다.

시인의 언어는 윤리가 아니라 의미를 생성하고 차이를 가능하게 하는 언어 너머의 언어이다. 작품 속 화자는 일상의 삶을 인위적으로 질서화하고 논리로 설명하고자 하지 않는다. 화자는 도전받는 '어둠'을 통해 일상에 침입하는 거대한 폭력적 메커니즘을 의심한다. 화자의 의지와 상관없이 "자꾸만 내게로 내보"내지는 딱딱한 적들. 화자는 이 적들로 인해, 양수처럼 평온해야 할 밤을 "열기와 적의"로 훼손당하고 있다.

시인은 하나의 언어에 내재된 의미나 형상에 의존하는 것이 아니라 일상의 어떤 틈 내지는 균열을 재현하기 위해 자신만의 시 문법을 만들어낸다. 혼돈의 미로 같은 삶의 풍경을 계산된 인공적 호기심이 아니라, 주체 내면의 자연적 의식으로 의심하고 정신적 탐색을 투영하려는 시인의 자세는 우리 시의 정통주의자의 면모와 닮아 있다. 지금껏 의심하지 않았던 현실의 실제에서 진짜와 가짜, 주체와 대상, 현실과 환상 간의 경계를 물으면서 그 간극을 인식한다. 시인에게 현실은 쉽게 들어갈 수 있으나 쉽게 나올 수는 없는 미로와 같은 공간으로, 가치를 판단할 수 없는 불확정적 가치와 기원을 알 수 없는 폭력적 메커니즘의 세계다. 시인은 작품을 통해 일상의 폭력, 주체의 의지가 상실된 강제된 폭력이 현실의 '나'에게 어떻게 영향을 미치는가에 궁리한다. 일상적이고 통속적으로 이해되는 삶의 한 단면이 삶의 "전선"이 되는 순간이다.

시인에게 현실은 그저 근원적 진리의 파생적 상황에 불과하고, 시인은 세계와 시인을 규정하는 근본적 구조가 존재한다고 믿는다. 하지만 동시에 시인은 일상의 현실 속에서 이 세계 내부의 존재적 관계를 의심한다. 인간이 그저 내세계적 존재로서 세상에 내던져진 것 같은 본질적 방식으로 세상과 연결 지어지는 것이지, 인간의 주체적 주관의 내적 상태에 의해 어떤 정황들이 만들어지지는 않는다고 항변한다. 시인이 삶에서 발견하는 이러한 진리는, 시인의 인식 작용과 시적 대상 사이의 일치가 아니라 무엇인가를 은폐 상태로부터 폭로하거나 적어도 의심하는 것에서 시작된다. 시인은 "신문지에 검은 쌀을 붓고" 눌러 죽이는 '바구미'를 통해 그동안 망각에 의해 은폐되었던 거대한 메커니즘, 존재의 구조에 대한 새로운 궁리에 대한 답을 쉽게 가르쳐주지 않는다. 그것은 각자의 몫이라고 믿기 때문이다.

유예된 관계의 시학

천수호, 전원책, 장석남, 김경주, 전동균, 길상호

최근 발표되는 시들을 살펴보면 현대사회에서 겪는 상실의 체험과 은폐의 욕망이 부딪치는 자리에 놓인 작품들을 다수 발견할 수 있다. 시인들은 더 이상 은폐할 수 있는 진실은 사라지고 값싼 욕망만이 세련되게 외피를 갈아입는 현실에서, 자연스레 '마음'의 흔적을 따라나서거나 혹은 초월적 위치에서 삶을 이해하려는 태도를 견지한다. 혹자들은 이러한 흐름을 자칫 문학이 하나의 신비주의로 치달을 수 있는 위험으로 파악하고 경계하기도 한다. 그들의 우려처럼 시인이 자신의 삶을 되돌아보는 시적 행위가, 실제의 구체성을 상실한 채 그저 관념적 '마음'의 영역에서 너무 쉽게 욕망이나 갈등의 대상들과 화해하고 타협하는 태도는 시의 본질적 울림에서 한참 벗어나 있는 자세다.

그러나 이 자리에서 살펴볼 작품들은 이러한 기계적 양식에서 벗어나 시인과 작품의 내부적 모순을 성찰하며 외부의 수용력을 확대하고 있다는 공통점을 지닌다. 그동안 갈등하는 내외적 대상과의 화해를 시도하면서 포용력을 통해, 오래 대립하던 타자를 시인과 동일자로 수용하는 내면의 궤적을 보여준다. 특히 사회적 폭력보다는 존재적 고립에서 벗어나 화해의 전기를 마련하고 그것들과의 갈등을 넘어 시적 연대감을 확보하고자 하는 작품들을 골라보았다.

얼굴의 기미는 닦아내고 새의 목을 달자
밤이 오면 어떤 기미도 다 덮일 목소리로 노래를 부르자
그러면 너여, 내게 올 거니?
발톱은 가짜 대추나무에 걸려 잎을 훑는다
푸른 대추 알이 후두둑 떨어지도록
너여, 내게로 오는구나
바람도 없이 왔지만
깃털 날리며 부르는 노래
귀를 막아도 뒤틀리는
너여, 내게로 잘 왔구나
무슨 노래를 불러줄까 망설임도 없이 마이크를 잡고
밀랍 따위로는 귓바퀴를 막지 못하지
칭칭 감긴 로프를 풀어다오
스텝은 자유로우니까
떠나지 못하도록 가사를 쓰고
떠나갈 듯 부르는 노래
깃털이 구렁이가 되어도
발톱이 지느러미가 되어도

불빛이 좁은 홀을 훑고 또 핥는다

너여, 나를 스쳐도 찢기지 않는구나

—천수호, 「세이렌 노래방」(『시인수첩』 2016년 겨울호)

천수호 시의 매력은 체념적 결의를 통해 자신의 비애를 감당하는 지점에서 발아된다. 자기 자신으로부터 떠밀린 고통을 달래는 행위는, 삶의 중심에서 비껴서 있음을 스스로 깨닫는 현장이기도 하다. 아름다운 노랫소리로 뱃사람들을 유혹해 배를 난파시키는 신화 속의 마녀 '세이렌'은 몸의 반은 새이고 나머지 반은 사람인 인물이다. 노래방이라는 현실적 공간에 '세이렌'을 배치하여 공간 이동의 낯섦을 지향하는 것, 스스로를 비현실적 존재로 만들려는 욕망은 자유로움에 대한 욕망을 오히려 극대치로 높여놓는다.

작품 속에서 화자는 억압적이라고 믿는 현실과 나를 스쳐 지나가는 '너' 사이에 존재하는 심리적 불균형을 감각한다. 좀처럼 오지 않는 너를 유혹하기 위해 새의 목을 달고, 유혹의 목소리로 노래를 부르는 화자의 내면적 심도는 너에 대한 간절함과 욕망으로 시의 표정을 바꾸어놓는다. 스스로를 대상화하고 이미지화하는 일과 시적 대상을 바라보는 자신을 정립된 자아로 인식하는 일 사이의 간극은, 자기반성과 예정된 비극의 색채가 강할 수밖에 없다. 스스로 바라보여지는 것은, 보는 주체의 자리 바뀜 속에서 곤혹스러워하는 자신이 어느 순간 피사체로 전이되는 모습으로 대부분 연출되기 때문이다. 이 지점에서 시인은 기표상의 주체와 기의상의 객체 사이를 떠도는 미묘한 순간을 체험하게 되고 이를 독자와 공유하고자 한다. 일종의 유예된 관계, 생의 욕망이 함몰된 구체성 속으로 스스로를 유예시키고자 하는 것이다.

너는 "바람도 없이" "귀를 막아" 뒤틀리면서 내게 왔지만, 화자는 스스로를 소외의 지대로 내몬다. 대상에 대한 이해가 배제된 비껴 섬의 방식인데, 이때 시인은 '너'의 위치나 심리보다는 자신의 또 다른 자아인 시적 화자에 집중하게 된다. 시인으로서 바라보아야 할 지평이 스스로에게 있음을 이미 깨닫고 있기 때문이다.

천수호는 화려하고 극도화한 외연의 언어가 아니라 가장 내밀한 감성의 도전적 언어를 통해 삶의 비의성을 관통하고 있다. 이는 불가능한 연애나 불통의 이미지를 재생산해내며 의미망을 확대시키는데, 언어의 일상적 층위에서는 다루기 힘든 감각의 소산이다. 자신의 실존을 은폐하거나 위장하면서, 생의 욕망과 절망의 교차점을 지나면서, 시인 자신의 실존을 다시금 모색하는 순간을 맞이하게 된다. 그는 언어의 불완전성을 통해 선험적 상실을 체험의 진정성으로 바꿔내려고 노력하는 시인이다. 이러한 노력은 "나를 스쳐도 찢기지 않는" 너에 대한 심미적 감성을 미학적 반영물로 만들어내고, 난파(?)시키지 못하는, 혹은 불러 세우지 못한 안타까움과 애잔함에 시인의 비의적 욕망이 침윤되게 만든다.

내 사랑은 언제나 그곳에 남아 있다.

오래된 길

빛바랜 사진 속의 담벼락, 구겨진 간판들

천천히 걷는 사람들, 아주 느리게 내리는 이슬비

그곳에는 11월 늦가을비가 내려

아직도

낡은 창틀 금 간 유리창을
슬픔처럼 흘러내릴까.
바람이 낙엽들을 아무렇게나 쓸어가고
아무 일 없었다는 듯이
전차가 와서 낯선 사람들 내려놓고 가면
다시 길은 적막을 되찾는다.
어쩌면 비 개인 뒤 휘영청 달이 떠서
빈 의자에 하얗게 무서리가 내려앉는다.

다들 어디 간 것일까.
내 사랑은 언제나 그곳에 있는데
나는 너무 멀리 왔다.

여전히 달빛 산란하는 강가에서
너무 많은 걸 훔쳐본다.
흐르는 것마다 감추고 있는 사연들
다시 돌아오지 못할 것들을 훔쳐본다.
안녕이라고 말하지 못해 자주 뒤돌아본다.
흐르는 시,
오직 눈물 한 방울을.

　　　　　　　　　—전원책, 「강가에서 시를 읽다」(『시인수첩』 2016년 겨울호)

　길의 끝, 강가에 서 있는 화자는 삶의 현존성으로부터 벗어나기 어렵다는 사실을 이미 헤아린 사람만이 가질 수 있는 자기위안에 사로잡혀 있다. 물론 현존의 공간과 길의 끝에 절멸의 심연만 있는 것은 아니다. 하지만 그 현실적 경계의 지점에서 화자는 지나쳐버린 시간에 대한 호기심과 현존의 곤고함에서 비롯된 후회를 토로하고 있다. 이미 오래전에 떠나온 사랑을 향한 그리움과 지금은 돌아갈 수 없는 그 시간을 인식하는 방법은, 결국 길이 끝나는 강가에 서서 현실을 체득하는 방식밖에 없는 듯하다. 부재를 통해 드러나는 시적 그리움은 "흐르는 것마다 감추고 있는 사연들"을 간파하는 화자의 시선을 통해 불가항력의 몸부림임을 인정하게 된다.

이때 화자가 강가를 찾은 이유는 무엇일까? 강가는 단순히 시적 추억의 공간이 아니다. '강가'는 현실의 강박관념을 벗어나는 과정에 대한 의식과 관계가 편재된 장소로, 화자가 사랑의 부재를 인식하고, 공동화한 내면을 위로하는 공간으로 작동한다. 따라서 화자가 강가를 찾는 행위는 삶의 질곡에서 벗어나고자 하는 능동적인 자기위무의 행위면서도 "다시 돌아오지 못할 것들"에 대한 본능적 그리움이기도 하다.

시를 쓰거나 시를 읽는 행위는 삶의 의미를 묻는 근본적이면서 전통적인 방법의 하나다. 화자에게는 자신이 잃어버린 사랑, 부재가 낳은 열망 자체가 '강가'가 된다. 그리움과 방황으로 위장된 세계, 시간의 회로와 삶의 방향이 일치되어야 하는 현실적 지배 공간에서 벗어나 시인은 삶의 조건과 현실의 논리에 적용되지 않는 자신만의 치유 공간인 '강가'를 만들어낸다. 화자는 삶의 아름다움이 제거된 '강가'에서 시를 읽으며, "다들 어디 간 것일까" 묻는다. 강가에서 '답'을 구하는 일의 어리석음 혹은 부질없음은 이미 그의 시에 강하게 투영되어 있다. 결국 전원책의 시는 사랑의 상실과 부재가 보편적인 현실과 맞닥뜨리는 과정에 집중하고 있다고 할 수 있다.

현실의 강제에서 벗어나고자 하는 충동과 그리움에 내몰려 강가에 다시 서게 된 과정은, 화자가 삶의 갈피마다 만들어놓은 의식의 방황과 다시 삶의 현실로 돌아와야 한다는 의식의 방황이 직조한 '시간의 길'이다. 길이란 이렇게 늘 준비되어 있는 방황이 아닐까. "빛바랜 사진 속의 담벼락, 구겨진 간판들"과 "낡은 창틀 금 간 유리창"에 남아 있는 그곳에는 모든 것이 "천천히", "아주 느리게" 흘러간다. "안녕이라고 말하지 못해 자주 뒤돌아본다"는 화자는 다시 돌아온 그 자리에서도 차마 작별 인사를 건네지 못한다. 아마도 영원히 작별을 고할 수 없어 보인다. "내 사랑은 언제나 그곳에 있는데/나는 너무 멀리 왔"기 때문이다. 전원책은, 이제는 그곳에 갈 수 없는 사람의 내면 풍경을 이렇듯 섬세하게 그려내고 있다. "언제나 그곳에 남아 있"는 사랑은 오롯이 그만의 것이다.

마을 이장님으로부터 신청한 김장용 햇소금을 받았다고
그것도 세포씩이나 받아
뒤꼍 처마 밑에 작년 것의 후배로 나란히 쌓아두고
돌아나와 툇마루에 걸터앉아 쉬자는데
집 어디선가 조용한 흥얼거림이 시작되었다고
집 안에는 나 혼자뿐이니 귀 기울이지 않을 수가 없었지
잔잔한, 손바닥만 한 소리가
흰빛의 손수건과도 같이 자꾸만 내게 건너오는 거야
왜인지 나는 무섭지도 않았지

누가 시키지도 가르쳐주지도 않았으나 나는
차돌멩이 하나를 찾아 찬물에 씻어서는
그 새 소금 포대 위에 작년 것과 같이 올려두었지
그러자 흥얼거림도 잦아드는 거였어

그것은 어떤 영혼이었던 거
먼 고대로부터 온 흰 메아리
모든 선한 것들의 배후에 깔리는 투명 발자국

나는 명년에도 후년에도 이장님께 신청할 테야
그 희고 끝없는 메아리

—장석남, 「햇소금」(『꽃 밟을 일을 근심하다』, 창비, 2017)

근원적 삶에 대한 구체적 실감이라고 하기엔 무리가 있지만, 적어도 내면의 강렬한 그리움과 사라지지 않는 향수가 있다. "마을 이장"과 "김장"이라는 잃어버린 공동체의 삶을 통해 본질적인 원형의 삶을 짚어보는 여정은 심리의 외화에 해당한다. 장석남 시의 특징은 시적 주체가 대상을 향해 말하는 것이 아니라 오히려 대상 세계의 미시적 존재가 시인에게 말을 건네오는 풍경과 방식에 있다. 그의 시가 생명현상의 한 본류에 다가가 있으며 그가 본질적으로 근본주의자임을 보여주는 부분이기도 하다.

모든 개체가 생명적 신성성을 부여받고 있다는 생각은 개체성의 원리이며, 이는 인간만이 단일한 인식의 주체가 아니라 세상 모든 것이 존재적 의미를 갖추고 있다는 사고에서 시작된다. 물론 시인의 특출한 능력은 외부 사물을 객체화시키는 동시에 주체화시키면서 객체에 인격적 의미를 부여하는 데 있다. "김장용 햇소금"에서 흘러나오는, "흰빛의 손수건과도" 같은 "조용한 흥얼거림"은 삶의 깊은 숨결이다. 시인은 시 속의 화자 혹은 시적 진술의 주체인 "나"를 "그 희고 끝없는 메아리"인 소금과 별개로 구분 짓는다. "나"는 "햇소금"을 통해 실존적 삶을 돌이켜 보게 되면서, 자신의 삶과 사물의 자리 놓임에 대한 성찰을 시도한다.

그리고 화자는 햇소금을 "어떤 영혼", "먼 고대로부터 온 흰 메아리", "선한 것들의 배후에 깔리는 투명 발자국"으로 이미지화한다. 이미지의 변주를 통해 존재론적인 단위의 삶을 확장하면서 화해의 지점으로 인도하고 있는 것이다. 이는 경험적 삶이 미학적 수준에서 직조되는 궤적과 동일하다고 할 수 있다. 결국 화자가 바라보는 현실적 삶에 대한 인식이 성찰의 태도로 응집되었다가 새로운 화해의 지점에 이르게 되는 과정이 장석남 시의 매력으로 작용하는 궤적을 목격할 수 있다. 시인은 조심스레 삶의 결을 어루만지고 이러한 성찰적 의지가 내면적 공간과 조응하도록 시인 고유의 세계를 만들어낸다.

환청과 같은 신비한 체험에도 불구하고 화자는 무서워하지도 않고, "누가 시키지도 가르쳐주지도 않았으나" "차돌멩이 하나" 찬물에 씻어 "새 소금 포대 위에" 올려놓는다. "그러자 흥얼거림도 잦아"들었다는 것이다. '어떤 영혼', '먼 고대', '모든 선한 것들'은 시인이 지닌 삶의 정향점을 제시하는 것으로, 현존의 다양한 관계 그물 속에서 삶의 본질과 의미를 넘어서서 근원적 의미를 추구하고 환산하려는 상징이다. 화자는 억압된 욕망도 없이 그저 영혼의 '흥얼거림'을 다독이며 행간 속에서 일종의 낭만적 망명을 시도하고 있다. 더불어 시의 행간 내내 시적 긴장력이 한층 유지되고 있다는 사실도 그의 시가 삶의 태도와 어떤 관계를 유지하며 어떤 방식으로 초월적 세계를 탐구하고 있는지를 보여준다. 시인이 보여주는 초월의 세계, 본원의 세계는 삶의 진실을 찾기 위해 설정된 대타적 공간이기도 하며, 인간 존재의 유한성에 대해 철저하게 인식하고 삶의 진실을 부각시키기 위한 비의를 담고 있는 공간을 의미한다.

숲에는 바닷물이 흔들리고 있다 산 사람은 이불을 좋아하고 죽은
이는 이불 훔치는 걸 좋아한다

내 팔에 누워 자는 사람은 오른쪽이 희미해졌다 가벼운 쪽부터 희
미해졌으니까 능선과 골짜기 사이가 희미하다

솜이불 속에서 우리는 희미하다 이불을 살 때마다 네가 벌써 희미
해지는 것처럼, 걷다가 우리는 날아간다

나무는 앉아버리고 구름은 날아간다 희미해지면 너는 혼자 흰머리
를 씻는다 내가 몰아간 희미함으로
―김경주, 「희미하게 보면」(『창작과비평』 2016년 겨울호)

이 시에서 보여주는 화자의 태도는 불안한 실존에 대한 자기인식, 혹은 존재의 함몰에 가깝다. '희미함'으로 소환되는 불안과 상실감은 사

실, 존재의 원인이면서 동시에 시적 상황에 대응하는 시인의 내적 체계를 유지하게 만든다. 불안에 대한 언어적 자각 없이 시인은 자신의 운명을 감내하지 못하기 때문이다. 삶의 현실적 조건이 황량하고 메마를 때, 시인은 자신의 관념 속에서 실존에 대한 확인의 차원으로 나아간다.

현실과 절연된 '숲'에서 시인은 삶과 죽음을 넘나든다. '너'는 "내 팔에 누워 자는 사람"이면서 "죽은 이"의 양가적 가치를 지니고 있다. 실존의 부재, 실존의 불투명성을 통해 시인은 대상을 인식하고자 하는 의지의 적극성을 방기한 상태로 시적 본질의 모습을 드러내고자 한다. 시인의 내적 풍경은 "희미함"의 변용으로 드러난다. "희미해졌다", "희미해졌으니까", "희미하다", "희미해지는", "희미해지면", "희미함으로" 등의 표현을 통해 시인은 대상과 의지 작용 사이의 상관관계를 보여준다. 이 흔들림에는 시인의 의지가 전혀 반영되지 않는다. 불가항력적, 무위로서의 '흔들림'은 너와 나의 관계 상실을 거부할 수 없는, 절대적 고독 속에서만 자신의 실존을 드러낼 수밖에 없는 상황의 새로운 차원이 된다. "흔들리고", "앉아버리고", "날아간다"의 동사로 수렴되는 세계와의 단절, 너의 상실은 결국 시인이 자기 언어의 대타적 존재 방법으로 향한 것 같지만, 결국은 자기성찰의 한 방식이다.

시인이 그려내고 있는 고독한 풍경, 더구나 시적 형식으로 빌린 이 존재적 풍경은 현실적 의미로의 관계를 거부하면서 자신의 언어를 외로움의 끝으로 몰아가려는 순수한 의지이기도 하다. 즉 세계를 내면화하려는 시도다. "오른쪽"부터, "가벼운 쪽부터" "사이"가 희미해지는 까닭은 무엇일까? 주변성으로 일탈해가는 화자의 실존은 관찰의 세계 너머에 있는 투명한 의식에 가닿는다.

　탁월한 언어 절제를 통해 내밀한 서정적 반향을 이루고 있는 이 작품은, 존재에 대한 진지한 성찰과 의미를 확보한다. 이는 상투화하고 지엽적인 내면의 퇴행 현상이 아니라 존재의 불확실성에 대한 또 다른 차원에서의 접근이다. "희미해지는" 존재에 대한 반성적 인식과 안타까움에 대한 내면적 심도는 이 시의 마지막 연에서 그 의미를 심화 확대하고 있다. 여백의 언설성, "내가 몰아간 희미함으로" "혼자 흰머리를 씻는" 너는, 화자의 또 다른 내면이다. 롤랑 바르트는 상처가 깊을수록 주체는 더욱 철저하게 주체가 된다고 말하기도 했는데, 주체의 삶이 타자화한 상황에서 주체의 현존성에 대한 분리된 이해는 김경주가 자신의 시를 심화시키는 독특한 전략으로 읽히기도 한다.

　한밤에 불쑥 솟아나는 나무들을 보았니?
　허공에서 떨어지는 새까만, 눈만 흰 새들을?

탕탕 꼬리치며 몰려오는 고래구름들은?

지나가는 바람 냄새에 취하는 아침과 저녁들이 있다
제 살을 씹듯 밥을 먹는 사람들
벽을 안고 춤추다가
벽 속으로 홀연 사라지는 그림자들이 있다

우연과 기적 사이에서
우연처럼, 기적처럼
때로는 아무것도 아닌 것처럼

나뭇가지를 타고 오르는 금빛 물고기들을 보았니?
한낮의 허벅지에 만발한 장미들은?
성가 속에 번뜩이는 칼과 번개들은?

제 몸뚱이가 유일한 창이며 방패인 것들이 있다
허기를 독으로 바꾸는 것들
객지에 사는 것들

여기가 어디냐고, 내 이름은 뭐냐고 울부짖는
만져지지 않는
흙과 진흙들

— 전동균, 「한밤에 불쑥」(『시로여는세상』 2016년 겨울호)

서정시의 전통적 미덕은 대상에 대한 따듯한 응시과 교감에 있다고
할 수 있겠다. 전동균의 작품에는 자기장과 같은 이런 질서가 존재한
다. 누락된 듯한 사회적 관심의 징후는 숨겨져 있고, 스스로 침잠하면
서도 중단되지 않고 지속적으로 암중모색되는 세계가 반성과 기다림의
자세를 통해 더욱 고양된다. 이는 노드롭 프라이가 제시한 사계의 원형
을 인간의 일생과 비교해보면 더욱 또렷해진다.

다수의 작품에서 확인할 수 있듯이 전동균이 선호하는 시간은 항상
저녁이나 밤이다. 한낮의 격정을 겪고 마주한 '한밤'과 '저녁'은 낮에 관
통했던 열망과 좌절을 딛고서 대면해야 하는 시간이며, 인간적 성숙을
다지는 하강의 지점이다. 시인의 시는 이러한 자연의 질서를 충실하게
따르고 있다. 외부의 충격에 맞선 내면의 아름다운 응전이라고 보기보
다는 본원적으로 내재된 존재론적 문제와의 고투에 가깝다. 상처받는
내면의 풍경을 감상적 상품으로 포장하는 물화적 세계에서 전동균의
시는, 시인이 지닌 정화의 의지를 통해 정체된 틀로 굳어버리거나 동정
심에 호소하는 값싼 감정에서 벗어나 있다.

느닷없이 한밤중에 든 화자의 자각은 또 다른 징후로 채워진다. 징
후란 충동과 억압의 타협에 의해 형성되는 것인데, 솟아나는 것과 떨어
지는 것, 아침과 저녁, 우연과 기적, 허벅지와 성가, 창과 방패의 열망
과 갈등이 일순간 타협하며 형성된 상징으로 수렴된다. 이러한 고도의
상징은 화자를 좌절시키는 현실의 모순과 본원적 고독이 뚜렷이 분출
되진 않으나 독자의 적극적 해석을 요구하고, 내적 갈등의 격렬함은 감
춰지지 않는다.

또한 "눈만 흰 새들"이나 "몰려오는 고래구름들"이나 "한낮의 허벅

풍경의 뉘앙스

지에 만발한 장미들", "성가 속에 번뜩이는 칼과 번개들"은 결국 "허기를 독으로" 바꾸면서 '객지'에서 버텨내는 이들을 의미한다. 모두가 "제 살을 씹듯 밥을 먹는 사람들", 변방의 존재들이다. 그런데 이 작품에서 눈에 밟히는 부분은 그것들이 단수가 아니라 복수라는 점이다. 새나 구름, 장미, 번개가 모두 '들'이라는 복수로 호명되고 있다. 일찍이 키르케고르는 고독이나 절망, 또는 불안 등을 매개로 실존으로서의 주관적 존재를 단독자로 상정했는데, 시인은 의식적으로 이러한 단독자의 굴레를 해방시켜주면서 소소한 심리적 위안을 부여한다. 또한 시인의 관심사는 현대라는 비극적 세계와 개체화한 구성원들의 고립 속에서 고독과 삶의 정체를 궁구하는 것이다. 시인의 이러한 노력은 즉물적 묘사의 차원을 넘어 세상에 버려진 듯 절망하는 사변적 영역으로 전이한다. 시인이 "여기가 어디냐고, 내 이름은 뭐냐고 울부짖는" 건너편 세계의 존재를 주시하고 있는 까닭도 여기에 있다.

아침 창유리가 흐려지고
빗방울의 방이 하나둘 지어졌네
나는 세 마리 고양이를 데리고
오늘의 울음을 연습하다가
가장 착해보이는 빗방울 속으로 들어가 앉았네
남몰래 길러온 발톱을 꺼내놓고서
부드럽게 닳을 때까지
물벽에 각자의 기도문을 새겼네
들키고야 말 일을 미리 들킨 것처럼

페이지가 줄지 않는 고백을 했네

죄의 목록이 늘어갈수록

물의 방은 조금씩 무거워져

흘러내리기 전에 또 다른 빗방울을 열어야 했네

서로를 할퀴며 꼬리를 부풀리던 날들,

아직 덜 아문 상처가 아린데

물의 혓바닥이 한 번씩 핥고 가면

구름 낀 눈빛은 조금씩 맑아졌네

마지막 빗방울까지 흘려보내고 나서야

우리는 비로소 우리가 되어

일상으로 폴짝 내려설 수 있었네

　　　　　　—길상호, 「우리의 죄는 야옹」(『우리의 죄는 야옹』, 문학동네, 2016)

　현대사회에서 훼손된 자신을 치유하는 방식은 그 세계 자체를 인정하고 삶의 척도를 자신의 내면으로 이행시키는 전략을 선호한다. 대부분 관념화한 폭력의 세계에서 벗어나 타자와의 소통을 시도하고 공감하려고 한다. 대상에 대한 연민은 결국 스스로에 대한 위안과 관계되는데 길상호의 이 작품에서는 고양이가 그 자리를 차지하고 있다.

　"죄의 목록"은 늘어가고 "서로를 할퀴며 꼬리를 부풀리던 날들"도 늘어나, 고해성사의 고백도 줄지 않고, 더 이상 상처도 아물지 못한다. 이런 상황 속에서 화자는 자기성찰과 각성으로 이를 극복해나간다. 함께 사는 세 마리 고양이와의 교감을 통해 화자는 서정적 통합을 경험하고 이를 현실의 삶을 치유하는 동력으로 활용한다. "오늘의 울음을 연습"

하고 "남몰래 길러온 발톱을 꺼내놓고서" 그것이 "부드럽게 닳을 때까지" "기도문을 새"기는 행위를 통해 화자는 "비로소 우리가 되어/일상으로 폴짝 내려설 수 있었네"라고 고백한다.

　노골적으로 드러나진 않았지만 화자는 억압된 현실과 불편한 죄의식들을 행간에 풀어놓고 있다. 이는 삶의 맹목 속에서 결코 충족되지 않는 근원성에 대한 회의를 스스로 더듬는 행위라 할 수 있다. 복잡다단한 현실 속에서 고양이를 통해 자신의 삶을 되돌아보는 서정의 구조는 현대사회에서 가속화하고 있는 본질 훼손에 맞서, 당위적 현실로 갱생해내려는 의도가 깊이 내재되어 있는 것이다. 시인의 이러한 성찰은 윤리적 혹은 존재적 자기검증을 새로운 서정의 한 갈피로 인도한다.

　길상호는 일상에서 지나쳐버리기 쉬운 삶의 한 지점에서 낮은 자세로 눈을 맞추고, 그것의 숨겨진 이면과 지층처럼 축적된 의미들을 발견해 스스로를 비춰본다. 이는 우리 시단에 번지고 있는 일체의 유행을 거부하고 뚜렷한 자기 중심을 통해 획득하고 있는 새로움이며 시의 활력으로, 대상에 대한 견고한 애정과 재문맥화된 시적 전통으로 보아야 할 것이다.

　삶의 균열 속에서 자신의 정체성을 확인하려는 시도는 이 자리에서 읽어본 여섯 명의 시인뿐만 아니라 오늘을 살아내는 모든 이들의 몫이기도 하다. 이미지의 허상과 모순을 제거하고 응시와 성찰을 통해 삶의 근원에 접근하는 시적 모험은 계속될 것이다.

감각과 기억, 그리고 감정의 관계

신달자, 오현정, 박성우, 문성해, 조용미, 허연

일반적으로 감각은 어떤 방식과 검증에 의해 사실적 영역의 것과 상상적 영역의 것으로 구분되지 않는다. 감각은 하나의 경험이며, 그것이 사실적 영역이든 상상적 영역이든 질적으로는 동일한 가치를 갖는다. 특히 시에서 감각을 통해 실재하는 것과 실재하지 않는 것, 참된 것과 거짓된 것, 사실적인 것과 환영적인 것을 구별하는 것은 쉽지 않다. 불가능의 차원이다. 참이거나 거짓인 것은 사고이며, 우리가 감각에 대해 참되게 혹은 거짓되게 사고하느냐에 따라 우리의 감각은 사실적인 것과 환영적인 것으로 구분될 수 있기 때문이다. 감각에 대해 사고한다는 것은 감각을 해석한다는 것이며, 그것은 감각이 다른 감각과 관계를 맺으며 사실적 질감을 구축한다는 의미다. 시에서 발현되고 표현되는 사실적 감각은 시적 주체에 의해 올바르게 해석된 감각이며, 상상적 감각이란 아직 해석되지 않은 새로운 감각을 의미한다. 이때 상상적 감각은 일반 독자들이 해석을 시도했으나 실패했거나, 시도조차 하지 않은 영역에 머물고 있다. 시인은 결국 감각 행위들에 대응함으로써 각각의 작품을 구축하고, 사물의 존재와 주체 스스로의 실존 사이를 연결 짓고 연관시키는 일을 수행한다.

여기서 다룰 여섯 편의 작품을 살펴보면서, 시인이 감정을 표현한다는 것이 감각과 어떤 관계를 맺고 있는지를 유심히 돌아보게 되었다. 시인이 감정을 표현한다는 것은 일반적으로 감정을 서술한다는 것과는 의미가 전혀 다르다. 시인은 감정을 표현할 뿐이지, 그것을 지시하거나 기술하지 않기 때문이다. 이는 시에서 형용사의 사용이 왜 위험한 일인지를 알려주는 대목이기도 하다.

형용사가 남용되고, 시인의 감정이 독자에게 강제되는 작품들의 예를 어렵지 않게 찾을 수 있다. 노련한 시인은 기본적으로 감정을 서술하는 비표현적 행위를 하지 않으며, 또 자신의 시상에 특정한 감정들의 이름표를 붙이지 않는다. 시인이 감정을 서술하는 것은 과학적 용어들의 존재나 증명과 같은 도리의 일이며, 독자에게도 관심 밖의 일이다. 흔히 시인은 자신의 감정을 일반화(generalization)하여 독자에게 전달한다고 오해하는 경우가 많은데, 시인은 하나의 사물을 하나의 개념 혹은 하나의 감정에 종속시키고 분류하는 것이 아니라 오히려 개별화(individualization)하고자 한다. 좋은 시인은 감정에 대한 진실을 표현하는 것이 아니라 그러한 감정의 개별화에 심혈을 기울인다. 이 자리에서는 이러한 본보기로 적당한 시 몇 편을 골라 살펴보고자 한다.

꾹꾹 누른다고 터지지는 않는다
나는 여러 번 눌러 본 사람

밖으로는 고요히 숨이 머문 듯
청력이 좋은 사람은 듣는다
이렇게 작은 살점의 깊은 곳에
저 먼 사막의 가쁜 호흡이
재빠르게 달려오고 있다는 것을

그를 부르듯
다시 꾹꾹 눌러 그 깊은 안을 불러 보면
절대의 사랑과 영원이 천둥 치듯
내 한 손을 허공 위로 쳐들게 한다는 것
사막이 아니라 숲이었다는 것
생명이 뛰논다는 것
한 번의 죽음으로 영영 안 보이는 사람보다
이 긴긴 생명으로 남은 씨앗

꾹꾹 눌러도 소리 한번 지르지 않는
이 작은 것의 이름은 우주
한 번의 죽음으로 깨워도 불러도 소리 없는
손톱 길이만 한 인간의 생보다야
아슴한 골목길을 휘돌아 가고 있는 씨앗

나 언제 씨앗처럼 몸 줄여 움터
이파리 하나 뻗어

풍경의 뉘앙스

땅속에 그 목소리 스칠 수 있겠나.

—신달자, 「씨앗」(『간절함』, 민음사, 2019)

　지각한다는 것은 지각 대상의 존재 세계로 직접 침투하는 것이다. 존재는 은폐와 출현을 반복하면서 보이는 것과 보이지 않는 것의 경계에 위치하고 있기 때문에 시인은 자신의 모든 시적 직관을 활용하여 존재를 확정시킨다기보다 대상을 어떤 불확정 상태에 노출시키고자 한다. 이때 비로소 시인은 사물의 영토 속으로 들어갈 수 있다. 화자가 '씨앗' 하나에서 "절대의 사랑과 영원"을 발견하고, "숲"을 보고, "우주"를 호명할 수 있는 것도, 시인이 사물의 내부에서 감각의 직물을 짜내며 그것들을 존재의 진동으로 번역할 수 있기 때문이다. 이렇게 시적 추구의 본질은 가시적인 세계에서 불확정적인 것들의 모호함을 들춰내는 것이다.

　화자는 "작은 살점의 깊은 곳"을 달려오는 "먼 사막의 가쁜 호흡"을 찾아낼 정도로 감각을 예민하게 다듬고, "아슴한 골목길을 휘돌아 가"는 씨앗 안에 흐르는 속울음마저 듣는다. 이때 시인은 사실적인, 그리고 가능한 감각들 간의 관계 사이에서 자신만의 사고를 표현하지는 않는다. 자신의 사실적 느낌을 명시적으로 지시하지는 않지만, 특정한 방식을 통해 과거에 가졌던 느낌을 재생하는 방식을 차용한다. 화자는 스스로를 "나는 여러 번 눌러 본 사람"이라 하면서 "손톱 길이만 한 인간의 생"의 경험과 감각을 시행에 녹여낸다. 시인이 감각하는 것과 기억하는 느낌의 관계는 무한에 가깝도록 복잡할 것이다. 시인이 사실적이고 가능한 감각들 간의 관계에 대해 그의 사고를 표현하고 있는 것 같지는 않다. 그는 공간과 시간 속에 있는 세계, 서로의 바깥에 있는 것들의 세계에 산재해 있는 경험을 감각적으로 그려내고 있다. 그리하여 마지막 연에서 시인이 화자를 통해 속삭이는 "나 언제 씨앗처럼 몸 줄여 움터/이파리 하나 뻗어/땅속에 그 목소리 스칠 수 있겠나"라는 귓속말은 감각과 감정의 관계에 관여하면서 독자에게 스며들게 된다.

　시를 비롯한 모든 예술 행위에서 대상에 대한 사고는 경험의 한 요소로서, 그것에 대해 사고하는 것을 허용한다. 그리고 여기서 이차적 형태의 사고가 발생하는데, 이때 우리는 느낌에 대해 생각하며 그들 간의 관계를 탐지하는 것이 아니라 우리의 사고 그 자체에 대해 생각하게 된다. 화자가 '씨앗'을 대상으로 펼쳐 보이는 일차적 형태의 사고 활동이 느낌들 간의 관계로 심화하고 확대되면서 독자들에게 정서적으로 관여하게 되는 것이다. '씨앗'에서 '죽음'과 '생명', '우주'와 '사랑', '영원'을 사고하며, 그것들 간의 관계를 긍정하는 것은 단순히 시인이 자연의 세계나 감각의 세계와 확연히 분리된 신비하고 초월적인 세계의 법칙을 그려내는 것이 아니다. 시인은 특정한 시간과 특정한 공간에서 발생하는 특정한 감각의 경험을 호소하고자 한다. 신달자 시인은 시인의 모든 사고와 표현이 경험으로부터 연유한다는 전제적 명제에 대해, 경험이 아니라 경험적 사고에 기초한 신비한 의미의 감각이라는 추론이 가능함을 작품으로 증명하고 있는 셈이다.

　　지하철 안은 뉴스의 광장이다
　　신사역을 지나자 내 옆의 아낙네가 비선실세니 뭐니,
　　압구정이 가까워 오자 '순실이는 왜 청문회에 못 세워!'

　　　　　　　　　　　　　　　　　　　　　　　풍경의 뉘앙스

촛불집회가 횃불시위로 입방아는 이백 미터에서 백 미터까지

여기서 갈아탈 수 있다면 어디까지 제대로 갈 수 있을까
입속에 까칠한 바람을 삼키며 옥수역에 내린 사람들 사이로
꿈을 새치기해 간 세월 저편에 너의 진심이 마중 나온 듯
구슬을 머금은 것 같아, 속삭이던 푸른 귓바퀴가 쫑긋 선다

까맣게 잊었던 시어가 쑥스럽게 떠미는 나의 등에
한달음에 닿을 수 없는 촉촉한 문장을 쓰다 지우고
왕사탕 살살 녹여 먹자 해놓곤 먼저 으깨버린 약속
잽싸게 출구를 빠져나간다

프리다 칼로의 해바라기가 초승달에 걸린 옥수역
시인은 모두 사디스트라던 어느 마조히스트의 웃음을 노선에 눕히고
왜 가장 가까운 사람이 상처를 주는지 고문하고 있다

뉴스가 되기 전까지 좋았던 사람들
그들만의 관계를 나 혼자 중얼대며 광장과 금호 약수를 지나
먼 훗날 얘깃거리가 안개 속 터널을 빠져나온다
　　　　　—오현정, 「옥수역(玉水驛)을 지나는 독백」(『시인수첩』 2017년 봄호)

　시인은 스스로의 각성을 현실로 직접 옮기지 못하는 소시민적 삶 속
에서의 내면 풍경을 주시하고 있다. 배타적인 양심과 속물적인 연민과

위선적 도덕 대신 각성의 내면이 그려내는 풍경을 통해 삶의 무력함에 집중한다. 화자는 "꿈을 새치기해 간 세월 저편에 너의 진심"과 "왜 가장 가까운 사람이 상처를 주는지"에 대한 고민, 세상에 드러나기 전까지 "좋았던 사람들"의 '관계'에 대한 여전한 의문에 답을 구하지도 못하고, 이러한 의문을 버리지 못한다.

　그런데 이 시의 또 다른 매력은 화자가 내보이는 내면의 궤적 이외에 이 작품에 활용된 시인의 감각에도 있다. 우리는 어떤 대상으로부터 차갑거나 딱딱하거나 촉촉하거나 뾰족하거나 향긋하거나 시끄러움을 느끼는 전문화된 활동을 일반적으로 감각(sense)이라고 부른다. 그리고 전문화된 것들에 대한 공통된 활동을 감각 작용이라고 부른다. 특히 우리는 시를 통해 어떤 즐거움이나 행복, 혹은 고통, 분노, 슬픔 등을 느끼고, 이런 느낌이 개별적으로 전문화되어 고유한 특수성을 지닌 일반적 활동을 갖게 된다. 이때의 활동은 감각 작용과는 질적으로 다른 것으로, 감정(emotion)이라고 한다. 느낌에 대한 이러한 구별은 공통된 유(類)에 속하는 두 종(種) 사이의 구별이 아니라 공통된 감각 속에서 각각의 특질을 갖는 세부 항목으로 보는 것이 맞다.

　화자는 "살살 녹여 먹자 해놓곤 먼저 으깨버린" '알사탕'과 "프리다 칼로의 해바라기"를 통해, 감각과 감정을 분석하기보다는 "안개"와 같은 약속과 관계의 불확실성이라는 하나의 경험으로 받아들이고 있다. '청문회'나 '촛불집회' 등의 사회적 이슈가 "까맣게 잊었던 시어"나 "한 달음에 닿을 수 없는 촉촉한 문장"으로 전이, 심화하는 것은 화자의 내적 검증에 의한 것이기도 하지만, 단순히 감각적이고 감정적인 요소들이 작품 안의 경험에서 결합된 것이 아님도 간과할 수는 없다. 오현정 시인은 시 안에서 감각적 요소들이 특정한 구조적 패턴에 의해 결합되어 있고, 이 패턴의 감각이 감정에 선행한다는 것을 생래적으로 파악하고 있는 시인이다. '으깨버린 사탕'과 초현실주의의 비사실주의 메타포를 내재하고 있는 '칼로의 해바라기'는 화자가 지니고 있는 시적 결말에 대한 근거와 논리적 관계도 아니다. 다만 화자가 이때 지니게 된 감정이 감각의 단순한 결과가 아니라, 그간 삶의 직접적 경험에서 비롯된 판별적이고 자율적인 요소라는 점에서 시인의 감각에 새롭게 주목할 수밖에 없다.

눈발이 친다 한바탕 쓸어낸
마당 위로 눈발이 날린다
싱건지나 꺼내 심심하니 밥 먹으려는데
인기척이 들려온다

시인 동상, 눈 옹게 회관이로 밥 묵으러 와!
맨발인 내가 신발을 신기도 전에
바우양반은 씨익, 마당을 벗어나고 있다
일하는 손도 걷는 발도 하여간 빠른 바우양반

나를 항상 '동상'이라 살갑게 부르는
바우양반은 나와 스무살 차이도 더 난다

마을회관은 그새 왁자하다 나는

내 몫으로 푼 시래깃국을 받는다
받고 보니 내 국그릇만 대접이다
다른 국그릇보다 두어배쯤 큰 대접,

먹다 모자라면 더 달라 하라는 말
들으면서 나는 반주 한잔씩 올린다
바우성님 한잔 더 허셔야지요,
말은 못하고 그저 싱겁게 웃으면서
뒷시간 장작을 팬 사내처럼
땔나무 서너짐 한 사내처럼
밥그릇과 국그릇을 싹싹 비운다

—박성우, 「어떤 대접」(『웃는 연습』, 창비, 2017)

　박성우 시인은 우리의 전통적 서정과 시법을 지켜내며 자신의 세계를 견고하게 구축하고 있는 시인이다. 그의 작품이 지닌 가치는 일반적으로 서사가 담보하고 있는 진정성이라고 할 수 있겠으나, 이 작품에서 더 깊숙하게 살펴보고 싶은 부분은 행간에 녹아 있는 시적 주체의 감정선이다. 작품의 내용은 선명하다. 눈 내리는 어느 겨울날, 시골 마을에 살며 시를 쓰는 화자가, 동네 마을회관에서 스무 살도 넘게 차이 나는 '바우양반'에게서 "다른 국그릇보다 두어배쯤 큰 대접"의 시래깃국 대접을 받는다는 내용이다.
　일반적으로 작품을 통해 독자에게 주어진 감정은, 작품에 대응하는 감각 작용에 대한 정서적 충전으로 기술되며, 감각이 감정에 대해 갖는 상대적 우선성을 지시한다. 모든 감각은 각각의 정서적 충전을 갖는다는 말은 옳은 진술일지도 모르겠다. 일반적으로 우리가 경험하는 수많은 감각이 각각의 판별적 정서적 충전을 갖는다고 인정하기는 쉽지 않다. 이는 우리가 일상의 목적들을 위해 우리의 감정보다는 감각에 훨씬 더 주의를 기울이는 일에 익숙해져 있기 때문이기도 하다.

"내 몫으로 푼 시래깃국", "내 국그릇만 대접이다", "밥그릇과 국그릇을 싹싹 비운다"는 표현들은 감각에서 시작된 느낌을 전제하고 있다. 이 느낌은 단지 심리적 수준의 경험을 지시할 뿐, 일반적으로 쓰이는 감정의 동의어는 아니다. 다양한 층위의 감정들을 포함하지만 감각에 주어지는 정서적 충전들만 가능하기 때문이다. 어떤 사고(思考)가 발생했을 때, 사고는 새로운 질서들을 지닌 감정, 즉 일방적 방식으로 사고하기 때문에 발생할 수 있는 감정들을 동반한다. "나를 항상 '동상'이라 살갑게 부르는" '바우양반'은 화자와 스무 살 차도 더 나고, "바우성님 한잔 더 허셔야지요,/말은 못하고 그저 싱겁게" 웃는 화자의 모습은 대상에 대한 개별적 사고를 통해, 심미적 수준에서 향수하는 느낌을 얻게 된다. 독자들은 이러한 과정에서 정서적 충전을 경험하고, 자기 내부에서 감각되는 특이한 정서적 충전을 통해 시인과 유사한 느낌을 갖는 경험 안에서 감각과 감정을 공유할 수 있게 된다. 「어떤 대접」에서 전해지는 밝고 건강한 연대의 느낌은 사고의 작용과 독립적으로 발생한다. "싹싹" 비워진 밥그릇과 국그릇의 느낌은 고유한 감각과 감정으로 심화되어 독자와 새로운 교감의 통로가 된다.

농아 아저씨 한분이 갖다준 참두릅

베란다에 둔 채 까맣게 잊고 살다가
어느 날 신문지에서 펴보니
가시가 잔뜩 세어져 있다

김포문예대학 첫 수업 때
내게 입 좀 크게 열어 말해달라던 그가
수업 때면 맨 앞자리에서
귀에 두 손을 나팔처럼 대고 엎질러진 튀밥처럼 내 소리를 쓸어 담
다가
언젠가부터는 그마저도 더럽게 안 읽히는지 보이지 않길래
나는 그가 어느 산비탈 두릅나무에게서
계속해서 시를 배울 것이란 생각을 했다

몸에서 목소리 대신 가시가 나오는
그 두릅나무 선생은 때가 되면
울퉁불퉁 몸엣것을 툭툭 불거지게 내놓으며
달달한 칭찬 대신
날카로운 가시들을 마구 방출한 것이다
맘에 안 들면 아예 벌판 위로 벌렁 내다꽂을 것이다

그 두릅나무 선생이 보내온 가시 앞에
이제야 쪼그리고 앉으니
막 세어지기 시작한 두릅나무 앞에서의

서두르던 기척과

푸르죽죽 두릅물이 오른 손목과

웅웅거리는 불편한 귓속이 보인다

귓바퀴 앞에까지 와서 되돌아가던 새소리도 들린다

—문성해, 「두릅」(『내가 모르는 한 사람』, 문학수첩, 2020)

우리가 느끼는 것들은 항상 지금 여기에 존재하는 어떤 것들인데, 그것들은 느껴지는 시간과 공간에 따라 그 존재가 제한되기도 한다. 물론 우리가 생각하는 것은 항상 영원한 것, 시간과 공간 안에서 특별한 거주지를 갖지 않고 시공간을 초월해 항상 존재하는 어떤 것이라고 말하는 경우도 종종 있다. 어떤 측면에서 이러한 지적은 유효하다. 그러나 조금 다른 각도에서 살펴보자면 이러한 발언은 다소 과장된 진술로 여겨진다. 우리가 느끼는 것은 분명 우리가 그것을 느끼는 여기 그리고 현재에 국한되기 때문이다. 문성해의 「두릅」 역시 이러한 시공간의 감각을 놓치지 않고 있다. 김포문예대학 수업 때, "농아 아저씨 한분이 갖다준 참두릅"을 뒤늦게 펼쳐보고, 잔뜩 세어진 가시를 보면서 감각의 현재성을 구현한다. 참두릅을 가져다준 농아 아저씨는 언제부터인가 보이지 않게 되었지만, 두릅의 가시가 "울퉁불퉁 몸엣것을 툭툭 불거지게" 내놓는 두릅나무와 그 앞에서 시를 생각하는 농아 아저씨를 소환해낸다.

우리가 일상이나 예술적 체험 속에서 겪는 느낌의 경험은 "베란다에 둔 채 까맣게 잊고 살다가/어느 날 신문지에서 펴"본 두릅처럼 어떤 동일한 연속성을 갖추지 않은 지각적 흐름이다. 일반적으로 시에서 전해지는 느낌은 영원하거나 재발생하는 것으로 여겨지지만, 그것들은 다른 기회들에서 얻는 느낌의 동일함이 아니라 서로 조금씩 다른 느낌들 사이에 있는 다소간의 유사성일 뿐이다. 시인은 느낌이 저장되어 있는 망각의 처소에 형이상학적인 동화를 지어내려는 사람이다. 그가 가질 수 있는 유일한 동기는 경험 전체를 하나의 느낌으로 환원하려는 시도인데, 시인은 '두릅'을 통해 이러한 환원을 이뤄낸다.

시에서 필요한 것은 영원히 존재하는 사고가 아니다. 영원히 재발생할 수 없다 하더라도 경험의 요소로서 진정 다시 발생하는 것들에 관심을 재발시키는 것이다. 따라서 "어느 산비탈 두릅나무에게서/계속해서 시를 배울 것"이라고 사고하는 것과 "두릅나무 앞에서의/서두르던 기척과/푸르죽죽 두릅물이 오른 손목과/웅웅거리는 불편한 귓속"을 느끼는 것은 엄연히 서로 다른 행위이며, 질적으로도 다르다. 시인은 감각 및 사고의 적극적 참여와 그 조직화를 통해 세계가 단순히 대상으로 존재하는 것이 아니라 독자의 자발성에 대응하도록 만들어준다. 예술의 창조란 이러한 자발성의 자유로운 실천이라고 할 수 있다.

이 도시는 왜 이렇게도 조용한 걸까 거미줄처럼 길은 안으로 안으로 향한다 작은 성당에 들어갔다 노인 한 사람이 제단 앞 측면 자리에 앉아 있다 문 앞에서 천장과 창을 바라보고 있는 동안 노인과 나는 다른 공간으로 멀어졌다 잠시 후 청년이 들어와 천천히 그의 앞으로 가셨다 그들은 서로 마주 보았다

아무리 멀리 떠나도 거기에는 나를 기다리고 있는 것이 있다

노인이 일어나 그를 껴안았다 그들 앞에 죽은 이가 놓여 있음을 그

순간 알게 되었다 노인이 앉아 있던 시간도 청년이 내 옆을 지나 앞으로 걸어 나간 순간도 그저 고요했기에 그들의 호흡에 조금의 일렁임도 없었기에 슬픔의 기류를 감지하지 못했던 것

그들은 나란히 앉아 말없이 관 속에 누워 있는 죽은 자를 바라보았다 내가 성당에서 들은 소리는 아무것도 없었다 누군가 죽은 지 하루도 지나지 않았고, 그 죽음은 아무런 소리도 필요치 않았다

하루쯤 지난 누군가의 손을 잡아보려 한 적 있다

이 도시는 어떤 죽음을 침묵으로 애도하고 있다 식당도 텅 비어 혼자 달그락거리며 짧은 식사를 마쳤다 발을 겨우 디딜 만큼 좁은 계단이 위로 구불구불 이어진 미로의 흰색 골목은 깊이를 높이로 대신한 걸까

제단을 향해 누워 있던 사람을 나는 보지 못하였다

두 사람이 침묵으로 지키고 있는 자의 죽음이란 마침표처럼 단정하여 내가 품고 있던 말줄임표는 낯선 도시에서 죄 없이 자꾸 무거워졌다 치스테르니노의 골목과 흰 집과 계단들은 모두 침묵의 복잡한 기호들, 검은색 슬픔을 흰색으로 완고하게 덧칠한 계단과 골목들이 나를 포위했다

　　　　　　　　　　—조용미, 「흰색, 침묵」(『당신의 아름다움』, 문학과지성사, 2020)

조용미의 시는 삶과 죽음의 이편과 저편, 존재하는 것과 부재하는 것, 현실과 내면 사이의 고착과 좌절, 그 아슬아슬한 사유 위에 놓여 있다. 현대사회에서 구획된 도시적 삶은 개인 혹은 공동체적 욕망의 자연스러운 생성과 격발을 봉쇄하고, 스스로를 억압하는 욕망만을 허가한

다. 시인은 성당이라는 종교적 공간을 통해 삶과 죽음의 경계, 혹은 윤곽들 사이에서 인간 내면과 사물의 표피들이 일으키는 미세한 마찰음을 독자적인 상상력의 영역으로 끌어들인다. 특히 성당은 도시 안에 위치한 소도(蘇塗)로서의 역할을 수행하는데, 시인은 의도적으로 우리 삶의 한복판이 아닌 이탈리아의 '치스테르니노'의 풍경을 통해 시간과 공간의 중첩된 경계를 설정한다. 낯선 이방의 도시에서 펼쳐지는 죽음은 삶과 죽음의 잉여가 어떤 형식으로 경계를 만들어내고 있는지를 확인하게 한다.

화자는 지각 속에서 대상을 자신의 것으로 만들고, 대상은 화자의 몸에 상응하여 경험되면서 자기의 모습을 드러내기 마련이다. 작품 안에서 그려지는 '노인'과 '청년' 사이의 침묵은 단순한 무음(無音)의 차원이 아니다. 이들의 침묵은 그 자체로 소리와 의미를 껴안는다. 그리고 이들 앞에 놓인 죽음은 생명력의 고갈이나 생장의 정지를 뜻하지 않는다. 이들은 자신의 영혼과 내면에 죽음이라는 관념을 각인시키며 관계의 심층에 녹아든다. 그래서 죽음은 끝없이 삶에 간섭하고 일상의 영역을 침범하기까지 한다. 시인은 죽음을 통해 두 사람을 삶의 타자로 머물게 함으로써, 삶과 인간에 대한 근원적 물음들을 방기하는 역할을 한다. 만일 죽음이 없다면 삶이란 존재할 수 있을 것인가. 시인은 우리를 우리 자신의 존재 근거와 모순에 대한 근원적 물음으로 이끌고 간다. 시인은 죽음에 대한 애도 방식으로 '침묵'을 선택했다. 그러나 화자가 지닌 침묵의 말줄임표는 마침표처럼 단정한 죽음 앞에서 한없이 무거워진다.

조용미 시인의 눈길은 삶과 죽음으로 구획된 공간 속에서 외롭고 쓸

쓸하지만 알 수 없는 고립의 공간에 놓이게 된다. 이 작품에는 현대적
삶의 양상들이 강요하는 경계의 사유에서 고통과 상처가 지닌 작위성
을 넘어서는 선험적 직관이 보인다. 삶과 죽음의 틈새에서 "완고하게"
포위된 화자는 감각과 사고를 변화시켜, 사물의 풍경이면서 이 풍경을
목도하는 화자 마음의 풍경을 이끌어내고 있다.

　　강물에 잠겼다 당신

　　밥솥에 김이 피어오를 때
　　이대로 죽어도 좋았던
　　그 시절은 왜 이름조차 없는지
　　당신이 울지 않아서 더 아팠다
　　꽃 이름 나무 이름
　　가득 쓰여 있던 당신의 노트도 늙어갔고

낙서가 경전처럼 빼곡했던
발전소 담벼락과
취기에도 자주 잠이 깨던
강변을 떠나며
그 아득함에 대해 생각했다

당신
말더듬이 같은 달밤을 두고 갔다 멀리

자취방 옆 키 큰 꽃나무에
밤은 또 쌓였고
잘못 걸려온 전화가
문득 비가 그쳤음을 알려준다

이제 저 강물 속에서
당신을 구별해낼 수 없다

              —허연, 「상수동」(『당신은 언제 노래가 되지』, 문학과지성사, 2020)

시인은 상투적 서정을 거부하고 섬세하고도 격렬한 비유와 이미지로 추억을 회상한다. 그는 내면의 파동에 물든 언어들을 물리적 공간 위로 이끌어내면서, 감각되는 대상과 감각하는 주체를 뒤섞어놓는다. "말더듬이 같은 달밤을 두고" 멀리 간 '당신'과 강물 속의 '당신'은 감각의 심부 또는 그 너머 어떤 보편적 깊이를 지향하는 감각적 향유 그 이상이 된다. 작품 안에서 '당신'은 상실되고 소멸되는 것이 아니라 오히려 지속되고 유지된다. 지속하는 것의 소멸적 계기와 스러져가는 것들의 재귀적 계기를 화자가 작동시킨다. 이 비밀스러운 작용은, 부재하는 것의 다가올 존재를 현시하는 현상적 욕구에서 비롯된다. 표현에의 의지, 기존 삶의 항체적 계기는 "자취방 옆 키 큰 꽃나무"를 통해 발현된다. 어떤 감정들을 표현하는 것이 바람직하고 다른 감정들은 그렇지 않은 것으로 만드는 특별한 경우에는 그 배후에 궁극적 동기들이 있는 것이다.

시인이 자신의 감정을 표현하는 것은 독자로 하여금 자신의 감정을 엿볼 수 있도록 허락하는 경우에만 그렇다. 이것은 어떤 감정을 자신이 먼저 의식하지 않는 한, 어떤 이유로 그 감정을 공적으로 표현하는 것이 바람직하지 못한지 결정할 수 없기 때문이다. "당신이 울지 않아서 더 아팠다"며 "이대로 죽어도 좋았던/그 시절"을, 그 아득한 시간을 추억하는 것은 화자가 맹목과 불투명성을 감당해야만 하는 일이기 때문이다. 그리고 독자는 시인의 감정을 의식하고 집중하게 된다. 예술이 감정의 표현을 의미한다면, 예술가는 절대적으로 정직하지 않을 수 없다. 이는 시인이 정직해야 한다는 뜻이 아니라, 시인은 정직함의 경계 안에서 예술가가, 시인이 된다는 뜻이다.

"저 강물 속에서/당신을 구별해낼 수 없다"는 화자의 고백은 삶의 어떤 계기가 시작되거나 끝나는 지점이 아니라 이런 시작과 종결, 그 사이에 위치하고 있음을 드러낸다. 영원성 또는 지속성은 떠나간 것들에 대한 안타까움과 대조적 대비를 이루기보다 융합적 화해를 이룬다. 그것은 어떤 사라지는 순간 속에 녹아들고 있기 때문이다. 다채롭고 풍요로운 감각의 장에서 화자의 시선은 '그 시절의' '당신'에 머물러 있다. 기억과 풍경이 겹쳐진 부분에서 화자는 풍경 그대로의 질서를 내보이는데, 내면이 조직하는 정서가 아니라 침묵에 가까운 감각들이 화자의 서정적 집중에 봉사하게 된다. 시인은 감각들이 지닌 이미지의 동질성을 통해 풍경 속에서 존재와 시간을 맺는다.

시에서 표현되지 않는 감정은 일종의 압박감을 동반한다. 그것이 작품 안에서 구현되고 독자의 의식 속에 들어와 그 압박감이 제거되었을 때, 시인의 그 동일한 감정은 고양되거나 편안해지는 새로운 느낌으로 독자에게 전이된다. 이러한 느낌은 일종의 안도감과 비슷한데, 그것을 특수한 심미적 감정으로 부를 수 있겠다. 이 자리에서 여섯 편의 작품을 살펴보면서 우리는 감정이 표현되기에 앞서 존재한다는 것을 확인했고, 그것이 예술적으로 표현된다는 특수성을 갖는 특수한 종류의 감정이 아니라 시로 표현될 때 수반되는 정서적 색조라는 것도 알게 되었다. 시를 통해 감정을 표현한다는 것을, 감정을 누설하는 것, 즉 감정의 징후들을 전시하는 것과 혼동해서는 안 된다. 진정한 의미에서 시인은 자신의 감정을 표현하는 데서 명료성과 이해 가능성을 하나의 표지로 삼는다. 자신의 감정을 누설하고 묘사하는 것이 아니라, 자신의 은밀하고 절단된 부분이 곧 시인의 감정인 것이다.

풍경의 조작

최문자, 박철, 이상국, 임경묵, 황인찬

시에서 '풍경'이란 용어는 낯설지 않다. '시적 풍경'이나 '내면 풍경'이란 용어가 별다른 정의나 거부감 없이 용인되는 이유도 이런 맥락에서다. 일반적으로 '풍경'은 그 속에 공간적인 것뿐만 아니라 시간적 요소도 포함하게 된다. 풍경에는 자연, 인공을 함께 포함한 환경과 인간 공생의 존재 방식이 지닌 다양한 국면에 대한 인식이 반영되기 마련이다. 따라서 '풍경'을 보고 묘사하거나 경관을 적극적으로 구성하는 것은, 인간이 살아가는 의미를 반추하며 스스로 삶의 방식을 비판하고 수정하는 것과 비슷한 의미를 유지한다. 현상학적 측면에서도 '풍경'은 기본적으로 대상 또는 대상군에 대한 하나의 시각장(視覺場)이며, 그것을 계기로 형성되는 인간 또는 인간 집단의 심리적 현상을 포함해서 의미한다. 이때 풍경이란 단순히 자연 풍광에 대한 설명이나 묘사로 가능한 객관적 재현의 결과가 아니라, 그것을 바라보는 주체의 정서와 무의식 혹은 이념이나 욕망이 반영되는 과정에서 특정한 문화적(문학적) 의도를 동반한다. 이런 연유로 '풍경'은 시를 이야기할 때 별개로 떼어놓고 설명할 수 없는 중요한 요소와 용어로 작동하는 것이다.

거칠게 정리해보자면 풍경은, 일차적으로 외부 세계에 대한 신체적·정신적 경험으로서, 인간의 감각체계를 통과해서 생성되는 어떤 이미지와 정서를 의미한다. 시에서 이러한 풍경이 중요한 까닭은 인간의 감각적 체험에 따라 풍경은 확장되는 전체성의 장이 되며, 고정되거나 확립되지 않는 비일상적 성격을 지니게 되거나, 매 순간 갱신되는 또 다른 차원의 표상으로 나타나기 때문이다. 이 글에서는 이러한 관점에서 풍경 체험이 단순히 하나의 공간적 경험이 아니라 특정한 공간에서 이루어지는 사건들의 물리적 배열이며 미학적 구성임을 한번 살펴보려 한다.

오늘 비는 아무에게나 슬픔을 나눠 준다 우기에는 네 말이 옳았다 오래오래 젖다가 수채화 같은 슬픔이 온다는 말, 하루 종일 비가 내렸다 사과나무 가지 끝 풋사과 옆이 무너졌다 나도 저렇게 아픈 데를 씻다가 무너졌다 슬픔이 없다면 슬픈 게 여럿이던 나도 없을 것이다 내가 없다면 줄곧 믿어 왔던 이 많은 책들과 수없이 눌렀던 어두운 버튼들, 맘에 내내 서 있던 사람 서랍 속의 흉터들 모두 혼자일 것이다 온 힘을 다해 저렇게 흠뻑 슬플 것이다 죽을 것처럼 들고 온 것들, 저렇게 말할 수 없어서 짧게 말할 수 없어서 슬픔은 머리카락이 길고 형용사처럼 영롱하다 우기에는 슬픈 게 슬픈 걸 찾아낸다 점 하나 없는 슬픔 언제 그칠까? 슬픔 곁을 개처럼 지키고 있다

—최문자, 「우기」(『우리가 훔친 것들이 만발한다』, 민음사, 2019)

삶과 죽음의 이편과 저편, 있는 것과 없는 것, 현실과 내면의 사이, 기쁨과 슬픔의 틈새를 버팅기는 사유가 이 시에 있다. 불행과 흉터, 어둠을 강요하는 '슬픔'을 넘어서기 위한 경계의 사유. "우기에는 슬픈 게 슬픈 걸 찾아낸다"는 인식에는 슬픔의 경계를 피하지 않고 정면으로 응시하려는 시인의 자세가 드러나 있다. 슬픔에 옳고 그름의 가치가 있을 수 있을까. "나도 저렇게 아픈 데를 씻다가 무너졌다 슬픔이 없다면 슬픈 게 여럿이던 나도 없을 것이다".

항상 방향성이나 논리성에서 벗어나 있는 슬픔의 감정은 우연성이나 부동성이 지배하는 세계로 인도한다. "온 힘을 다해 저렇게 흠뻑 슬플 것이다"라는 각오가 만들어내는 우기의 풍경은 슬픔을 주체의 중심적 대상으로 조준한다. 그리고 화자의 시선 안에 슬픔을 정착시켜, 화자가 풍경을 효과적으로 통제하는 데에 다른 어떤 정서보다도 유용하게 조작한다. 반대로 이 풍경의 이면에는 대상과의 거리를 지우고 화자의 감각을 신체 속에 분산시키는 권력적 속성도 내장되어 있다. 즉 새로운 풍경을 만들어내고자 하는 욕망이 스며 있다는 의미다. 슬픔에 대한 화자의 감각적 요구와 우기의 '비'는, 진정한 상호작용을 형성하는 맥락의 풍경을 만들어낸다. 화자는 이 풍경 안에서 이미 슬픔의 거리감을 파악하고 오히려 슬픔과의 교감을 시도한다. 즉 이 작품에서의 '슬픔'은 역동적이라기보다는 조응에 좀 더 무게를 두고 있다고 봐야 할 것이다.

구상적 이미지로 표현되진 않았지만, 화자의 고통과 상처가 지닌 자각성 혹은 자위성에 대한 비약은 화자가 차마 건너가지 못하는 또 하나의 세계를 가리키기도 한다. 화자의 슬픔이 관통하는 모든 양태의 욕망은 "말할 수 없"음으로 수렴된다. 그래서 화자에게 슬픔은, 분리의 대상이 아니라 '나와 타자의 접면'을 사유하기 위한 하나의 전략으로 가용되고 있는 것이다. 슬픔을 씻어내고 싶었지만 결국 슬픔의 힘으로 버텼다는 고백은 비단 화자만의 것은 아니다. 주인 곁을 지키는 개처럼, 슬픔은 충직하고 성실하게 우리 곁을 지키고 있는 것이다. 우기의 비는 누적된 상처의 양식이며 풍경으로, 화자는 이 상처, 슬픔에서 쉽게 벗어날 수 없었을 것 같다. 시인의 숙명이 그러하기 때문이다.

> 봄빛은 지극한데
> 하얀 창가에 국밥집 아이와 애미가 밀담 중이다
> 아이가 며칠 울더니 오늘은 우는 애미를 달래고 있다
> 아이가 저리 힘들어하는 것을 보면
> 사랑도 노동이란 생각이 든다
> 그러면 나는 일생을 노동자로 살아온 셈이다
> 내가 사랑을 하였다는 얘기가 아니라
> 거친 내 일생이 왜 사랑해야 하는가를 떠들고 있었다
> 버드나무도 봄빛을 배워 기운이 푸릇한 정이월
> 명창정궤란 보이는 정갈함만 이르는 게 아니라
> 거기 백자 같은 여지와 빛의 범람을 말하는 것일 텐데
> 오늘 아이의 저 스미는 사랑도 그렇게 부르고 싶다
> 빛은 제 눈이 없어 가리는 곳이 없구나
> 내가 받은 축복의 전부는 어떤 고난 속에서도
> 비좁은 밥집 안에도 봄빛은 내린다는 사실이었다

풍경의 뉘앙스

얘야 신비롭지 않니 신비롭구나

그런 신비로움엔 기다림 외에 가는 길이 따로 없다

오래전 탯줄 타고 이미 당도해 있을지도 모를

내가 아무리 작아도 줄어들지 않는

또 거기 애틋한 분재 하나 몸 비틀고 있어도 좋으리

아이야

어느 누추한 담장 아래라도 화(華)해야 한다

맑기만 해도 안 되고 충만하기만 해서도 안된다

맑고 가득하고 따뜻해야 한다

오늘은 춘이월 집으로 오는 길엔

골목 끝에서 아직 거칠게 싸움들이었다

먼지가 일고 헛발질에 입간판이 흔들렸다

말하자면 그들도 사랑을 하고 있는 것이다

좀처럼 가지 않는 겨울과

안달이 난 봄이 되어 뒹굴고 있는 아,

어디에나 있는 빛이다

　　　　　　　　―박철, 「빛에 대하여」(『없는 영원에도 끝은 있으니』, 창비, 2018)

　이 작품에서 화자는 세상의 질서를 강요하거나 특정한 관념을 고집하지 않는다. 다만 "좀처럼 가지 않는 겨울과/안달이 난 봄"을 모두 보듬고 달래고자 한다. 이러한 풍경은 삶의 궁핍성이나 상실감을 직접적으로 표상하지 않는다. 화자는 우는 어미를 달래는 아이의 모습을 통해 여타의 인간적인 감정이 부수적으로 개입되기 어려운, 그 자체의 절대적 풍경을 구축한다. 이는 일종의 유미주의적 엄격성으로 자연스레 발생하는 독특한 이미지다. 화자는 어미를 달래는 아이나 "왜 사랑해야 하는가"를 떠들고 있는 자신의 일생이나 기타 행간에서 해명되어야 할 것들을, 시적 형식과 시적 인식의 연결고리인 '봄빛'의 모티프로 결합하고 있다. 그것은 곧 '사랑'이다.

화자는 개념을 규정하거나 넓은 함의로, 시를 풍경 속에 풀어놓지 않는다. "비좁은 밥집"과 "버드나무"에 대한 감각과 이것들을 연결시키는 정서적 사건, 정서적 연속성으로 시를 유지시킨다. 감각의 연결과 자극의 결합, 공통감각적 지각으로 이어지는 일련의 인식 작용에는 "푸릇한 정이월", "빛의 범람"과 같은 이미지 효과의 요체가 있으며, 화자는 이를 주도적으로 활용하여 풍경을 조작해내고 있다.

시적 화자의 진술은 경험적 질료와 주체적 정념을 방출함으로써 극적 긴장을 만들어낸다. 이때 긴장의 여백들은 특정한 내용이나 주제가 아니라 또 다른 긴장의 극이 된다. 화자가 "아이의 저 스미는 사랑"을 이야기하는 행간처럼 말이다. 박철 시인은 사물의 관계성에 의한 존재의 발견을 기술하는 데 능하다. 하지만 이 작품에서는 무엇보다 시적 자아의 시선을 최대한 이용하고 있다. 시선의 확산과 침투를 통해 자기 밖의 세계, 한정된 사물의 존재를 넘어서는 외부를 사유하는 힘을 보여준다. "기다림 외에 가는 길이 따로 없"는 "신비로움"은 그가 의도하는 풍경의 테두리를 완결 짓는 시적 주도성을 획득하고 시의 전반에서 기능하게 된다. 화자는 "춘이월 집으로 오는 길"의 풍경을 그려내면서 의미를 부풀리거나 제거하기보다는 이때의 풍경이 지닌 물질성에 집중해

　　　　　　　　　　　　　　　　풍경의 뉘앙스

그것을 하나의 이미지로 받아들인다. 이는 풍경의 내면과 화자의 내면으로 즉각적으로 수렴되지 않는 논리적 틈새에서 모호한 여백을 품기 때문이다. "사랑도 노동"이라는 화자는 자신이 일생 동안 "왜 사랑해야 하는가를 떠들고 있었다"고 고백했다. 이는 화자가 노래하는 신비로운 사랑을 소박하게 한정시키는 동시에 오히려 그 존재의 배면을 지향한다. 그래서 박철의 시는 조금 더 미시적이고 현상학적이다.

막힌 배수구를 찾아 마당을 파자
집 지을 때 묻힌 스티로폼이 아직 제집처럼 누워있다.
사람만이 슬프다.

앞집 능소화는 유월에 시작해 추석 밑까지 피고 진다.
립스틱 같은 관능이 뚝뚝 떨어진다.
꽃도 지면 쓰레기일 뿐.

유럽의 길바닥에는
시리아 난민들이 양떼처럼 몰려다니고
폐지 줍는 노인이 인공위성처럼 골목을 돈다.
누가 울든 죽든 지구는 아무 생각이 없다.
내가 대통령이 되면 폐지 값을 대폭 인상할 것이다.
지구도 원래는 우주의 쓰레기였다.

대낮에 무슨 음모라도 하는지

동네 개들이 대가리를 주억거리며 골목을 돌아다닌다.
저것들은 여름을 조심해야 되는데

반세기가 넘게 평화가 지속되는데도
누가 또 별을 달았다고 거리에 현수막을 내걸었다.
나는 벌써 오래전에 시인이 되었는데
동네 사람들은 모른다.
　　　　　—이상국, 「오늘 하루」(『저물어도 돌아갈 줄 모르는 사람』, 창비, 2021)

　이상국은 작품의 내재적 구조에 밀도를 더하는 동시에 시적 풍경의 구조를 강화하는 데 능한 시인이다. 스티로폼에서 능소화로, 시리아 난민으로, 폐지 줍는 노인으로, 시적 자아의 정서를 점층적으로 증폭시키면서 시적 풍경의 구조성과 논리성을 강화하고 있다. 특히 이 작품에서의 화자는 대상에 대한 객관적 표현을 강화함으로써, 주관적 서술이 지닌 정서의 장악력과 객관 서술이 지닌 표현력을 동시에 강화하는 효과를 거두고 있다. 따라서 반세기 넘은 평화와 잡초 무성한 동네 빈집의 마당을 바라보는 화자의 시선에는, 추상적 진술의 울림 속에 고착되지 않는 이미지의 여운이 남게 된다. 이는 시의 처음부터 마지막까지 일관되게 유지되는 정서적 통일감이 개별 대상의 묘사에까지 영향력을 발휘하고 있기 때문이며, 감각적 이미지의 전개가 독자의 정서적 흐름에 역동성을 부여하기 때문이다. 이를테면 "꽃도 지면 쓰레기일 뿐"이라는 화자의 투박한 인식이 시 전체를 통괄하는 추상적 주제로 환기되는 것처럼 말이다.

　　　　　　　　　　　　　　　　　　　　　　풍경의 뉘앙스

"누가 울든 죽든 지구는 아무 생각이 없다./내가 대통령이 되면 폐지 값을 대폭 인상할 것이다."라는 시행은 화자의 위트를 유감없이 보여준다. 주관적 서술과 객관적 서술의 결합을 통해 기계적으로 만들어내는 풍경에서는 시의 정서적 울림을 만들어낼 수 없다. 화자가 구사하는 점층적 시행들은 경험의 연관들을 갖추게 되고 정서적 오염으로부터 자유로워지면서 오히려 서로의 행간을 간섭하는 물리적 효과를 만들어낸다. 이상국 시인이 의도하는 시적 풍경은, 독자들의 개별적인 추경험에서 비롯된 정서와 느낌이 어떤 언술 체제의 제한에 강요받지 않고 자유롭게 유영할 수 있는 배려의 공간이다. 화자는 오래전에 시인이 되었는데, 이제야 장군이 된 어떤 이와의 비교를 통해 무정형의 전언을 생성해낸다. 그것은 평화다. 화자는 지시성이 소거된, 일정한 추상성의 힘으로만 도달할 수 있는 세계를 제시한다. 앞의 작품을 촘촘하게 읽어보면 화자의 진술은 경험적 질료와 주제적 정념이 아니라 오히려 절제된 언어의 여백으로 감흥을 경험케 하려는 화자의 의도임이 다분히 전달된다. 현실의 지시적 의미에서 탈각하여 일정한 경지에 고양되는 시적 현실이 시인에게는 필요하기 때문이다.

등곳길에 비가 온다는
우산 수리 전문가의 예언이 적중했다
그가 우산을 건네자
끝말잇기를 하듯 빗방울이 떨어진다
엊그제 비를 맞으며 나와 함께 등곳길을 나섰던 우산 한 개가 아직
돌아오지 않았다고 그가 조심스레 말을 꺼냈지만

나는 언제나처럼
그의 말을 한 귀로 듣고 한 귀로 흘렸다

그는 날마다 고장 난 우산을 수거하고
그는 날마다 고장 난 우산을 수리한다
그가 수리한 우산의 팔구십 퍼센트가 나를 위해 쓰였다

한 번은 다 저녁에 예고도 없이 소나기가 퍼부었는데
당황한 우산 수리 전문가가
빗속을 뚫고
학교까지 나를 찾아와 불쑥 우산을 건넸다

비 맞고 다니지 말아라

돌이켜보니,
배후에 우산 수리 전문가가 있었기 때문에
나는 이 우울한 세계에서
비 한 방울 맞지 않을 수 있었다

저녁상을 물린 우산 수리 전문가가 툇마루에 앉아
구름의 방향과 색깔을 살피고
바람의 냄새를 맡는다
새로 수리할 우산을 펼쳐 빙글빙글 돌린다

작년보다 잔고장이 더 많아진 그가 우산에 가려 잘 보이지 않는다
일기예보에 내일 비가 올 확률은
팔구십 퍼센트.

—임경묵, 「우산 수리 전문가」(『체 게바라 치킨 집』, 문학수첩, 2018)

위 작품은 자연스럽게 녹아들어 빚어진 서사적 속도감과 영상적 생동감이 만들어내는 상상력의 또 다른 경지를 보여준다. 화자의 삶의 배후에는 화자가 "비 한 방울 맞지 않"도록 보살펴온 '우산 수리 전문가'가 있다. 그는 "구름의 방향과 색깔을 살피고/바람의 냄새를 맡"아 "팔구십 퍼센트"의 정확도를 갖추고 있는 '우산 수리 전문가'다. 단아하고 정갈하게 운용되는 행간에는 내적 서사를 향한 치열한 성찰이 담겨 있는데, 상투적 서정을 거부하는 섬세하고 고요한 비유와 이미지로 육친과의 관계를 그려내고 있는 수작이라고 할 수 있다. 화자가 보여주는 이 서정성의 요체는 보편적 공감의 영역보다는 개체적 경험의 내적 통찰이 스스로의 한계를 돌파하는 모습에서 비롯된다. "우산 수리 전문가의 예언이 적중"하면서 "이 우울한 세계에서/비 한 방울 맞지 않을 수 있"었다는 화자의 깨달음은 공감과 통찰의 층위에서 만들어내는 또 다른 풍경이다. 더불어 이 시의 공력이 안고 있는 시적 감응력과 완성도 역시 만만치가 않다. 나지막하나 완고하고, 부드러운 듯 읽히나 끈질긴 자기탐구로 열어 보이는 세계와 존재에 대한 성찰은, 체험적 진실성의 풍경과 깊이를 담보해낸다. 육친은 "작년보다 잔고장이 더 많아진" 상태지만 일기예보를 통해 여전히 슬하의 자식을 보살핀다.

예고 없던 소나기에 학교까지 우산을 가지고 온 육친의 모습은, 앞

서 지적한 바와 같이 고유하고 특수한 상황이라기보다는 공감 가능한 계기로서의 풍경이 된다. 그래서 "비 맞고 다니지 말아라"라는 '우산 수리 전문가'의 발화가 체험적 진실성을 보이면서 둔중한 울림과 발화의 진정성을 보여줄 수 있는 것이다. 자아가 세계로부터 떨어져 버림받았다는 비극적 세계관과 달리 육친과의 연대를 유지하고 있는 평온함의 세계는 존재의 자족적인 근거가 된다. 훼손된 자기 자신을 회복하고 세계와 화해하고 합일하고자 하는 낭만적 포즈의 근거이기도 하다. 이는 화자가 '예고 없는 소나기'와 같은 스스로의 존재론적 한계를 뛰어넘어, 조화롭고 행복한 세계로 초월할 수 있다는 원심력으로 추동된다. 육친과의 긍정적 관계성은 자기 자신의 상처나 훼손된 세계에 갇히지 않고 세상 소중한 것들의 관계를 찾아 스스로를 재생하는 치열한 긍정의 길임을, 화자는 기꺼이 시로 보여준다.

　　나는 지난밤도 보았고 지난밤의 폭죽 불꽃도 보았고, 그런 기억이
　나에게는 있습니다 지금은 까마귀 소리가 들립니다 서울에서는 듣기
　힘든 소리군요

　　폭죽이 터질 때 좋은 일도 있었습니다만 지금은 뜨거운 물이 바닥
　에 쏟아져 있습니다 사람이 많은 곳에서 분명 손을 잡고 있었는데, 그
　뒤로 무슨 일이 있었던 것일까요

　　지금은 아무것도 보이지 않습니다 벌써 어두운 밤입니다
　　육첩방은 남의 나라, 여름에도 다다미는 서늘하군요

나는 지난밤의 축제를 기억합니다 죽은 사람의 차를 타고 식사를
하고 온 것도 기억합니다 축제의 인파 속에서 죽은 사람과 입을 맞췄
던 것도

횡단하는 것이군요 횡단이 불가능한 것이군요

밖에서는 외국어가 들려옵니다 무슨 말인지는 몰라도 즐거운 것
같습니다 지난밤의 한국어를 생각하면 슬픔이 찾아옵니다만

실내에는 저 혼자뿐 아무도 없습니다

이런 일이 이전에도 있던 것 같습니다 그러나 사실 그런 일은 없습
니다

—황인찬, 「더 많은 것들이 있다」(『사랑을 위한 되풀이』, 창비, 2019)

일반적으로 집착의 근원은 욕망 자체라기보다는 욕망을 고정하려는
아집에 있다. '나'의 집착은 '나의 욕망' 혹은 '나의 기억'을 절대화하고
그럼으로써 '주체적 의식'을 강화시킨다. 그러나 이 작품에서 '나'와 '지
난밤의 축제'는 '나'의 절대성을 고정하려는 욕망으로부터 오히려 자유
롭다. 마지막 연에서 "이런 일이 이전에도 있던 것 같습니다 그러나 사
실 그런 일은 없습니다"라며 자아를 고집하지 않고, 스스로 자아의 욕
망과 그 움직임이 고착되는 것을 거부하기 때문이다.

"육첩방은 남의 나라"라는 시행을 통해 윤동주의 「쉽게 씌여진 시」에 귀속되면서 화자가 의도하는 바는 무엇이었을까. "죽은 사람의 차를 타고 식사를 하고 온 것도 기억"하고 "축제의 인파 속에서 죽은 사람과 입을 맞췄던" 것도 기억하고 있는 화자에게, 있는 것과 없는 것 혹은 삶과 죽음의 '사이'는 '폭죽 불꽃'처럼 생성과 흔적과 소멸의 미래적 기억을 끌어당기는, 완강한 경계의 토포스이다.

창작자의 주체적 의식과 현실의 경계에서 존재론적인 경계의 사유를 펼쳐온 것은 예술의 오랜 전통이다. 즉 예술가는 말해지지 않는 것들이 발언한 표피적 의미의 틈새를 메우고 그 사이를 스며가는 것이다. 앞에서 인용한 황인찬의 작품은, 인간 내면과 사물의 표피들이 일으키는 미세한 마찰음을 독자적인 상상력의 영역으로 끌어들여 '경계'에 대한 성찰을 심화시킨다.

"외국어가 들려옵니다 무슨 말인지는 몰라도 즐거운 것 같습니다 지난밤의 한국어를 생각하면 슬픔이 찾아옵니다". 밤은 끊임없이 되풀이되는 죽임이다. 밤의 권력은 사물의 윤곽을 흐리게 하고 인간의 감각을 예민하게 한다. 이는 밤이 근원적으로 폭력을 내재하고 있어, 디오니소스적 상상력이 발현되는 파괴와 소멸의 직접적 배경이 되기 때문이다. 그런데 '불꽃놀이'는 상실의 또 다른 은유이고, 화자는 이것을 '죽음'에 비유한다. "횡단이 불가능한 것"이라는 화자의 깨달음은 죽음에 대한 경계를 인식하게 한다. 느닷없는 죽음을 받아들이는 내면의 풍경은 '폭죽 불꽃'과 다르지 않고, 풍경 속의 인물은 "실내에는 저 혼자뿐 아무도 없습니다"라는 비극적 혹은 존재론적 인식에 가닿는다. "실내에는 저 혼자뿐 아무도 없습니다"는 화자의 생을 지탱하고 있는 화자 혼자만의 문장이 된다.

자연과 세계를 향한 시인의 시선과 감각의 반응은 대체로 풍경을 통해 들여다볼 때 더욱 다양하고 상이한 양상으로 드러난다. 이때 그려지거나 혹은 쓰이는 풍경은, 시인의 고유한 인식의 틀을 구성하는 동시에 작품 안에서 예술적 형상화를 지탱하는 구조적 원리로 작동한다. 그 풍경의 내면에는 시간과 공간의 주어진 체계를 받아들이는 시인만의 고유한 문법과 기획이 스며 있다. 물론 정서의 움직임이나 그 내력(內力)과 시적 묘사력이 균형을 잃은 경우도 간혹 있지만 시인은 하나의 풍경을 발견하여 의미를 조직화하는 일에 자신의 치열함을 다한다. 여기서 살펴본 작품들은 시인이 애초 풍경에 대한 경험과 그 감각적 인상의 상투성에서 벗어난 정도가 작품의 완성도와 어떤 상관관계를 맺고 있는지를 경험하게 해주는 귀한 시편들이었다.

긴장으로 발현되는 시적 계기

조용미, 조은길, 하린, 심상옥, 박완호, 황수아

시는 있는 그대로의 현실을 관조하는 것이 아니라, 그 현실을 넘어서고자 하는 자기이월적 특성을 전제로 한다. 갈등과 모순이 혼재된 현실은 그 영향력을 지속적 흐름으로 반영하고자 하고, 시는 이에 맞서 현실에 대한 내적 작동의 필연성을 갖춘다. 현실의 갈등과 모순, 혹은 내면의 존재적 갈등과 모순은, 현실의 있는 그대로의 사실적 필연성과 있어야 할 당위적 필연성에 의해 형성된다. 단순히 현실이 지닌 모순의 단편성만으로 그것을 이월할 수 있는 계기를 얻는 것이 아니라, 사실과 당위 이 두 필연성의 충동에서 야기되는 긴장으로 예술적 계기가 발현된다고 할 수 있다. 따라서 두 필연성은 각각 고립되어 있는 것이 아니고, 이것들이 서로 부딪쳐 다른 그 무엇으로 지양될 때 시는 예술의 초월적 계기와 자기지양의 계기를 획득한다. 작품 안에서의 현실 역시 온전한 상태의 것이 아니라 고쳐져야 할 현재이기 때문이다. 그러니까 시는 예술적 긴장 속에서 우리 현실에 있는 것과 있어야 할 것, 현실과 상

상이 대립하고 일치하면서 더 크고 넓은 세계로 진전하여나가는 것이
다. 여기서 살펴볼 작품들은 이러한 관점에 주의하여 골라보았다.

　　저수지 안의 섬에 검은 새들이 앉아 있다
　　나무들이 허옇게 변했다

　　나무가 말라가는 이유는 새 때문일까

　　가까이 저수지 안쪽 길 따라가보니
　　나무들이
　　쏘아보는 눈길이 있다

　　새가 시끄럽게 악을 쓰는 것이
　　나무 때문일 것 같다

　　작은 섬 전체가 검은 새로 덮여 있어
　　흉흉하다

　　지나가는 사람은 생각한다
　　나무를 떠나면 될 것을

　　저수지 안의 섬, 나무가 말라가고 있다

민물가마우지와 까마귀가 반반씩
물속의 섬을 차지하고 있다

각각의 영역 속에서 그들이 차지한
나무들을
욕망하고 있다

저수지는 새와 죽어가는 나무의 목록을 가지고 있다
　　　　　　　　　　─조용미, 「영역」(『당신의 아름다움』, 문학과지성사, 2020)

　　조용미의 작품은 전형적 울림에 근접해 있다. 묘사를 통한 대상의 인식도, 내부의 충일한 감정도 충분하게 엿보이지 않는다. "저수지 안의 섬, 나무가 말라가고 있"는 풍경을 통해 교묘한 시적 분위기를 만들어낸다. 그러나 이 풍경 역시 시적 감흥이나 도전을 제공하지는 않는다. 오히려 썰렁한 복고의 분위기에 안착한다. '욕망'의 공간으로서, "새와 죽어가는 나무의 목록을 가지고 있"는 저수지는 쓸쓸한 현실 인식의 단면을 상징한다. 도저한 절망이 즉물적으로 그려진 작품 안에서 시인은 욕망을 통해 허무를 보여준다.
　　이와 더불어 시인은 저수지 안의 나무와 검은 새들을 하나의 정물로 그려낸다. 그런데 시인이 압축하는 이 세계는 무채색의 세계다. "작은 섬 전체가 검은 새로 덮여 있"어 색을 잃어버린 세계를 그려내고 있다. 아마도 조용미 시인만의 매력이라고 할 수 있다. 무채색의 회화성은 시인 특유의 인식론과 시적 공간의 순수성에서 비롯된다. 그의 시가 표면상 낡은 비유적 세계를 그리고 있음에도 복고적이거나 고리타분한 느낌을 주지 않는 까닭도 이러한 회화적 성격이 강하기 때문이다. 무심한 듯 강렬한 메시지는 일단 가치중립적인 것으로 읽히기 쉽지만 화자가 지닌 동요의 파문은 쉽게 가라앉지 않는다. 자연과 인간 사이의 교감이 아니라 철저하게 자연을 풍경으로 오려내고, 그 안에서 메타포를 배치하는 수법은 작품 전체에 긴장감을 부여한다. 이 긴장은 어휘 하나하나에 대한 섬세한 배려의 공력과 관계되어 있다.

시인은 단호함과 엄숙함 속에서 시적 대상을 존재론적 차원으로 소환한다. 욕망과 관계의 굴레 속에서 진행되는 이미지의 조형과 파괴는 내공이 깊다. "지나가는 사람"으로 상정된 화자가 지닌 언어와 사고는 범상하고 평이하지만, 시의 대상이 된 사물에 새로운 이미지를 부여하고, 그 관계를 낯설고 새롭게 만들어낸다. 아무튼 진지함의 과분한 무게도 있지만, 시적 사물에 대한 차분한 묘사를 통해 은밀하게 메시지를 시화하는 대신 직접적 서술을 시도하는 조급함이 엿보임에도 불구하고, 인간성의 본질과 그 한계에 대한 천착은 시가 지닌 본연의 모습을 보여주며 읽는 이들을 순간 경건하게 만들기도 한다.

전동휠체어를 탄 노부부가 막 비 그친 아스팔트길을 앞서거니 뒤
서거니 가고 있다

가지런히 접힌 무릎 위에는 조그만 손가방 하나

손가방 속에는 귀가 다 닳은 성경책과 꽃무늬손수건과 돋보기안경

이 착하디착한 표정으로 포개져 있다

절벽을 지나는 듯 심각한 표정으로 앞만 보고 가는 노부부를

어떤 이는 가엾다 하고
어떤 이는 그래도 둘이라서 다행이라 하고
어떤 이는 저렇게라도 다닐 수 있는 것이 부럽다 하고

나는 그들을 따라 교회 문 앞까지 가다 되돌아오고 만다

아직 다리가 성하기 때문이라며 나의 미래를 걱정하지만

두 발로 걷게 해달라고 밤낮없이 기도하며 착하디착하게 살아가는
저 부부의 다리를 기어코 분질러 앉혀놓는

저들의 신이 지옥보다 더 무섭기 때문이다
　　　　—조은길, 「직립을 소원하다」(『입으로 쓴 서정시』, 천년의시작, 2019)

　위 작품은 내성과 현실이 안팎으로 교차하면서 생겨난 현실감과 구체성을 바탕으로 하고 있다. 시인은 이 지점에서 발생하는 고통과 긴장에 주목한다. 시 속의 인물은 고통을 감싸 안고 있으며, 시인은 그 고통에 가까이 가지 못한다는 뼈저린 자탄(?)을 내뱉는다. "신이 지옥보다 더 무섭기 때문이다"라는 고백은 "나는 그들을 따라 교회 문 앞까지 가

다 되돌아오고 만다"라는 자탄에서 시작해 고통을 감내하는 회생 또는 대속의 차원으로 넘어간다. 신의 영역인 아득한 거리가 인간의 능력 바깥에 있음을 받아들일 때, 화자는 어떤 절대자를 향한 우울하고 낮은 절망을 감추지 않는다. "절벽을 지나는 듯 심각한 표정으로 앞만 보고 가는 노부부"에 대한 절망적 인식은 시를 통한 구원의 전망을 허투루 내보이지 않는다. 현실에 절망하고, 시나 노래 혹은 예술의 힘에서 구원을 발견하는 전통적 방식이 아니라, 신에 대한 회의와 거부의 감정이 더 강하게 드러난다. 이는 단편적인 신에 대한 회의가 아니라, 현실 자체의 신산으로부터 유래한다. 이러한 반응은 현실적이며 정서적인데, 화자가 보이는 신산의 현실은 절망을 극복하기 위한 정서적 첫 단계라고 할 수 있다. 시인은 내성과 현실이 어우러진 진한 언어의 틀 안에 갑갑하게 자신을 가두지 않고 오히려 현실 인식을 강화시켜 절망을 선명하게 그려낸다.

"밤낮없이 기도하며 착하디착하게 살아가는 저 부부의 다리를 기어코 분질러 앉혀놓는" 신은 자신의 신이 아닌, 노부부의 신이다. 그래서 화자는 감히 맞설 수가 없다. 한 편의 시가 만들어질 때, 시인이 의식적이든 그렇지 않든, 개진과 은폐의 힘이 어떠한 관계로 배치되어 긴장을 최대화하느냐에 따라 그 시의 특이성이 만들어진다. '지옥보다 무서운 신'을 발견하고 "교회 문 앞까지 가다 되돌아"오는 화자와 "절벽을 지나는 듯 심각한 표정으로 앞만 보고 가는 노부부"가 만들어내는 텍스트 바깥의 현실은 시를 넘어 새로운 시적 세계를 펼쳐놓는다. 이러한 조형 방식이 조은길 시의 시적 미학이라고 할 수 있다.

인공눈물을 화분 속에 떨어뜨리고

싹트길 기다려 볼까요

개밥바라기별을 처음 사랑한 사람이 나였으면 하고

서쪽 하늘이 무표정을 버릴 때까지 우는 시늉을 해볼까요

혼자 밥을 먹는 데 익숙해지는 허무를 위해

D-day를 표시하며 하루에 세 번 웃어볼까요

바짝 마른 그리움을 풀어 국을 끓이고

숨이 적당히 죽은 외로움을 나물로 무쳐내고

꼬들꼬들한 고독을 적당히 볶아 식탁을 구성해 볼까요

빈 의자와 겸상해볼까요

자, 이제 주말연속극이 시작됩니다

고지식한 시어머니나 파렴치한 악처를 옹호해볼까요

두 사람이 짧은 식사를 하는 것보다

한 사람이 긴 식사를 하는 것이

더 낭만적이라고 다짐해볼까요

입맛을 다시거나 잃어갈 필요가 없습니다

독백을 방백처럼 늘어놓으며

접시를 지속적으로 더럽혀 볼까요

다리를 떨면서 신문을 봐도

먹기를 멈춘 채 눈물을 흘려도

잔소리할 사람 없습니다

시계를 보며 과장되게 늦은 척을 해볼까요

예감이나 확신을 믿지 않게 해준 당신

공백은 있어도 여백을 찾을 수 없게 만든 당신

오늘 차려놓은 투명한 기적, 눈물 나게 웃으며 먹어볼까요

—하린, 「투명」(『1초 동안의 긴 고백』, 문학수첩, 2019)

작품에서 시인은 인간관계를 통한 마음의 상처와 그 상처에 대한 예민한 반응을 감추지 않는다. 타자에 대한 절망이나 자신에 대한 비애와 같은 감정의 여지도 숨기지 않는다. "혼자 밥을 먹는 데 익숙해지는 허무"와 "숨이 적당히 죽은 외로움", "꼬들꼬들한 고독" 등의 표현을 통해 화자는 훼손된 인간관계를 그려낸다. 이 훼손은 정상적 관계에서 벗어난 것으로 작품 안에서 일정한 파장을 일으키고 있다. 자기연민에서 시작해서 자기반성, 어설픈 자학으로 이어져 자아의 동요라는 형태로 나타난다. 원래 시적 자아란 경험적 일상적 자아와 구별되는 것으로, 평범한 일상인인 화자가 시를 통해 특정한 감정의 모습을 드러낸다. 이때 시인이 선택한 대상으로서의 사물이 경험계 안에서 형상을 벗고 시적 상징에 의해 다른 형상으로 태어나는 과정 자체가 시가 되며, 하린의 경우 위축된 자아에 대한 안타까움이 더욱 부각된다. 이때 우리가 관심을 기울여야 할 부분은 경험적 자아에서 시적 자아에 이르는 회로에 있는, 구체적인 대상으로서의 사물인 '빈 의자'다. 경험적 자아는 시적 대상이 된 '빈 의자'를 매개로 하여 시적 자아로 건너간다. 화자와 사물들 사이에서 자연스럽게 빚어지는, 그리고 그것들이 모여서 이루어가는 공간이 바로 진실로 연결되는, 하나의 정서적 통로 역할을 수행하게 된다.

"더 낭만적이라고 다짐해볼까요/입맛을 다시거나 잃어갈 필요가 없습니다"라고 말하는 화자를 통해 시인은, 이성에 의탁하지 않고 고독

을 받아들이면서 실존으로 살아내는 것이 무엇인지를 보여준다. 시인은 실존을 오래오래 새겨 새로운 형상으로 탄생시킨다. 하린은 '당신'을 통해 부재를 실존으로, 삶의 한 증거로 밀고 나가면서 시적 형상을 얻는데, 이때 실존적인 것은 무엇으로도 환원될 수 없는 특이한 것이 된다. 그러나 고독한 내면을 표현하는 시적 방식에는 결코 고립되고 폐쇄된 자아의 심정만 담겨 있는 것은 아니다. 이러한 심리적 배경을 유발한 사회적 맥락이 행간에 녹아 있기 마련이다.

봄이 되니 알겠다
소나무는 왜 늘 푸른지
물은 왜 아래로만 내려가는지.

왜 너는
내가 나에게 이르름이 이름이라는 말에
고개를 떨구는지.

봄이 되니 알겠다
나무는 왜 바람이 흔들어도
흔들리면서 그 자리에 서 있는지.

우리는 왜
물음은 많고 대답은 가난한지
그런데 너는 왜

달빛에 마음 내다걸고*
화들짝 놀라는지.

세상에는
무엇도 단순한 게 없다고
끓다 끓다 터지는 화산처럼
그래, 참을 수 없는 존재의 무거움 때문이지.

봄이 되니 알겠다.

* 이문재의 시에서.

　　　　　　　　　　　　　　—심상옥, 「봄이 되니 알겠다」(『시인수첩』 2017년 가을호)

　작품 속 화자는 자신의 삶과 세상에 대한 허무를 느낀다. 앞만 보고
달려온 사람이 어느 순간 자기 앞에 놓인 삶의 한 지점에서 자신의 삶
을 되돌아보는 것은 적어도 자기가 살아온 삶의 의미에 대해 질문하는
것이며, 자기 자신에게 솔직해지는 순간을 체험하는 것이다. 어떤 사람
은 그 허무를 정면으로 응시하고 그것과 대결하기 위해 마지막 남은 정
열을 쏟아붓기도 한다. 심상옥이 그렇다. 일상적 삶은 대부분 순간적인
선택에 의해 이루어지기 때문에 헛되고 과장된 욕망의 지배에서 벗어
나기 어렵다. 따라서 화자는 삶의 허상에 관심을 집중시키면서 자기 존
재가 지닐 수 있는 허구성에 대해 의심한다.
　"봄이 되니 알겠다"라는 시행을 세 번이나 반복하면서 시인이 이야

기하고자 했던 것은 무엇일까? 그가 도달한 깨달음은 삶에서의 시간의 불가역성일지도 모른다. 한 번 지나간 시간은 되돌아오지 않지만, 시는 덧없고 불가역한 삶이 영원히 잊히는 것을 바라만 보지도 않는다. 그것이 "참을 수 없는 존재의 무거움"이기 때문이다. 구체적이고 전통적인 의미의 현실적 모험이 없고 서사의 선명성도 없어 보이지만 정신의 모험, 삶의 한복판에서 맞부딪친 존재에 대한 물음은 비극적인 인간 조건을 여실하게 보여주고 있다. 남루한 일상적 삶에서 존재적 조건을 뛰어넘을 수 있는 사건이나 모험 없이 갑자기 찾아온 '시적 순간'에 시인은 스스로를 소외했던 자신의 삶에서 자기 삶에 간섭했던 폭력의 정체성에 대해 의심하게 된다.

심상옥의 작품은 기본적으로 내성(內省)의 시다. 삶의 흐트러진 질서 속에서 시 쓰기는 기쁨보다 고통에 가깝고, 어느 순간 삶이 홀연해지기를 욕망한다. 이때 시인은 세속적 안식 안에 안주하지 못하며 이런 안식을 거부하는 자의 이름이 된다. 내성의 시는 자신의 내부를 들여다보기 때문에 자칫 추상적 관념에 머물기 쉽다. 그러나 시인은 이러한 징후를 거둬내면서 정신과의 가혹한 싸움에서 일정한 거리를 확보한다. '봄'이라는 시공간을 효율적으로 활용하고 있기 때문에 가능하다. '봄'을 시적 필터로 사용하면서 자신의 인식과 깨달음에 대한 정당성을 확보해나간다.

공사판 목수였던 아버지는 언제나 담을 끼고 살았다.
오른쪽 왼쪽 허리를 엇박자로 오가던 담이 어깨 쪽으로 쏠리기라
  도 하는 날이면

풍경의 뉘앙스

어느 편으로도 돌아눕지 못하는 몸을 쓰디쓴 소주로 달래던

아버지. 툭하면 술에 취해 아무 데나 엎어져 있는

그이를 간신히 데려다 방에 눕히곤 했던,

마흔셋 한창 나이에 혼자된다는 게 어떤 건지

도무지 알 수 없던 나의 사춘기는

먼저 간 엄마가 그리운 만큼 아버지를 원망하는 날들로 가득했다.

누구라도 미워하지 않고서는 도저히 견딜 수 없었던 그때,

그이는 내 미움을 쏟아부을 하나뿐인 누군가였다

마흔셋에 떠난 엄마나 환갑도 못 채우고 간 아버지나

누구 하나 제대로 사랑하지 못하고 여기까지 와버린 나.

까닭 없이 찾아든 담을 앓는 밤,

어디서 아버지의 신음 소리가 들려온 것 같아

아무도 없는 방 안을 여기저기 기웃거리다

어둠 속에 숨어 울먹이는 그이의 어깨를

쏙 빼닮은 얼굴 하나와 마주친다

그이가 날마다 끼고 돌던 담 모퉁이,

언 발을 동동 굴러가며 아버지를 기다리는

열 몇 살짜리. 먼 길을 돌고 돌아

그날의 담벼락 다시 몸속에 일으켜 세우는

나와는 구석구석 참 많이도 닮아 있다.

—박완호, 「담」(『시인동네』 2017년 9월호)

시를 쓰는 일은 기본적으로 철학과 그 뿌리를 같이한다. 특히 시인은 자신의 삶을 성찰하고 그 삶을 표현하고자 하는 욕망이 강한 사람이다. 언어의 능력은 인간 고유의 것이고 시인은 언어를 통해 자신이 가지고 있는 느낌이나 생각을 자신의 방식으로 표현할 수 있다. 인간이 가지고 있는 감각과 사유는 자신의 존재에 대한 질문인 동시에 그것이 사물과 세상에 대해 갖고 있는 관계에 대한 질문이기도 하다. 이 질문은 동전의 안과 밖처럼 삶의 본질을 밝혀줄 통로다.

박완호의 작품은 자신의 존재가 무엇인지를 알기 위해 자신을 둘러싸고 있는 사물과 세계가 맺고 있는 관계를 성찰하는 데서 시작한다. 자신을 둘러싼 삶과 세계가 무엇인지 알기 위해서는 그것들이 '나'에게 어떻게 간섭하고 있는지를 알아야 하기 때문이다. 화자는 공사판 목수 일로 평생을 살았던 아버지와 자신의 삶을 관계 지어 언어를 찾았다. '담'은 가래나 근육통을 의미하는 '담(痰)'과 울타리 또는 담장을 의미하는 '담'의 이중적 의미를 거느리는데, 시인은 작품 안에서 '담'이라는 언어를 획득한다.

시인은 "마흔셋에 떠난 엄마나 환갑도 못 채우고 간 아버지나/누구 하나 제대로 사랑하지 못하고 여기까지 와버린 나"를 동일시한다. 스스로에 대한 동정이다. "내 미움을 쏟아부을 하나뿐인 누군가"와 "쏙 빼닮은 얼굴 하나"는 말 그대로 하나가 된다. 이때 '나'는 절대적 자아의 결합체이기 때문에 '나'를 표현한다는 것은 시적인 자아와 사회적 자아가 언어를 획득한다는 것을 의미하기도 한다. 그러나 시인이 언어를 획득한다는 것은 그것이 곧 시를 의미하는 것이 아니라 시의 형식을 획득하는 것을 의미한다. 시인은 시의 언어로 자아를 형성하고자 한다. 언어의 논리적 구조로써가 아니라 언어의 총체적 구축을 통해서 말이다. "먼 길을 돌고 돌아/그날의 담벼락 다시 몸속에 일으켜 세우는" 화자 역시, 언어의 총체적 구축을 통해 언어의 형태가 논리를 초월한 단계에 도달하고 있음을 보여준다.

　모든 시인은 자신의 존재에 대한 질문을 던진다. 그 질문을 언어화하고자 하는 욕망이 시의 근원이고 원초적 형태다. 시인이 시를 쓰는 이유는 시를 쓰지 않고서는 삶의 의미를 발견할 수 없기 때문이라는 것을 이 작품은 선명하게 보여준다.

　기다림의 무게를 시간으로 측정하는 건 불가능하다고,
　한때 죽어가던 커피나무에 물을 주며 생각한다.
　뜨거운 온도와 축축한 공기 속에서
　커피나무는 우연히 살아났다.

　나무는 맞지 않는 계절을 견디었고
　나는 맞지 않는 옷을 입고
　긴 하루를 보내고 있다.
　때로는 저녁하늘이 흰 티셔츠를 벗는
　그 짧은 시간도 지루하다.
　밤의 경계에 맞닿은 뜰은
　시간의 속잎을 세어보며 시간을 견딘다.

　맞지 않는 옷을 입고 살아가는

나와 너의 모습이 생각날 때마다,

기다림의 무게를 두 팔로 지탱하고 있는

커피나무에 물을 준다.

　　　　　　　　　　　　—황수아, 「기다림의 무게」(『시인수첩』 2017년 가을호)

　요즘의 우리 시는 시를 쓰는 시인만의 시가 되면서, 읽는 시로부터 스스로를 소외시키는 풍경이 낯설지 않다. 초현실주의나 표현주의의 과장된 욕망의 그늘에 시인이 숨어들어 가기 급급하다. 그러나 황수아의 작품은 사람에 대한 총체적 관찰, 무엇보다 그 대상을 유기적 생명체로 바라보는 온전한 의식의 따뜻함에서 시작한다. "우연히 살아"난 커피나무처럼 모든 생명체에는 시작과 끝, 삶과 죽음이 있다. 시인은 이런 평범한 사실을 똑바로 인식하고 관찰한다. 특히 이 작품은 대상에 대한 올바른 관찰과 순종을 통해 현실의 소박한 깨우침을 얻어내면서 참된 주관과 객관이 온전히 완성되어가는 도정을 보여준다. 이러한 도정에는 시의 방법과 관계된 진실이 함축되어 있다.

　"맞지 않는 계절을 견"딘 나무와 "맞지 않는 옷을 입고" 하루를 보내고 있는 나는 일종의 운명 공동체이다. 둘 다 '기다림의 무게'를 감당하고 있기 때문이다. 이러한 인식 속에서 사물과 현상에 대한 편견 없는 총체적 시선이 확보되고 역동적 묘사도 이루어진다. "시간의 속잎을 세어보며 시간을 견"뎌내는 일은 대상이 사람이든 사물이든, 언제나 자신의 주관을 대상 쪽에 복종시켜 바라보는 시인만의 독특한 시적 시각을 보여준다. 이는 우리 모두 스스로의 시각에만 집착할 때는 보이지 않는, 숨어 있는 시각이다.

　　　　　　　　　　　　　　　　　　　　　　　　　　　　풍경의 뉘앙스

모든 물질의 내부에는 거대한 생명의 신비가 숨 쉬고 있다. 시인은 이를 발견하고 감격하고 자신 시의 활력으로, 읽는 독자의 전율로 바꿔 나간다. 좋은 시에는 이러한 활력과 전율이 있다. 그것은 의미 없어 보이고, 죽은 것처럼 보이는 나무까지도 촉촉한 물기로 젖게 한다. 이 작품에서 시인은 기다림의 시작과 끝을 총체성으로 보고자 했던 것 같다. 그래서 이 작품은 추상적이거나 당위론적인 명제에서 벗어나 '기다림'이라는 의미론적 영역에 자리를 잡을 수 있는 것이다.

시인은 있는 것과 있어야 할 것 사이에서 펼쳐지는 예술적 긴장과 그것에 대한 초월적 체험을 행간에 기록해놓는다. 여기서 읽은 여섯 명의 시인 역시 각자 자신의 방식으로 '신'이나 '당신' 혹은 '아버지', 욕망과 고독, 기다림의 인지를 표현하면서 동시에 타자로서 세계와 자아의 궁극적 조화를 시도한다. 시를 통해 세계의 독자성과 인간의 초월적 가능성을 타진하면서 스스로를 극복하고 확장하는 것이다. 시는 실존적 삶의 지금 여기를 어제와 내일 그리고 저곳으로 옮기면서 삶의 협소함을 넘어서는 아름다운 경험을 전해준다. 그래서 우리는 흔히 시를 심미적 초월의 경험이라고 한다.

초월의 또 다른 표정

천서봉, 이인서, 박은형, 김경후, 오성인, 조정인

시인들이 기계문명 중심의 자본주의 사회를 거부하고 오히려 이 사회의 피해자라는 의식을 감추지 않는 근본적 이유는 무엇일까? 우선 시인의 체질이 기본적으로 기계문명이나 자본주의와 별반 상관없는 자연에서 생성되었기 때문이며, 자신들이 살고 있는 현대사회에서 인간의 존재가 왜곡되고 상실당하고 있다고 인식하기 때문이다. 이러한 국면을 극복하기 위해 시인은 자연에의 복귀만을 이야기하지 않는다. 자연에의 복귀나 반문명적 삶에 대한 태도에서 벗어나 공동체의식을 통해 자연과의 조화된 생활, 인간 본연의 삶의 모습을 그려내려고 한다. 이는 구태의연한 자연친화의 모습이 아니다. 현실 사회에서 비인간화되어가는 세태를 직시하고, 이를 넘어설 수 있는 생명의 본래성을 회복하고자 열망하는 이가 바로 시인이다. 자연을 바탕에 둔 원시적·근원적 생명력과 본원적 정서에 대한 탐구는 서정시뿐만이 아니라 이 땅의 모든 시가 지향하는 미학적 층위다.

여기서 함께 읽어볼 작품들은 현대사회를 살아가는 시인들이 갖게 되는 존재론적 삶의 방식과 이에 대한 고민, 삶의 진실을 성실하게 추적하는 뚜렷한 자의식을 보여준다. 순진하게 갈등 없는 화해의 공간만을 인위적으로 고집하는 것이 아니라, 삶에 순응하는 이들이 보이는 생의 순리와 시인으로서의 자의식, 자기 존재의 실존적 이행을 자연이라는 본원적 배경 안에서 펼쳐놓은 작품들을 한데 모아보았다.

딸아이는 원숭이처럼 앉아 있다 저녁에는 누구나 너무 긴 연민의 팔을 갖게 된다 안아줄 수 없는 슬픔에 대해 생각하다가 잎이 많아졌을 나무들, 다가와 그늘이 옆에 앉는다

*

사랑은 대체 어디까지의 멸망을 견디는 것일까 아름다운 분노를 목격한 날은 어쩔 수 없이 쓸쓸해진다 저녁이 말을 걸어오면 우리는 담벼락처럼 어디서든 무너질 수 있다

*

결국 받아들일 수밖에 없는 그런 손, 그런 햇살, 이렇게나 팽창하는 공기나 리듬은 어디서 온 것일까 비를 뿌리거나 씨를 뿌리는 일에 대해 강의하는 서녘의 오랜 강박들,

*

그 앞에 딸아이와 나와 그늘과 원숭이가 나란히 앉아 걸어오는 놀을 바라보고 있다 책임져야 하는 얼굴을 생각하느라 무슨 불이라도 켜놓은 것처럼 뜨거워지는 구름들

*

한 번도 가본 적 없는 본적을 생각하는 저녁에는 한 번도 본 적 없는 꽃에 대해 생각하는 계통수가 있다 너무 많아진 잎으로 수런거리는 슬픔을 쓰다듬는 가계가 있다

— 천서봉, 「본적(本籍)」(『시작』 2017년 겨울호)

천서봉의 시어들은 치유와 위무의 역할을 담당하고 있다. 시인은 시를 통해 자기구원의 모습을 보여준다. 그는 시인으로서 언어와 맞서는 것이 아니라 오히려 자기 자신과 맞섬으로써 스스로를 드러내고 스스로를 바라보는 투명한 존재론적 음영을 그의 행간에 녹여놓는다. 그의 시어들은 사랑과 본원적 그리움을 하나의 동일성으로 치환시킨다. '저녁'과 '서녘', '쓸쓸함'과 '슬픔' 등의 다양하면서도 유사한 지향점을 갖춘 욕망의 층위를 도발하면서 시인은 황홀경의 경지를 포착해낸다. '비'와 '씨', '나무'와 '그늘', '꽃'과 '잎' 등 대응을 통해 그것들과의 화해를 시도하고, 온전한 자기와 만나게 된다.

일반적으로 시인들은 모든 것을 이중적 의미의 경계 위에 올려놓고서 그것의 욕망을 추동하려는 경향이 있다. 이중성의 경계를 작품 안에서 미학적으로 무화시켰을 때, 작품의 완성도와 의미가 견고해지기 때문이다. 천서봉 시인은 이러한 경계의 무화를 "사랑은 대체 어디까지의 멸망을 견디는 것일까"라는 물음으로 대신하기도 했다. 아버지로서 안아줄 수 없는 제 몫의 슬픔을 생각하고 있는 딸아이와 아름다운 분노를 목격한 아버지는 각각의 슬픔을 쓰다듬고 있다. 하나의 계통수, 시인은 딸아이의 연민과 나의 분노의 경계를 넘나들면서, "한 번도 가본 적 없는 본적"을 더듬는다. 이때 적멸의 지점과 욕망의 지점이 동시에 그

려지는 것이다. 부녀 앞에 놓인 '강박'과 '책임'은 욕망의 노출 경계에서 이중으로 매개되어 본질을 탄로 나게 하거나 포착 불가능한 어떤 미지의 무엇인가로 그려진다.

시란 결국 근원, 본질에 대한 앎의 욕망이며 의지다. 그래서 시는 흔히 자각이나 각성, 혹은 그에 이르지 못하더라도 그 여정만이라도 표현되어 하나의 작품을 이룬다. 물론 이때의 앎은 단순한 깨달음이 아니라 미적으로 승화된 앎이어야 한다. 시인은 뜨겁게 구름이 불타는 해 질 녘의 서쪽 하늘을 바라보며, 미지의 대상에서 발현되는 오묘한 기운을 감지한다. 물론 옆에 있는 딸아이의 심정이 그 풍경과 기운에 동화되는 경지에 이르게 된다. 이때 근원-본적을 앎에의 의지로 포착하되, 그것은 대상과 어그러지지 않은 상태로 유지될 수밖에 없다. 미지의 본질은 경계 밖의 차원이며, 하나의 승화이기 때문이다. 그러나 시인과 딸아이가 각각의 개별자에서 특수자로 고양되는 내파적 과정을 무심하게 지나칠 수는 없다. 이들의 내파적 과정에는 삶과 시간, 세계를 풍요롭게 향유하고자 하는 미적 욕망이 전제되어 있으며, 시적 공간 전체를 유미적 창조의 순간과 진정한 소통의 공간으로 포괄하면서 미적 절대성을 구현하고자 하기 때문이다.

돌아갈 수 없다면 그곳이 낙원인지 모른다

고물상에 끌려와 리어카에 묶여 있던 말들, 소리와 형상은 달아나고 달아나지 못한 기억들만 녹슨 스프링 위를 달리고 있다스피커 소리가 골목을 가득 채우면 집집마다 치맛자락을 끌고 나오던 어린 눈동자들, 저마다 리어카 위 말에 올라탈 순서를 기다리곤 했지 어깨를 들썩이며 말을 타고 달리던 미국 영국 프랑스는 아직도 멀었는데 노래는 너무 짧아 달려도 늘 제자리이던,

따각따각 말발굽 소리도 없이 떠나왔구나

말들은 제 등에서 달리던 아이들의 무게와 몇 됫박의 함박웃음과 혹은 도달할 수 없는 지명을 기억하고 있을까

어느새 말들은 달아나고
말 위의 시간들을 타고 너무 멀리 달려왔다는 생각

녹슬어가는 기억들이 건초처럼 쌓여 있는 마구간, 고삐도 없이 빈 잔등으로 서 있는 시간들은 여전히 되새김질에 열중이다

기억으로부터 나는 지금 시속 몇 킬로의 속도로 달아나고 있는 중 일까
발 없는 말을 타고서야 나는 낙원이 발잔등 위를 스쳐 갔다는 걸 알 았다

—이인서, 「말이 달아났다」(『현대시학』, 2017년 11-12월호)

이인서의 시는 단순한 언어유희에 그치는 것이 아니라 담론적 사유

를 한 편의 미학적 완결체로 환원시키는 총량적 힘을 가지고 있다. 사유를 전복하거나 표피적 의미를 전도하는 미묘한 언어적 장치를 활용하진 않으면서, 오히려 언어적 표현의 임계치를 극단으로 몰고 가면서 자신만의 문법을 만들어내고자 하는 욕망을 감추지 않는 시인이다.

고물상에 끌려온 "녹슨 스프링"의 목마들, 오래전에 구가하던 그 인기와 함박웃음은 이제 온데간데없고, 시인은 이러한 풍경을 통해 인간에 대한 연민과 인간애를 시의 배후에 녹여낸다. "고삐도 없이 빈 잔등으로 서 있는 시간들"을 "여전히 되새김질"하고 있는 시인의 모습은 이미 낙원을 지나쳤다는 비극적 인식에 극단적으로만 닿는 것은 아니다. 시간에 대한 직관과 통찰, 지성적 태도를 특유의 직관으로 견지하면서도 자신이 서 있는 지점에서 시인은 시간 그 자체를 육화시킨다. "발 없는 말을 타고서야 나는 낙원이 발잔등 위를 스쳐 갔다는 걸 알았다"는 깨달음은 결국 자기 자신의 존재론적 위상을 확인하는 과정을 시가 관통했음을 알려주는 대목이기도 하다.

"돌아갈 수 없"고 "도달할 수 없는" 시간. 시간을 지배할 수 없는 인간은 결코 행복한 주체가 될 수 없다. 애초부터 생명의 형식은 그 자체로 생래적인 불안을 안고 살다가 추억이라는 인간학적 심연으로 추락하는 것이기 때문이다. 시간의 이쪽과 저쪽을 동시에 포착하면서 시간과 공간을 탐색하기도 하고 시간의 절대적 형상을 물리학적으로 수식화할 수는 있지만, 시간의 진리가 어디에서 와서 어디로 가닿는지는 정확히 알 수 없다. "녹슬어가는 기억"이기에 오히려 '낙원'에 가까운 그 시간을 시인은 유한한 생의 형식으로 대응하면서 시간과 공간 저 너머에 있는 질료적 육체성을 추적한다. "너무 멀리 달려왔다는 생각"은 생성과 소멸의 시원을 응시하면서 삶과 시간, 세계를 질서 짓는 원리에 대한 시인만의 탐색이라고 할 수 있다.

　　어머니 꺾인 무릎을 베고 천도복숭아 붉은 여름이 와병중이다 버려두면 금세 풀물 괴는 텃밭에는 눈망울 길게 번지는 고라니가 새끼를 껑충댄다 병상은 이제 자주 누워도 합법인 바깥으로 거듭나 철철 옛날시간을 절룩이며 어머니를 피운다 늙지 않는 기억의 방을 닦고 윌수록 어머니는 관절 없는 나무인형처럼 구체적으로 핀다 어쩌나 병상 머리 나들수록 죄는 마음껏 겹치는데 어머니 빈집은 저녁 여섯시로 성업 중이다 꽃이 떠난 나무들도 팔이 턱없이 긴 추억도 저녁 여섯시에 집결해 있다 마당과 지붕은 이전에 없던 딴소리를 풍기고 석류는 처음 지은 빨간 주먹을 내밀며 새 기분인 양 나를 응대한다 손을 씻어도 물소리가 나지 않는다 쪼그려 앉아보니 발치에 수북하게 떨어진 내가 뒹군다 빈집에서 저녁 여섯시로 고정되는 순간이다

—박은형, 「저녁 여섯시」(『애지』 2017년 겨울호)

　　시는 본질적으로 표현이 아니라 발견이라 할 수 있다. 시가 내적 풍경의 기록이거나 미적 새로움을 추동하는 형식으로 존재하지 않고, 서정성의 범주 내에서 미적 세계를 구축하고자 할 때, 시는 즉자적 삶의 형상으로 치환된다. 이때 시인은 생과 세계를 동시에 유미화시킨다. 박은형은 풍경을 읽고, 그 풍경 속에 이입되어 영혼을 기투하는데, 이는 시적 유희가 아니라 시어에 대한 하나의 제의가 된다. 병상에 누운 어머니 탓에 빈집이 되어버린 어머니의 집, 그 집은 저녁 여섯시라는 특

정 시간에 잡혀 있다. 이는 시인이 풍경과 세계, 기호가 발하는 의미적 사태를 "저녁 여섯시"라는 시어로 치환시키기 때문이다. 시에서 그려지는 풍경 속에서는 주체와 객체가 뒤바뀌기도 하고, 뒤바뀐 채 정치되면서 풍경의 순정한 비의가 기표화된다.

"이전에 없던 딴소리"와 "처음 지은 빨간 주먹"과 "새 기분"으로 표현되면서 이 저녁 여섯시의 공간은 경계를 무화하며 주체와 객체가 혼융되는 서정적 공감의 순간을 응고시킨다. 시인은 저녁 여섯시의 풍경을 승화해 유미적으로 형상화하면서 그 문양을 한자리에 불러 전일한 의식의 지점을 이입해간다. "쪼그려 앉아보니 발치에 수북하게 떨어진 내가 뒹군다"는 서정적 공감의 순간이 풍경과 조응하게 되는 것이다. 풍경의 즉자적 조응은 본질적으로 대자화된 시인의 의식을 반영한다. 이중화된 의식을 빚어낸 새로운 시적 공간은 어머니를 통해 분절화된 의식의 편린들을 시어로 치환하는 형상화 작용의 공간이 된다.

박은형 시인은 빈집 속에 새겨진 흔적을 추억하고 배회하고 시어 속에 응고시키면서 저녁 여섯시가 지닌 삶의 상징적 풍경을 소묘하고 있다. 서정적 동감은 주체와 객체의 분리나 통일의 상태가 아니라 이 작품처럼 주체와 객체의 위치가 뒤바뀌어 질적 전환이 일어날 때 가능하다. 어머니의 와병을 붉은 여름의 와병으로 대체하고, 빈집이 성업을 하는 시선은 서정적 동감이 미적 절대의 순간에 발현되기 때문이다. 우리는 삶을 사는 것이 아니라 죽음을 사는 것인지도 모른다. 시인은 그 자각의 시간을 저녁 여섯시라고 상정하고, 인간에게 시간은 어떤 의미이고 왜 살아낸 시간의 흔적을 통해 시간 그 자체를 사유하게 되는지를, 독자에게 또 다른 형식으로 물음을 던지고 있다.

병실 침대에 누워
아이는 검은 외투를 입는다
모자를 쓴다
이제 됐어
회칠한 병실 천장은 함박눈밭
뻗을 수 없는 손 대신 눈만 깜빡이며
눈싸움 눈사람 눈썰매타기
눈만 깜빡이며
함성 함박웃음 달음박질
만져본 적 없는 눈송이 대신
환자복 흰 단추

검은 겨울마다 아이의 병실 천장은 함박눈밭
검은 외투에 흰 단추

검은 겨울밤 지지 않는
흰 낮달

—김경후, 「흰 달」(『모:든시』 2017년 겨울호)

김경후의 작품에는 인간적 온기가 밀도 있게 기입되어 있다. 슈베르트의 〈마왕〉을 연상시키듯, 병상에 누워 있는 아이에게는 죽음의 그림자가 드리워 있다. 시인은 이러한 상황을 절망이나 슬픔과 같은 인간의 한계적 상황으로만 그려내지 않는다. 오히려 감성적 태도를 자제하면서 모든 사태를 예상 밖의 차원으로 인도한다. 시인은 병실 천장의 풍경과 정면으로 조응하면서 죽음의 이미지를 '눈'이라는 양가적 국면으로 이끌어내는데, 이러한 미적 형상화는 내면의 비의적 합일의 순간을 몽상하게 만든다. 이때 김경후 시인은 이미지화한 대상의 원형을 사유하게 만드는 시어의 힘을 갖게 되는데, 이는 구태나 진부와는 전혀 다른 새로운 감각의 층위가 된다. 함박눈밭으로 상정된 병실 천장에서는 눈싸움과 눈사람, 눈썰매 타기 등, 겨울을 살아내는 삶의 한 부분들이 이미지화하면서 삶과 죽음의 양가적 실체를 조망하게 한다. 죽음의 은일함은 겨울밤, 눈의 풍경들과 합일을 이룬다. 표현된 것과 표현의 심연의 괴리, 아름답게 순치된 세계와 고통 속을 헤매는 영혼 사이의 갈등은 병실 천장을 하얀 눈밭으로 바라보게 되는 시선에서 기인한다.

한 검은 외투를 입고 모자를 쓴 아이의 모습에는 고통과 아픔에 대한 직감이 배후에 있지만 이때 아이와 천장, 즉 함박눈밭 사이에 불협화음은 없다. 시인의 서정이 내적 상흔의 지점에서 발원하면서 존재의 본질을 육화시키는 시적 사태를 맞고 있기 때문이기도 하다.

한 번도 만져본 적 없는 눈송이와 환자복의 흰 단추와 겨울의 흰 낮달은 시혼의 심연을 헤아리면서 규범화된 세상의 풍경을 비켜간다. 김경후가 구축한 시세계는 시인의 내면이면서 병실의 아이를 통해 외부로 작동되는 세계다. 생의 시간을 죽음으로 이접시키기 위해 시인은 아이의 시간과 죽음을 통찰하면서 검은 겨울밤이라는 국면을 드러내놓는다. 그것은 과장되거나 환상적인 것이 아닌 새로운 존재론적 이미지를 만든다. 아이와 죽음에의 낯선 공포가 겨울이라는 소실점에 도달한 순간 삶의 다층적 면들은 속스러움을 성스러움으로 치환한다. 시인은 이

를 통해 거대한 근원적 무엇을 이야기하려는 것이 아니라 하나의 이미
지에 집중해 자신만의 세계를 구축하고 있다고 봐야 할 것이다.

오랫동안 겨울이었다 나는
빙하풍을 종교로 가졌다

어디에도 속박되지 않은 바람은
날개를 타고 극과 극을 오가는데

나는 수시로 낯설어서
겨울을 신으로 삼은 마을로 갔다

마을 밖에서는 뼈가 부러진
바람이 신음하곤 했는데

누구나 겨울의 속도로 걷고
겨울의 이름으로 불렸고
겨울의 언어로 말했다

뻐꾸기 대신 펭귄 무리로부터
날개 없이도 바람을 부르는 법과
극과 극을 건너는 법을 배웠다

변방에도 중심이 있다는 것을
겨울을 깨닫고 나서 겨우 알았다

        —오성인, 「펭귄마을」(『푸른 눈의 목격자』, 문학수첩, 2018)

 생은 삶의 갈피마다에 부끄러움이나 죄를 촘촘하게 감춰놓는다. 그래서 우리는 시간을 소유하거나 향유하는 주체가 될 수 없으며 오히려 자주 시간의 희생양이 된다. 오성인의 작품이 우리 가슴을 저리게 하는 이유 역시 어떤 생을 살아내야만 하는 국면에서 비롯된다. 겨울의 언어를 통해 그려내는 참회의 풍경과 다르지 않다. 겨울이라는 소진된 시간에 새겨진 상흔은 그저 이미지에 불과한 것이 아니라 시에 대한 시인의 시론적 정신이다. 표면적으로는 앞으로 지나가야 할 시간에 대한 반성적 고찰로 보이지만, "겨울의 이름으로 불"리고 "겨울의 언어로 말"하는 시인의 언어이며, '변방의 중심'을 통해 시인으로서의 자의식도 적극적으로 드러내고 있다.

오성인 시인에게 겨울에 대한 성찰은 본질적 주체의 시간이다. 수많은 우연의 적층이 필연이자 인연이자 삶 그 자체인 것처럼, 시인은 겨울에 대한 성찰을 통해 어떻게 삶의 형식을 건너가야 하는지, 시인의 삶이 무엇인지를 심도 있게 숙고하고 있다.

겨울의 신도로서, 겨울의 마을을 찾은 시인은 겨울의 속도와 이름과 언어를 얻는다. 시인은 이곳에서 정오나 자정의 오로라라는 아름답고 아픈 삶의 형식을 목격한다. 시인은 삶이 폐허가 되는 겨울을 목도하는 것이 아니라 오히려 겨울에 대한 새로운 인식을 이야기하고자 한다. 절대적 극단을 통해 새롭게 도달해야 하는 삶의 진경. 결국 시인은 "겨울을 깨닫고 나서 겨우 알았다"는 고백을 통해 겨울의 진정한 의미를 독자의 몫으로 돌린다. 이렇게 보면 욕망과 애증을 탈속한 경지가 시인의 본모습이자 시인의 겨울이라고 할 수도 있겠다. 겨울로 그려내는 이 공간은 시인이 지닌 마음의 실체와 주체가 유일하게 만나는 지점이며 철학적 성찰에 의해서도 감히 환원이 불가능한 그 무엇의 표상이 되는 지점이다. 시인에게 이 겨울의 정체는 무엇일까? 겨울은 이 세계의 모든 사태나 징후를 표상하는 마음이며, 시인이 시인으로서 갖는 세계의 동력이며, 이 작품의 실질적 주체다. 오성인 시인에게 겨울은 이렇게 내포와 외연의 의미를 갖춘 고유한 영역으로 작동하고 있는 것이다.

뒤척일 때마다 플라스틱 통에 든 알약처럼 달그락거리는 눈물을 수습해서 잠이 들었다 잠의 얇은 모포를 들추면 누추한 동전 한 움큼을 품은 여자가 잘 보였을,

새벽엔 비가 와서 추웠고 어깨까지 모포를 끌어올렸다 맑은 멸치국물에 만 국수그릇을 앞에 놓고 성근 스웨터 같은 사람하고 마주 앉고 싶은 날 맑다는 건 허기의 다른 기분 허기를 뒤집으면 위기가 튀어나오므로 패를 눌러두는데 목젖을 밀고 울음의 구근이 아프게 불거졌다

울음의 촛대를 어디 가서 꺼낼까 촛대 끝 펄럭이는 꽃숭어리를 어디 가서 따 담을까

발생된 풍경

숲이 돌발적으로 빛났다 석양에 물들어 붉은 금빛을 띤 갈잎들이 들불처럼 번져 있다 영문 모를 금화 한 닢이 놓인 걸인의 휘둥그레진 접시처럼 여자는 사방을 둘러보았다
숲속 빈 벤치엔 누군가 앉았다 방금, 일어선 자리 같은 온기

새벽 찬 비에 씻긴 낙엽 냄새가 콧구멍을 흘러들어 흉골 안쪽에 깨

끗한 방 한 칸을 들였다 방 한가운데는 나무의자가 하나

　어디서 보내온 걸까, 의자엔 석양보다 붉은 글라디올러스 한 단이
놓여 있다
　몸속을 일렁이던 울음들의 그림자가 데려온 서쪽이 여자의 헐렁한
셔츠 앞섶에는 번져 있어 숲 안쪽이 가만히 밝았다

　서쪽은 느리고 오래, 간절한 걸음으로 울음의 둘레를 배회하는 사
람들이 다다르는 방향 어느 날의 눈물 속에선 여치가 울었고 어떤 눈
물에선 부식된 납 냄새가 났다

─조정인, 「서쪽」(『시인수첩』 2017년 겨울호)

　장르는 문자적 질량 아래에 감춰져 있는 의미의 외연과 내포를 동시
에 거느리는 행위의 일종이다. 특히 시라는 장르는 시인이 이러한 언어
의 이중적 작용을 통해 언어의 질량을 삶의 질량으로 치환하는 매력적
행위다. 위 작품에는 조정인 시인만의 고유한 시 쓰기 방식이 반영되어
있다. 모든 시인이 자신만의 방식을 지니고 있다고 할 수 있겠지만 그
것이 어느 정도의 개성을 지니고, 얼마만큼의 변별력을 갖추고 있느냐
에 따라 다른 차원의 것이 된다.
　시인이 지닌 서쪽으로의 "느리고 오래, 간절한 걸음"은 기호나 낱말
의 의미적 층위로 시를 이끌어 상상하고 사유하게 만든다. "촛대 끝 펄
럭이는 꽃숭어리"나 "석양에 물들어 붉은 금빛을 띤 갈잎"이나 방 한가
운데에 놓인 "나무의자" 하나는 결국 "몸속을 일렁이던 울음들"로 치

환되면서 시인이 의도하는 언어와 기호의 순순한 상상력의 층위로 잠입해간다. 이때 '울음'이나 '숲', '석양', '서쪽'의 표상적 작용은 언어의 내접면에 새겨진 의미의 심연이거나 그것을 통과한 기호의 절대표상에 가닿게 된다. 이런 관점에서 볼 때, 조정인의 시적 경지는 아주 치밀하고 섬세하다고 할 수 있다. 언어의 운용이 그렇고 대상을 꿰뚫어보는 통찰력이 그렇다. 시인은 특유의 원근법적 시선을 통해 하나의 장면에 보편성을 고양시키고 이를 육화하여 내재된 존재론적 비애를 그려낸다. 이를 구체적으로 살펴보자면 '여자'와 '숲'의 상징적 의미망을 통해 보편적 삶의 층위를 치환하면서 자신만의 시적 세계성을 획득한다고 말할 수 있다. "부식된 납 냄새가" 나는 눈물은 삶이 당도해 있는 인간의 본질적 국면이나 시간 속에 접힌 삶의 존재론적 국면이다. 시인은 자신만의 개성적 시선으로 이러한 세목들을 치밀하게 탐색함으로써 존재론적인 아포리아를 투영한다. 조정인 시인은 시인 자신과 세계 사이의 팽팽한 긴장을 존재의 형식으로 사유하며, 낯선 공간, 낯선 시간을 만들어내는 은밀한 의식 작용을 추동하는 데 능한 시인이다.

앞서 읽은 작품들은 자기이해를 바탕으로 한 초월적 모습을 갖추고 있다는 공통점이 있다. 이 작품들은 문학이 지닌 세속적 성격을 거부하고 시의 고유한 장르적 상상력을 통해 초월의 모습을 그리는데, 이는 새로운 의미의 초월이다. 현실의 세속에 함몰되진 않으나 명확한 목적과 방향을 제시하지 못하는 경우에라도, 인간 정신의 가열된 층위를 보여주고자 하는 시들이다. 경험적 감각만으로 도달할 수 없는 저 너머의 세계에 대한 시인들의 탐구를 통해 우리는 시인들의 감각과 체험을 경험하고, 세계가 하나로 본질적으로 통합되는 과정과도 조응한다. 그리고 이러한 미학적 여정은 어떤 경계를 넘나드는 일이 된다. 현실과 내면의 초월 자체가 시가 되는 것이 아니라, 초월을 향하는 견고한 입장이 비로소 한 편의 시가 된다. 이 여섯 편의 시는 감히 이런 근원적 뿌리에 가닿아 있는 작품들이라고 말할 수 있다.

변두리적 삶에 대한 내파內波

최영철, 심재휘, 최문자, 황인숙, 조옥엽, 안희연

시에서 형식은 일종의 공간성을 갖게 된다. 이때 시의 형식은 시의 터전이자 증거로서, 시인과 독자가 소통하는 공간으로서, 실재감을 부여하는 역할을 수행한다. 그런데 요즘 어떤 종류의 시들은 그 외형이 수수께끼에 가깝다. 읽고 나서 단박에 파악되지 않기 때문이다. 이런 경우와 같이 외형을 지나치게 신봉해서도 곤란하지만, 시의 이러한 형식적 전략을 무시할 수도 없다. 요즘의 많은 시들이 이러한 유의 시를 표방하거나 흉내 낸다. 하지만 다른 측면, 즉 언어의 원칙과 규칙만으로 따지자면 그것들은 시가 아닌 것들의 영역에 포함될 확률이 높다. 열 번을 양보한다 하더라도 그것들은 적어도 좋은 시에 속하지는 않는다. 내용과 형식의 비친화성 혹은 비효율성 때문이다.

시적 형식 혹은 시적 외형이라고 말하지만, 그 외형을 만드는 근본은 시인이 가지고 있는 시적 상상력의 차원이다. 상상력이 어떻게 발현되어 형식에 영향을 미치는지가 관건이 된다. 시는 일상어의 포위에서 벗어나 상상력에 관계한다. 그것이 진실을 기반으로 한 것이라면 좋겠지만, 설령 평범한 내용일지라도 그것을 평범한 방식으로 보여 주는 것은 스스로 곤란에 빠지는 행위가 되곤 한다. 시는 제한된 언어로 세상의 이치나 만물의 위상, 내면의 감정을 표현하기 때문에 그 자체가 무리한 상황에서 시작된다. 따라서 제한된 것 사이의 기발한 조합이 시의 전제 조건이 되기도 한다. 여기서 살펴보는 작품들은 시적 전략에 의해 최선의 외형을 갖추고자 한 것들이다.

　　모처럼 아버지가 오셨는데 하나도 아버지답지 않다 구천을 떠돌다 모던한 사부를 만난 게 틀림없다 다리를 껄렁하게 흔들며 아버지 같은 건 이제 그만 때려치워야겠다고 했다 아버지 같은 건 애당초 삼디업종이었다고 했다 아버지였던 반짝 경력 때문에 저승에서의 운신이 자유롭지 않다고 했다 지금이라도 정력감퇴죄와 기억상실죄를 첨가하고 음담패설죄와 경제파탄죄가 가미된 특효약을 끊는 게 필요하다고 했다 한 번 아버지는 영원한 아버지여서 수수만년 떠나지 않는 악몽이 아버지라는 스티커를 하루에도 수십만 장씩 붙여놓고 도망간다고 했다 제멋대로 빼돌렸던 산해진미가 이렇게 늦게 이렇게 느닷없이 배달되고 있어서 그걸 밤새도록 진공포장하느라 잠시도 눈을 붙이지 못하고 있다고 했다 20세기처럼 달려들어 21세기처럼 물어뜯은 후 22세기처럼 걱정이 태산이라고 했다 아버지 아래 아버지 뒤에 아버지 너머 아버지 위에 아버지답지 않은 아버지들이 줄줄이 죽치고 앉아 구멍난 팬티를 꿰매고 있으니 모쪼록 문단속을 잘해두라고 했다 아버지들의 단호한 집단 사의에도 불구하고 아버지의 명예퇴직은 영원히 수리되지 않을 것이니 사표는 사표가 되더라도 사표처럼 목에 걸고 다녀야 한다고 했다 이럴 바에는 차라리 겉모양만 번드르르한 고답적 아버지로 복고해야 한다는 양심선언이 곳곳에서 번지고 있는 중이었다 그런데도 아버지의 진심은 물대포를 맞고 저만큼 나가떨어졌다가 시국을 뒤흔든 정치범으로 낙인찍혀 하루에도 수만 명씩 강제 퇴거되는 중이었다 아버지들이 찾는 원조 아버지는 조금 아까 멸종되었다는 긴급 재난방송이 며칠 동안 이어지고 있는 중이었다

　　—최영철, 「아버지였던 아버지」(『말라간다 날아간다 흩어진다』, 문학수첩, 2018)

근대적 삶이 반성적으로 고찰되기 시작하면서 가족의 존재 방식은 더 이상 하나의 동일성으로 환원될 수 없게 되었다. 특히 아버지의 위치가 그랬다. 생존의 시간을 지나 자기의 본성을 실현할 기회는 사라지고, 아버지의 고유성도 쉽게 훼손되었다. 시가 세계에 대한 제 나름의 방식으로 사물을 명명하는 행위는 사물과 이름이 한번 맺어진 일종의 밀월관계에 해당한다. 그런데 이미 영원한 이름이며 다시 또 다른 이름을 붙일 이유도 없는 아버지는, 기존 현실과의 불화 속에서 생존하면서 자신의 존재를 증명하게 된다. 어느새 '삼디업종'이 되어 버린 아버지, 게다가 명예퇴직도 허용되지 않는 아버지다. 더 이상 고답적 아버지, 원조 아버지는 없다. 그래서인지 화자는 아버지의 멸종을 이야기한다. 아버지라는 내재성은 파괴되었고, 균질화되고 동일화된 세상 역시 더 이상 없다. 현실과의 불화를 편재시켰던 아버지는 누군가를 억압하거나 파괴하는 부정적 삶의 시간까지 포괄하면서, 세계 운동의 한 축의 자리를 놓치고 만다.

"하나도 아버지답지 않"은 아버지는 스스로에 대한 연민이다. 현실에서 후퇴한 주체로서 비극을 비극으로 인정할 수밖에 없는 삶이, 온전한 형식과 동력이 된 시적 상황이다. 낭패의 전면화라고 할 수 있겠다. 이 작품에서 슬픔과 낭패는 시의 밑바탕을 이룬다. 화자가 아버지를 환기하는 이유는 이 세계 전체가 어느 순간 아버지의 비애에 휩싸여 있다는 것인데, 강제 퇴거당하는 세상 아버지들은 세상을 다 산 자의 무심한 표정으로 세상을 건너야만 한다. "아버지 같은 건 이제 그만 때려치워야겠다"는 아버지는 정말 "아버지였던 아버지"가 될 수 있을까? "한 번 아버지는 영원한 아버지"인데 말이다. 화자는 이에 대해 절망적이다.

어둠 쪽의 새벽 속에서 얼굴을 쓸어내린다
손바닥에 묻는 희미한 표정.
먼바다로 떠나가는 작은 배인 듯,
해가 지기 전에 돌아와야 하는 돛배인 듯,
아주 작은 표정 하나가 있어서 얼굴은
표정의 수역

당신은 지난밤 꽃무늬 도배를 한 방에 누워
무슨 꿈을 꾸었나요?

포장지 두른 하루를 눈뜨며
캄캄한 손이 먼저 얼굴을 쓰다듬는 일은
점점 항구로 돌아오기가 힘겨운 배 한 척

돛이 꺾인 목선을 닦는 일

사실은,
새벽에 배를 띄워야 하는 너무 너른 바다여
깊이를 알 수 없도록 지독하게 어두운 방이여
결국에는 얼굴 속의 딱딱한 무늬 하나를
가여워할 수밖에 없는 두 손이여
　　　　　　　—심재휘, 「얼굴」(『용서를 배울 만한 시간』, 문학동네, 2018)

　심재휘의 작품들은 언어의 조탁으로 하나의 모범이 되곤 한다. 언어를 정밀하게 다듬어서 지어내는 그의 시는, 작품 안에서 내재적 깊이를 담보해내며 또 하나의 진경을 선사하곤 한다. 자연스러운 호흡으로 시 전체의 편안함을 강조하면서도 궁극적인 아름다움과 시적 긴장을 놓치지 않기 때문이다. 특히 이 작품에서는 세상의 무언가를 붙들고 있는, 인간의 의지가 지닌 애처로움이 눈에 들어온다. 아련한 정서를 기반으로 한 이런 경향의 시는 흔히 화자 개인의 감정을 토설하는 위험에 노출되곤 한다. 시인 개인이 느끼는 슬픔과 안타까움이 시의 정조가 되는 것은 일반적이지만, 그것이 시인 개인의 것으로 국한될 때 시의 울림은 그만큼 잦아들 수밖에 없기 때문이다. 이 시는 분명 이러한 위험을 안고 있지만 절제된 감정을 통해 이러한 위험을 아슬아슬하게 건넌다. 장황하거나 과장되게 감정을 치장하지 않는다. 세련된 언어에 의지하기보다는 오히려 담담하게 비유적 상황을 담아내려 한다.
　새벽의 어둠 속에서 "먼바다로 떠나가는 작은 배"의 모습은 "새벽에

배를 띄워야 하는 너무 너른 바다"의 심정으로 치환된다. 한밤의 어둠
을 건넜다 다시 돌아와 "해가 지기 전"의 삶을 살아야 하는, 목숨의 힘
겨움이라고나 할까. 독방에 갇힌 "지독하게 어두운" 생의 비유는 인간
의 조건에 대해 다시금 생각하게 해준다.

멀리서 보면

지구의 지름에 서 있는 기분
이 오래된 길을 쭈욱 걸어서 가면 빙벽이 나타나고
우리는 깨끗한 새를 만나겠지

당신의 반대편에서 자고 반대편에서 일어나
가장 먼 거리에서 당신을 바라봤다

멀리서 보면
당신은 얼굴이 없다

수십억 개의 팔들이 지구를 껴안고
바람만이 완전한 지구의 둘레가 되고 만다

아무리 긴 지구도
피로 쓰면 한 페이지

아무리 어두워도
하루는 무섭게 반짝인다

멀리서 보면
넣을 수 있는
주머니는 모두 닫혀 있고
사랑은 갈수록 납작해
외로움은
배고픔은
멀리서 봐도
번쩍거리는 비극

더 멀리 가서 더 멀리 보면

지구는
잘 보이지 않는 낡은 사물
무섭고 겁이 나는 고체의 맛

—최문자, 「낡은 사물들」(『우리가 훔친 것들이 만발한다』, 민음사, 2019)

　최문자 시인의 일관된 시적 특성이 그러하듯, 이 작품 역시 특별한
기교 없이 삶에 대한 단정한 느낌을 풀어내고 있으면서도 시인만의 독
특한 매력을 보여 준다. 결국은 사람과 마음에 대한 시다. 이러한 유의
시들은 흔히 긴장을 잃기가 쉽다. 삶에 대한 어설픈 설교나 일방적 교

훈 내지 교조적 내용으로 시의 격을 갖추지 못하고, 흔한 잠언에 그치기 때문이다. 그런데 이 작품은 이러한 위험에서 충분히 벗어나 스스로의 격을 만들어내고 있다. 담백하면서도 진정성 어린 어조를 통해 인간의 보편적 내면을 더듬는다.

인간이 살아가는 지구, 수십억의 생명이 이곳에서 살아가지만 항상 피의 위험에 노출되어 있는 지구. 그래서인지 지구에서 살아가는 사람들은 외롭고 배고파한다. 화자는 "사랑은 갈수록 납작"하고 사람들의 "주머니는 모두 닫혀 있"어서 사람들이 더 이상 사랑을 주머니에 넣을 수가 없기 때문이라고 진단한다. 그래서 시인은 지구를 "무섭고 겁이 나는 고체의 맛"이라고 한다. 가까이에서 보지 않고 멀리 떨어져 조금 더 객관적으로 보려 하는 화자의 마음에, 인간이 지닌 외로움과 고독은 하나의 '비극'이다. 형상과 이미지는 절제되어 있지만 시의 이면에는 인간에 대한 연민이 가득하다. 인간의 비극은 멀리 떨어져 있어도 반짝거리지만, 지구는 오히려 "잘 보이지 않는 낡은 사물"로 인지된다. 단순히 시인의 호연지기로 가두어둘 수 없는 상상력이다.

쉽게 보낸 시절이
달리 떠오르지 않지만
태어나서 가장 힘든 것 같은
시간이었다
질척 어둠을 휘적휘적 걸으며
내뱉었다
"비참할 정도로 피곤하구나!"

비명을 지르면
좀 낫기도 해서

불행감에 격해져
쿵쾅쿵쾅
지하철 개찰구를 지나 계단을 내려가 플랫폼을
사납게 걷던 내 걸음이
덜컥, 제동 걸렸다
나는 감히 바로 보지도 못하고
천천히
그 앞을 지나갔다

서남아 사람인 듯 거무튀튀한
오십 줄 사내가 어깨를 움츠리고
외투 주머니에 양손을 찔러 넣고
긴 의자에 혼자
짙고 짙은 암갈색
환영처럼 앉아 있었다
밤늦은 시간인데
전철도 그 무엇도
기다리지 않는 얼굴로

눈을 뜰 수도

감을 수도 없는 악몽,

같은 적막에 싸여

나보다 더 어두웠던

노동자인 듯한 그 이방인

　　　　　—황인숙, 「어둠의 빛깔」(『내 삶의 예쁜 종아리』, 문학과지성사, 2022)

이 작품에서도 앞선 시인들의 작품처럼 특별한 기교가 보이지 않는
다. 하나의 상황이 제시되고 맞물려 또 하나의 상황이 전개될 뿐이다.
수식어도 적고 비유도 귀해서 전체적으로 건조한 느낌도 크다. 이는 감
정을 과장하지 않고, 세상을 미화하지 않고, 언어에 지나친 자기연민을
투여하지 않고, 스스로를 바라보려는 화자의 태도에서 기인한다. 이 작
품이 진폭을 확장시킬 수 있는 까닭은 시의 의미와 가치를 현실의 이편
으로 쉽게 끌어오기 때문이다. "가장 힘든 것 같은" 시간을 겪은 화자
는, 제 성질을 이기지 못하고 사납게 지하철 계단을 내려가던 화자는,
"그 무엇도/기다리지 않는 얼굴로" 서남아의 한 사내를 목격한다. "환
영처럼 앉아" 있는 그 사내의 모습을 통해 화자는 의외의 비감을 보여
준다.

화자가 느꼈던 순간적 감정은 한낱 남루에 지나지 않는 것이 아니
라, 삶 그 자체가 악몽이라는 인식으로까지 확장된다. 하지만 자신보
다 더 어두웠던 오십 줄 사내의 삶 앞을 지나면서, 삶의 이방으로 밀려
난 뼈저린 고독을 목격하게 된다. 밤늦은 시간임에도 전철도, 그 무엇
도 기다리지 않는 사내의 비장함은 삶의 밑바닥이 가지고 있는 절대 영
역에 속해 있는 것처럼 느껴진다. 생생하거나 솔직하거나 절실함을 뛰

어넘어 쉽사리 근접할 수 없는 다른 차원의 삶. "비참할 정도로 피곤하구나!"라는 비명이 엄살에 불과한 암담함의 한복판에서 화자는, 같지만 같을 수 없는 '적막'을 경험하게 된다. 삶을 관념적으로 이해하는 것이 아니라 순간의 한 장면에서 벼락같이 다가온 국면을 통해, 시는 깨달음과 각성의 순간으로 연결된다.

저것은 아늑하고 따뜻한 방
수많은 생명들의 블랙홀이자 원초적 근원지

한번 발 들여놓았다 하면 도저히 빠져나오지 못하는 캄캄한 미로
보글보글 부글부글 끊임없이 솟구치는 역망의 샘

용맹함과 결단력으로 무장, 급변하는 현장 예리하게 포착해내는 민감한 센서

야들야들한 겉모습 안에 십 수 명의 날카로운 병사를 숨긴
독화살과 꽃향기 동시에 공존하는 비좁은 공간

때때로 삐죽이 솟은 창 같은 놈들이 주저앉는 바람에 골머리를 싸매기도 하지
그러나 현대의술은 금방 새로운 조력자를 탄생시켜 정복의 깃발을 당당히 올려

변화무쌍한 놈의 세포엔 카멜레온의 유전자가 섬광처럼 언뜩번뜩
그 틈새마다 놈은 뜨끈뜨끈한 알을 낳지

부화한 알은 날개 달고 날아다니길 좋아해

옛부터 함부로 노대는 놈에 대한 경고장이 무수히 발부되곤 했지
허나 놈을 일방적으로 몰아붙일 순 없어
수로부인을 살려낸 것도 놈, 그때부터 입살이 보살이라는 말이 생
겨났어

아마 무수한 기도의 기원 찾아 이슬받이 돌아 돌아가면
거북이란 놈이 떡 버티고 앉아 있을 거야

지하에서 허공에 이르기까지

풍경의 뉘앙스

모든 생들을 일사불란하게 한 방향으로 달리게 하는

하늘이 내린 축복일까 저주일까 거듭 궁리하다

매번 끝을 내지 못하고 미뤄 두고 마는 의문투성이의 동굴, 입 口

—조옥엽, 「동굴」(『애지』 2018년 봄호)

시는 기본적으로 사람의 마음이 외부의 사물과 만나, 그것을 매개로 하여 시에게 의탁한 시인의 마음을 표현하고자 한다. 이것이 바로 시의 본질이자 현상인데, 조옥엽의 이 작품은 시의 기본에 충실한 입장을 취하고 있다. 이때 시는 시인의 어떤 정서를 표현하는 언어의 특수한 방식이 되고, 그 정서는 대개 외부 사물에 의해 촉진되는 경우가 대부분이다. 그러나 이 글의 앞부분에서 언급한 맥락과 같이, 요즘의 시인들은 지나치게 일방적 개성만을 주장하기에 독자의 보편적 시각 내에서 접수되지 못하는 경우가 종종 있다. 그들은 개성을 앞세우는 제스처 속에서 정서의 의도적 단절이나 훼손을 꾀하기 때문이다. 하지만 이 작품은 개성적 시선이 어떻게 삶의 보편성으로 회귀되고 수렴될 수 있는가를 보여주는 한 모범이 되고 있다. 입[口]에 대한 다양하고 화려한 비유를 통해 그 형태를 제한하거나 구체적으로 정의하지 않으면서도 삶에 대한 하나의 경고를 보여 준다. 우리가 멀리해야 하거나 조심해야 할 위험이자 두려움이며, 슬기롭게 대결해야 할 대상으로 '입'을 이야기하면서도, "매번 끝을 내지 못하고 미뤄 두고 마는 의문투성이"라고 판단을 유보한다. 그 판단을 독자에게 위임하겠다는 의미다. 화자는 '입'을 "생명들의 블랙홀이자 원초적 근원지"이자 "날카로운 병사를 숨긴/독화살"이 되기도 하는 양가적 공간에 비유하면서, 결국은 '미로'이자

'욕망'이라고 규정한다. 시인은 이 작품을 통해, 인간의 성숙을 위해 스스로를 강제하는 삶을 궁리하고 있는지도 모르겠다.

내 손을 거쳐간 펄떡임을 기억합니다
먼바다의 이야기를 싣고
뜬눈으로 도착한 손님들
이제 나는 아무 동요 없이 그들의 목을 내려칠 수 있습니다

누군가는 나를 발골의 귀재라 부릅니다
움푹 팬 도마나 휘어진 칼을 자랑처럼 내보이기도 하지요
그러나 피 묻은 장화를 보려 하는 이는 없어요
내가 더 이상 누구의 눈도 들여다보지 않는 것처럼

한때는 수천의 심장을 따로 모아 기도를 올린 적도 있지요
다음 생엔 부디 너 자신으로 태어나지 말아라
내가 주는 것이 안식이라는 믿음
시간은 무자비하게 나를 단련시켰고

어쩌면 자비였을 수도 있겠군요
적어도 영혼이라는 말은 믿지 않게 되었으니까요

그런데 왜 꿈속에선 심해를 헤엄치게 될까요
머리를 내려칠 때마다, 심박수가 파도를 만들어낸다는 목소리가

꼬리를 내려칠 때마다, 물살을 가르고 나아가라는 목소리가
멈추질 않고

손에선 비린내가 가시지 않습니다
어떤 물을 마셔도 바닷물을 받아 마신 듯 입이 쓰고 갈증이 납니다

아침저녁으로 피를 씻어내는 일이 나의 묵상입니다
하지만 무엇으로도 씻기지 않는 것들이 끝내 나이겠지요

지금껏 나는 수없이 나를 죽이고
토막 난 자신을 마주해왔던 건지도 모르겠습니다

　　　　　　―안희연, 「생선 장수의 노래」(『여름 언덕에서 배운 것』, 창비, 2020)

　이 시는 앞선 작품들과는 다소 결이 다른 인상을 준다. 아마도 내면
에 대한 직설적 비유가 미학적으로 초근접한 거리를 유지하고 있기 때
문이 아닌가 싶다.
　일반적으로 시는 상처 입은 자들의 기록이라고도 한다. 화자인 '생선
장수'는 수많은 자신이 토막낸 수많은 생선들 앞에서 자신을 발견한다.
화자 내면에 남겨진 피비린내의 흔적은 쉽사리 지워지지 않고, 또 다
른 불화로 그려진다. 생선의 머리를 내려칠 때마다, 꼬리를 내려칠 때
마다, 파도를 만들고 물살을 가르던 그것들을 떠올리며 화자가 느끼는
'갈증'은 무엇일까. 이것들은 화자의 또 다른 삶의 모습이며, 스스로를
단련시켜 치유하고자 하는 욕망의 또 다른 양상이다. 이 작품에서는 구

체적 상처를 드러내지 않으면서 인간의 존재론적 차원에서 삶의 자세를 가다듬고자 하는 비장미가 남다르게 느껴진다. 불가에서 부처를 만나면 부처를 죽이고 조사를 만나면 조사를 죽이라 했던 것처럼 화자는 수도와 묵상의 자세를 견지하려 한다.

삶의 체취를 감추지 않고 자신의 삶과 상처를 담담하게 바라보면서, 화자는 이제 아무런 동요 없이 그것들의 목을 내려칠 수 있다. 이런 화자는 '영혼'을 믿지 않으며, 오히려 '자비'를 이야기하려고 한다. 하지만 자기변명과 자기연민으로 스스로의 상처는 치유될 수 없다. 내면에 침잠해 있는 어떤 깨달음도 섣불리 불러낼 수 없기 때문이다. 이미 그가 지녔던 본원적 평온이 깨져버렸기 때문이다. 피 묻은 장화를 보지 않으려는 사람들과 누구의 눈도 들여다보려 하지 않는 화자에게, 세상의 극단을 어떻게 다독여야 하는지는 하나의 화두가 된다. 반성의 폭과 사유의 깊이를 담보하는 좋은 본이 되는 작품이다.

이 장의 작품들은 시적 형식 혹은 시적 외형에 대한 차이에서 시작되었지만, 여기에는 또 다른 측면이 관여하고 있다. 이 작품들은 본질적으로 인간을 넘어 또 다른 존재를 지향함으로써 현실을 망각하려는 심정적 기울기를 가지고 있다. 시가 어떤 영역을 지향하더라도 초월적 차원에 이를 수는 없기 때문이다. 타고난 각자의 본성 안에서 다른 방식으로 벗어나거나 넘어서야 하는데, 이때 주체의 시선이 중요한 역할을 하게 된다. 시인은 시적 대상을 주체화하고 이 주체적 의미화의 과정에서 비켜 갈 수 없는 특이한 길을 예비한다. 세계 속에 있으면서 세계를 초월하고자 하나, 실은 초월이라고 믿어온 것이 세계 속으로의 내파가 된다.

시인은 다른 세계로의 이동을 감행하는 존재에 대해 그려낸다. 주체의 영역이 타자의 영역으로 옮아가는 것, 물론 그 반대의 경우도 허용하는 것이 바로 내파다. 상호 영역의 구성을 통해 이뤄지는 내재화가 바로 오늘의 시라고 할 수 있다. 여기서 살핀 작품들에는, 시인이 맞서고 있는 세계에서 자기 중심을 상실하고 부차적으로 생을 유지해나가려는 일상의 모습이 그려져 있다. 중심 부재의 세계에서 구체적 삶의 내용들은 일부 관념화하고 이미지화한 형태로 변주된다. 대신 이 자리에 추린 작품 안에서 시인들은 자신의 변두리적 삶을 진지하게 앓는다. 스스로 그 앓음에 너무 깊이 젖어 있지 않고, 스스로 불투명한 세계에 머물러 있는 것이 아닌가 하는 의구심을 떨쳐버리진 못하지만, 그들은 하나같이 독특한 탄력을 만들어내고 있다. 오래고 힘든 반추는 일종의 자기각성이지 회피나 허망과는 다르다. 시인은 이러한 정신적 태도를 통해 세계에 대한 편의적 해석에서 벗어나, 반추와 각성을 통해 비극적 진실일지라도 삶의 가치를 담보해내려 한다. 그것이 시의 역할이고 시인의 몫이기 때문이다.

지속의 순간들

박남희, 조용미, 김경후, 백인덕, 김관용, 전동균

시와 사진은 각기 다른 예술 장르임에도 불구하고 교집합적 특성을 통해 그들의 양식을 설명할 때가 있다. 시는 단 한 행만으로도 우주의 탄생에서 오늘까지의 길고 긴 시간을 표현할 수도 있고, 한 세기, 한 계절, 하루 24시간 등 다양한 길이의 시간을 압축하거나 응축시키는 데 용이한 장르이다. 그리고 이러한 물리적 시간을 단 한순간의 찰나로 만들어내기도 한다. 시는 이렇게 찰나의 순간에 양식적 표현이 용이하기 때문에 순간의 미학이라 정의되기도 한다. 이는 마치 분주하게 흘러가는 시간의 한순간을 낚아채서 고정시키는 사진과 비슷한 이치다.

시는 시적 대상이 잠재하고 있는 요소들이 다음 순간 소멸되리라는 걸 예감하고 암시한다. 시행 안에서 지금 막 일어난, 혹은 일어나려는 일의 암묵적 의미를 순간의 강렬함으로 표현한다. 시적 주체와 대상, 이 둘이 서로에게서, 혹은 그 사이의 과거와 미래의 삶으로부터 고립되거나 단절된 순간의 세계를 봉인하는 것이 바로 시라는 예술 양식이다.

그래서 시는 백수억 년이 되는 우주의 시간, 한 국가의 역사, 한 계절을 모두 찰나로 응집할 수 있는 것이다.

여기에서는 이러한 시간과 순간의 관점에서 작품들을 살펴보고자 한다. 유한한 존재인 인간에게 예술은 영원한 가능성, 혹은 현실의 유한성을 벗어날 수 있는 최선의 양식이다. 특히 시의 경우가 그러한데, 언어라는 약속된 기호 체계의 제한을 벗어나 종국에는 하나의 관념을 지향하기 때문이다. 하지만 시에서 시간을 바탕으로 한 진정한 영원성은 항상 현실을 초월해 존재하는 것이 아니다. 거기에는 반드시 현실이 내포되어 있어야 한다. 우리의 실제 삶을 버리고 영원만을 지향한다면 그것은 결국 미학적 허무주의에 도달할 뿐이다. 일상의 의식과 일상적 삶의 범주에서 시는, 모순 관계에 놓인 영원과 현실의 두 차원을 시간성의 일원화를 통해 조화시킨다. 시간성은 지속된 순간들의 조합을 이루며, 실재를 초월하게 된다.

사랑의 말은 지상에 있고
이별의 말은 공중에 있다

지상이 뜨겁게 밀어올린 말이 구름이 될 때
구름이 식어져서 비를 내린다

그대여
이별을 생각할 때 처마 끝을 보라
마른 처마 끝으로 물이 고이고

이내 글썽해질 때
물이 아득하게 지나온 공중을 보라

이별의 말은 공중에 있다
공중은 어디도 길이고
어느 곳도 절벽이다
공중은 글썽해질 때 뛰어내린다

무언가 다 말을 하지 못한 공중은
지상에 닿지 않고 처마 끝에 매달린다
그리곤 한 방울씩 아프게
수직의 말을 한다

수직의 말은 글썽이며 처마 끝에 있고
그 아래
지느러미를 단
수평의 말이 멀리 허방을 보고 있다

구릿빛 지느러미는 비린내가 나지 않는다
　　　　　─박남희, 「처마 끝」(『아득한 사랑의 거리였을까』, 걷는사람, 2019)

　'지속'을 단순히 풀어보자면 그것은 우리가 시간을 하나의 끊임없는
흐름으로 경험하는 것을 의미한다. 위의 작품에서처럼 공중의 '구름'

이 '비'로 지상에 내려 처마 끝에 고이는 것은 결국 상실이 아니라 지속이라고 할 수 있다. 시간의 경험은 연속적인 계기들과 다양한 변화들에 의해서뿐만 아니라 연속과 변화 안에서 지속하는 어떤 것에 의해 특징지어진다. 늘 고립되고 분리되고 서로 무관한 채로 남아 있던 것들이 흐름과 지속을 통해 연결된다. 화자에게 지상의 '사랑'과 공중의 '이별'은 하나의 동일한 흐름이며, 연속적인 시간의 계기들 내에서 지속되며 끊임없이 변화하는 물질이다.

이때 '변화 없는 변화'는 '변화 속의 지속'을 의미하는데 화자는 이를 공중과 지상, 그 사이의 아슬한 처마 끝을 통해 고정시킨다. 끊임없는 흐름과 지속은 종종 '특별한 현재'의 경험을 이루어내곤 한다. 지상의 뜨거운 사랑이 식어 비가 되어 내릴 때, 그 사랑이 "아득하게 지나온 공중"은 하나의 절벽이 된다. 현재를 통해 지속되는 사랑, 이별과 사랑의 동일성은 수직과 수평의 개념으로 전이된다. 이별의 수직성과 소멸 예정의 수평은 순서와 방향을 통해 특별한 현재의 경험 속에서 기억되고 예측되는 합치된 정서를 만들어낸다. 이 부분이 이 작품의 가장 큰 매력이다.

수직으로 아프게 매달려 있는 이별의 말, 화자는 그것을 "수직의 말"이라고 한다. 무시간 속에 고정된 채, 한순간의 변화도 없이 사라지는 것이 아니라 이별이라는 추상적 질점과 대립되는 순간적 시간, 경험의 폭을 형상화하고 있다. 기억과 예측의 특별한 현재 안에서 멀리 허방으로 사라질 '수평의 말'은 우리의 주관적 경험으로부터 독립하여 우리의 회상과 기대에 대응하기도 한다. 수직의 비가역적 과정은 시간의 순서뿐만 아니라 이별의 방향까지도 규정한다. 글썽거리는 이별은 수직의 절벽에 아프게 매달려 있다.

날빛이 어슬하다 물속도 같은 색일까

자꾸 창백해지는 생각을 애써 가둔 하루였기에 오늘은 여기서 멈추고 싶다

이 피로함을 누구에게도 말할 수 없다

나뭇잎들은 수심으로 흔들리며 그늘 쪽에 서 있다 많은 나무 중 안개나무가 왔다

안개나무는 신비한 분홍색 안개를 이고 서 있다 속으로 들어가 얼굴을 파묻어보았다

분홍의 수사는 따뜻하구나, 안개는 흩어지지 않았다

안개나무의 기이한 구름이 나타나지 않았더라도 오늘 하루를 무사히 보낼 수 있었을까

눈을 살며시 뜨니 손바닥에 상산나무 잎이 들어 있다 이걸 송장나무라 부르는 자들이 있다

나는 안개나무를 생각하며 상산나무 잎을 코앞으로 가져온다
―조용미, 「분홍의 수사」(『당신의 아름다움』, 문학과지성사, 2020)

　　자아의 잠재적 재구성은 무시간성의 측면을 드러내준다. 삶의 연속적이고 균일된 형태는 자아를 구성하는 상이한 요소들이다. 정지된 시간, 무시간성의 영역에는 기억이나 지각 혹은 경험, 그리고 과거와 현재, 미래의 다양성이 공존하게 된다. "자꾸 창백해지는 생각을 애써 가둔 하루였기에 오늘은 여기서 멈추고 싶다"는 화자의 고백은 결국 삶 속에서 현실과 같은 어떤 것이라기보다는 항구적이거나 혹은 무시간적인 가능성으로의 전이를 원하는 읊조림이다. '창백한 생각'은 '피로함'으로 전이되고, '피로함'은 다시 나뭇잎의 '수심'으로 전이된다. 화자는 잠재적으로 상호 공존하거나 동재하는 영원한 '지금'의 상태를 원한다. 시간의 한계 밖에 위치한 화자는 해방된 공간, 의미의 영원성이 보장된 공간을 구축하기를 욕망한다.

　　분홍 솜뭉치가 꽃으로 매달린 안개나무, 그 속으로 들어간 화자는 안개나무 '분홍의 수사' 속에서 무시간성의 항구적 가능성을 만끽한다. 영원히 마르지 않는 샘처럼 무화되지 않는 본질을 포착하고 그 안에 머물고자 한다. 이러한 욕망은 "안개나무의 기이한 구름이 나타나지 않았더라도 오늘 하루를 무사히 보낼 수 있었을까"라는 시행에서 여과 없이 보여진다. 하지만 이 안개나무는 화자의 환상이었나 보다. 무시간성이 깨지고 현실로 돌아왔을 때, 안개나무는 보이지 않고, 상산나무가 화자의 눈앞에 놓여 있다. 화자는 "안개나무를 생각하며 상산나무 잎"의 향을 맡는다. 예로부터 상산나무는 그 향이 강해서 시신의 부패 냄새

를 가려주기 때문에 송장나무라고 불리기도 했다. 무시간성의 안도 또는 무사함이 바로 죽음과 이어지는 대목이다. 결국 시인이 이 장면에서 포착하고자 욕망했던 것은 영원한 무시간성의 원천이다. 시인은 자신의 작품 속에서 구현되거나 재구성된 자아에 무시간성의 성질을 부여하고, 시간이 없어도 지속하는 생명을 주고 싶었던 것이다. 그러나 곧 현실에서 직면하게 되는 상실의 간극이 너무 깊어 메울 수 없는 순정한 꿈임을 깨닫게 된다. 이를 감지한 시인은 여전히 무사한 것일까.

그래, 나 바닥이다, 울툭불툭, 넙치, 시장 바닥에 누워 있다, 뭘 보고 있나, 그것, 진창 바닥보다 넓적하게, 바닥의 바닥이 되면서, 대체 뭘 보고 있나, 가끔, 이게 아냐, 울컥, 찌끄레기를 게운다, 뒤척인다, 하지만 다시, 눌어붙어, 바닥이 되지, 바닥, 뭘 볼 수 있나, 게슴츠레, 흰 눈자위로, 울컥, 찢어진 노을, 키득대는 웃음, 흐르고, 슬리퍼 끄는 소리, 지날 때마다, 울컥, 소리친다, 그래, 나, 바닥이다, 그것, 더욱 맹렬히 바닥이 되기로 맹세한다, 끌로도 끝으로도 떼어낼 수 없는 바닥, 더 바닥, 더, 더, 바닥이 되기로, 울컥,

지금 넙치가 나올 철인가, 뭐, 그렇지, 이 바닥이나, 저 바닥이나, 다 그렇지, 사내 둘, 바닥 끝 지나 골목 끝, 횟집 문을 연다,
— 김경후, 「넙치」(『울려고 일어난 겁니다』, 문학과지성사, 2021)

일반인들과 달리 시인에게 하나의 경험은 인간적 삶의 조직이나 맥락 속에서, 혹은 이러한 경험들의 총체로서 찾게 마련이다. 즉 사적이

고 개인적이고 주관적인 경험은 종종 심리적 경험으로 이어지고, 시인은 이러한 경험을 즉각적이고 직접적인 것으로 형상화해낸다. 「넙치」의 김경후 시인 역시 마찬가지다.

골목길 어두운 길바닥에 횟집 수족관에서 튕겨 나온 듯한 넙치 한 마리가 누워 있다. 보기에 따라서는 한 사람의 취객일 수도 있지만, 아무튼 화자는 그 풍경 속에서 시적 대상이 "바닥, 더 바닥, 더, 더, 바닥이 되기"를 다짐하고 있다고 상상한다. 일반적으로 시가 시적 주체의 직접적 경험이나 상식적 관념의 내용을 넘어서려고 할 때 독자는 빠져 나올 수 없는 미로와 맞닥뜨리게 되는데, 앞선 대목이 여기에 해당한다. 이는 우리가 겪는 경험의 상황이 합리적이라고 하기에는 너무 복잡하고 당혹스러운 요소들이 많기 때문이다.

새끼일 때는 바다의 중간층에서 떠다니다가 오른쪽 눈이 몸의 왼쪽으로 옮겨지면서 바다 밑바닥에서 생활하게 되는 넙치를 화자는 왜 보도블록 바닥에서 발견하게 되었을까. 시인은 비실재적인 가상으로 실재의 객관적 구성의 한 측면을 구축한다. 2연에서 등장하는 사내 둘이 "바닥 끝 지나 골목 끝, 횟집"으로 들어가는 풍경은 사건의 배열을 정당화하는 동시에 화자가 겪은 주관적 경험의 애매성과 복잡성을 제거하는 역할을 수행한다.

그렇다면 어떤 것을 가상이라 부른다고 해서, 영원한 정태적 체계가 가상이나 현상을 산출할 수 있을까. 시인은 이러한 책임으로부터 자유로울 수 없다. 시를 통해 자신의 경험에 공리 체계를 구축하고 여기에 삶의 맥락적 의의를 부여한다. 가상과 실재 경험의 차원 속에 함축된 공리적 체계는, 시인의 의도에 의해 필수 불가결한 맥락을 형성하게 된다. 시인은 넙치를 통해 수족관 바닥이나 바다 밑바닥이나 막다른 골목의 진흙 바닥이나 거기가 거기라고 항변한다. 이때 "이 바닥이나, 저 바닥이나, 다 그렇지"라는 자위에 가까운 발언은 화자가 지금까지 받아들여왔던 관점을 거부하고 또 다른 관점을 전면적으로 변화시키게끔 하는 일련의 출발점이 된다. 이 바닥과 저 바닥의 간극 같은 것은 처음부터 이 세상에 없었던 것처럼 말이다.

지난밤은 악몽보다
살아 깃 해진 맘이 더 스산했다.

겨우 터진 새벽,
담배 사러 나선 길
골목 끝 노란 벽 밑
깨진 얼음 한 덩이.
처마마다 떨어진 고드름이 아니다,
어떤 둥근 물체에 갇혀
밤새 꽁꽁 얼었던 것을
누군가 집어던진 것이 분명한데
그 적의는 흔적 없고
겹겹의 무지개만 환하다.
애써 되살리는 옛날의 노래 한 소절,
손은 자꾸 빈 주머니를 뒤진다.

—비극을 만드는 것은 사건이 아니라 배치다.

어쩐다.
담배를 사와 다시 쪼그려 앉을까,
무지개가 색을 풀고
다 하늘로 가버리면,
녹아 흥건히 괸 물이 되면 어쩌나,
구겨 신은 운동화에 끌리는 처량.
왼손 검지 입에 물고
담벼락 앞 옅게 서성대는 그림자.
언제 왔는지 곁에 앉은 새끼 고양이
무지개를 빨아들이는 까만 눈동자,
해독할 수 없는 첫 영역지도를 그린다.
죽음에 이르는 습관일지라도
꼭 담배를 피워 물어야 할 것 같은데
노래 한 소절은 끝내 떠오르지 않는다.

—슬픔은 결핍보다 기억의 과잉에서 비롯한다.

—백인덕, 「난(亂)」(『시인동네』 2018년 7월호)

  인간의 경험에서 시간이 본질적으로 지닌 방향성은 우리에게 완고하고 비가역적인 사실이 된다. 이는 시간이 촌각의 삶 속에서 실존의 무상을 제공해주기 때문인데, 인간 경험에서 시간이 지닌 가장 중요한

측면이 바로 죽음에 대한 전망이라는 의미이기도 하다. 삶에서 떼어놓을 수 없을 만큼 뿌리 깊은 부분으로, 인간의 삶에 깊숙이 관여하는 죽음에 대해 화자 역시 우연적이고 감정적으로 반응할 수밖에 없다.

어느 겨울의 새벽 골목길, 깨진 얼음덩이에서 무지개를 보며 시인은 옛날을 추억하려 한다. 하지만 현실은 기껏 "빈 주머니를 뒤"질 뿐이다. 담배를 사 가지고 와서 다시 얼음덩이 앞에 쪼그려 앉은 화자는 녹아 없어질 무지개를 걱정한다. 인간이 어떤 본성을 갖는 한, 그것은 곧 시간에 구속된 존재가 된다. 그리고 인간만이 점차로 스스로를 의식해감에 따라 그 자신의 죽음에 대한 예지를 갖게 된다. 화자의 실존주의적 범주에 머물고 있는 염려와 불안, 어떤 선택 따위는 늘 죽음을 향한 시간의 비가역적인 방향의 맥락에 놓여 있기 마련이다. 시는 이러한 주관적 맥락 안에서 해설될 수 있을 때에만 의미를 가지게 된다. '비극'은 일종의 '배치'이고, '슬픔'은 '기억의 과잉'이라는 경험적 진술이 가능한 대목이다. 화자는 인생의 덧없음이 단순히 슬픔이 아니라 실존 그 자체이며, 이에 인생의 가치와 존엄을 부여하고자 한다. 까만 눈동자의 새끼 고양이의 출현이 이를 별다른 진술 없이 증명해준다.

개인적으로 시를 읽으며 가장 눈에 밟힌 시구는 "살아 깃 해진 맘이 더 스산했다"라는 부분이었다. '깃 해진'이라는 낯선 표현 속에서 '깃'은 무엇일지 잠시 궁리했다. 옷깃을 이야기할 때의 깃일까, 새의 날개를 이야기할 때의 깃일까. 하지만 어느 것을 붙여도 거칠게 읽히진 않았다. 저고리나 양복 윗옷의 해진 깃이라면 지난했던 삶의 다른 은유일 것이고, 새의 깃이라면 역시 지상에서 어울리지 않는 삶을 버텨내고 있는 천상의 존재에 대한 또 다른 은유일 것이기 때문이다. 갇혀 꽁꽁 얼었던 것은 그저 얼음덩이만이 아닐 것이다.

저 집은 자정에 듣는 목소리 같다

첫 단추를 끄르기 위해 고독은 잃을 게 없다

가령 심장을 움켜쥐는 돌발적인 질병도 있겠으나

더운물의 욕조에서 손목을 긋거나

비싼 넥타이로 목을 맨 채 의자에 올라 확실하게 미끄러진다고 치자

이건 영혼의 일이 아니다

현관문과 지붕, 허파나 쓸개의 진실이 되어 보는 일

고독의 뼈와 살을 꺼내 다오

외쳐 보지만 당연하게도 고독은 사인이 될 수 없는 것

늦은 점심 후의 식곤증인 줄 알았다

믿지는 않았지만

대기업에 다니다 잠시 쉬고 있다는

돌멩이라도 던지면 와장창 깨져 버릴 것 같은 고독

조금쯤 취해 다녀온 공원이 그를 감싸는 껍질이었고

웃음이 터질 때까지 울어 보는 것이 유일한 희망이었으니

본인 말고는 다 아는 고독이었으니

늙을 때까지 기다리는 건 너무 지루해

다시 태어나도 여기가 항상 고비일 거야

달리 갈 곳이 없었으므로 갈 데까지 가 보자는 것일까

결국 소름 끼치게 잔혹한 복수란 이런 것일까

우울증에서 시작해 알코올 중독으로 끝나는

죽은 지 두 달이 다 되어도 냄새로만 발견되는

그런 집이 들것에 실려 나온다

아직 오지 않은 집이었고 기억에서 사라진 집이라고 하자

다만 여기까지가 자정이었다

　　　　　　　　─김관용, 「다만 저 집의 고독은」(『시인수첩』 2018년 여름호)

　유한적 존재인 인간에게 시간은 긍정적 지향성을 지니는 경우가 좀처럼 드물다. 시간이 창조와 성장의 항구적 가능성으로서 존재하는 한편, 죽음을 향한 시간의 방향성이 더 크게 와닿기 때문이다. 위 작품에서 죽음을 향한 시간의 방향성에 내재되어 있는 불안을 화자는 어떻게 이해하고 있을까. 인간의 삶 속에 있는 죽음의 그늘 안에서 인간의 모든 노력은 허망해진다. 고대 신화의 크로노스는 자신의 자식을 삼켜버린 시간의 신으로 그려진다. 보들레르는 "시간은 우리의 삶을 삼켜버리며, 시간은 매번 이기는 탐욕스러운 노름꾼이다. 우리는 시간의 관념과 자극에 의해 매 순간 으깨어진다"고 말한 바 있다. 비록 작품 속 화자는 "고독은 사인이 될 수 없는 것"이라고 하지만, 돌멩이 하나쯤에 "와장창 깨져"버리는 고독이 그를 감싸는 유일한 껍질임을 잘 알고 있다. 그래서 "늙을 때까지 기다리는 건 너무 지루"하다고 탄식을 흘리는 '그'다. 자본주의가 성장한 이후 삶의 완성은 마음의 사태나 내세의 보장에 의해 측정되지 않고, 오로지 물질적 노력과 성취에 의해서만 가능된다. 이를테면 어떤 사람의 생애는, 성공이나 업적에 의해서만 신의 은총과 선택의 징표가 될 수 있다.

　"우울증에서 시작해 알코올 중독으로 끝나는/죽은 지 두 달이 다 되

어도 냄새로만 발견"된 삶은, 시간을 넘어서서 무시간적 대상으로 존재하게 된다. '두 달'이라는 황폐한 시간의 쇠퇴. 죽음과 파괴를 향한 시간의 엄혹한 진행이 결국에는 고통과 고뇌, 패배만을 안겨주지만, 화자는 이러한 풍경 속에서 황폐화하는 시간의 쇠퇴에 대한 숙고를 제안한다. 죽음을 향한 시간의 냉엄하고 우울한 진행은 인간적 노력이 무상임을 알려주며, 결국에는 "소름 끼치게 잔혹한 복수"에 이르게 되는 것이다.

죽음에 이르는 고독을 통해 화자는 무엇을 이야기하고 싶었던 것일까. 시인의 대변자인 화자는 경험과 자아 그리고 시 속에서 차지하는 무시간적 차원의 의미가 죽음과 무를 향한 시간의 방향에서 비롯된 것임을 증명하고 싶었던 것인지 모르겠다. 우울하고 음울한 삶의 반성이 작품의 시행 속에 배치될 때 '고독'은 비로소 이해 가능한 것이 된다. 화자가 시간을 '자정'으로 제한한 이유의 배경 역시 죽음을 향한 시간을 비가역적 흐름으로 붙잡거나 거스르는 방식임을 역설적으로 그려내고자 한 의도가 전제되어 있다. 인간의 삶에서 인간에게 가장 중요한 본질적 탐구, 시간을 넘어서거나 시간 밖에서 훼손되기를 거부하는 시인의 절규가 이 작품에 녹아 있다고 할 수 있다.

살아남기 위해 옆구리에 상처를 내는
산짐승이다 잠들어서도 떨고 있는
눈꺼풀이다

저녁 눈 위에 쌓이는 밤눈, 첫 잔에 숨이 확 타오르는 독작의 찬 술이다

순장을 당하듯 웅크려야
간신히 잠드는 날들

객사 창틀에 놓여
얼다 녹다 얼다 녹다
곰팡이가 슨 저것은

파문하라, 나를 파문하라
소리치는 보름달빛이다 그 달빛과 싸우다가
스윽,
제 배를 가르는 오대천 상류의 얼음장이다
아니다, 신성한 경전이고
흑싸리 껍데기고
밤마다 강릉 콜라텍 가는 도깨비 스님이다 가방 속 가발이다

멀리 있을수록 뜨거운 애인의 살,
살냄새의 늪이며
이무기의 울음이며

너의 민낯이다, 혀를 차면서 이 시를 읽고 있는
　　　　　　—전동균, 「마른 떡」(『당신이 없는 곳에서 당신과 함께』, 창비, 2019)

시인뿐만이 아니라 일반인에게도 시간은, 경험의 특정한 양식이 된

　　　　　　　　　　　　　　　　　　　　　　　　풍경의 뉘앙스

다. 시간은 공간보다도 더 일반적이다. 그것은 어떠한 공간적 질서도 부여될 수 없는, 감정이나 관념 같은 내면의 세계에까지 적용되기 때문이다. "얼다 녹다 얼다 녹다/곰팡이가 슨" 화자의 시간은 주관적 형태와 검증을 거부한다. 현실적이건 허구적이건 한 인간의 삶을 구성하는 이러한 방식은 의식의 흐름과 기억 속에 유의미한 연상의 형태를 갖추게 된다.

'마른 떡'이라는 제목과 내용의 결을 더듬으며 다소 의아함과 난처함이 들었지만, "혀를 차면서 이 시를 읽고 있는" '나'를 이미 짐작하고 있는 시인을 짐짓 피하기로 했다. 창가에 놓인 마른 떡에 곰팡이가 슨 것을 보고, 시인은 성과 속을 한통속으로 여긴다. 하지만 그의 삶 역시 간단치는 않아 보인다. "순장을 당하듯 웅크려야/간신히" 잠에 들 수 있다는 화자의 고백은 자신의 삶을 극명하게 드러낸다. 그는 이미 독작의 고독과, 가발을 쓰고 콜라텍에 가는 스님을 알고 헤아리는 자이며, 스스로를 파묻시키고 싶은 자이다.

이때 화자에게 경험되는 시간은 기록이 아니라 실존의 범주에 속한다. 일반적으로 시인은 '시간'에서 '의의'를 담보해낸다. 인간적 삶은 시간의 그림자 밑에서 이루어지기 때문이며, 내가 누구인가라는 물음은 결국 나는 무엇이 되는가의 견지에서 자아의 정체성을 탐색하게 된다. 문학에서 다루는 실존주의의 모든 변용태는 결국 개인적 삶의 객관적 구조가 아니라 개인 자신에 의해 경험되는 인간적 실존에 수렴된다. 그래서 전동균 시인의 작품들이 늘상 실존적 테제에서 벗어나지 못하는 것인지도 모르겠다. 이 작품에서도 그러하듯이 경험된 시간은 삶의 맥락에서 불가분적인 범주다. 시인은 이러한 범주를 실존적으로 묘사하는 데에서 특수한 딜레마에 부딪치면서도, 동일한 자의를 재구성하고 정당화할 가능성을 스스로 무력화하는 것처럼 보인다. 그래서 이 작품은 화자와 스님과 마른 떡 사이의 불연속적이고 차별적인 경험을 통해, 역설적으로 삶의 연속성과 연관성, 정체성을 포착해낸다. 이는 시인에게 부여된 사명을, 시인이 어떻게 대처하고 있는지를 알려주는 하나의 방식으로도 읽힌다.

여섯 편의 작품에서 살펴본 것처럼 시는 필연적으로 언어화의 과정에서 오는 추상성과 보편성을, 일원화된 시간성을 통해 구체성에 환원시킴으로써 참다운 영원성을 획득할 수 있다. 이렇게 획득한 영원성은 헤겔이 이야기한 구체적 보편성을 의미하며, 시의 영원성을 가장 선명하게 풀어낼 수 있는 개념이다. 시인은 어둑한 보도블록이든, 처마 끝의 허공이든, 골목 끝 담벼락 아래든, 자신의 체험을 통해 혹은 실존적 자각을 통해 직관을 만들어내고 상상의 세계를 펼쳐낼 수 있다. 이러한 기능이 시의 비의이며 시인이 일상의 현실에서 영원의 눈을 뜨는 방식이 아닐까 싶다.

익명성과 보편성의 관계

원동우, 안정옥, 조성국, 이용헌, 조미희, 송재학

삶의 익명적 차원은 어디에나 있다. 특히 시를 쓰고, 음악을 연주하고, 그림을 그리며 예술을 창작한다는 것은 결국 세계를 채우는 익명성의 부조리와 무의미 그리고 무기력에 저항하는 일일 것이다. 시인이 어떤 대상의 이미지를 읽어내고 형상화한다는 것은, 이 이미지를 읽는 자신을 읽고, 자기 삶을 키우는 방식을 선택하고 있다는 의미이기도 하다. 시를 쓰는 시인뿐만이 아니라 시를 읽는 독자도 시를 통해 삶의 독해법을 배운다. 시를 통해 자기 자신의 독해법을 넓고 깊게 만들어낸다. 고통과 즐거움, 분노와 체념, 이 자리에서 읽는 여섯 편의 시에 녹아 있는 삶과 죽음이 통일될 때, 아니 이러한 통일을 비의도적으로 체현할 수 있을 때, 시의 진정성이 자라 나온다.

시가 시인의 진정성을 통해 삶의 바른 보편성을 획득할 때, 시의 가치는 아름다운 삶을 위한 하나의 원리가 된다. 시의 근원이라 할 수 있는 영원하고 무한한 것들, 그것들은 존재의 지평 그 밖에서 오는데, 이러한 무한성에 대한 이해는 우리가 시간을 온전히 소유하기 전에는 도달하기 어려운 차원의 것이다. 그러나 시인은 이러한 시도와 모험을 멈추지 않는다. 시인은 지금의 이해가 이전의 이해보다 더 나은 것이라는 확언을 하지는 못하지만, 그것이 미래의 지평에 의해 제한받지 않는다고도 단언하지 못한다. 이해된 것은 언제나 다르게 이해되어야 할 것들이기 때문이다. 바로 삶의 익명성 때문에 그렇다.

　인간과 현실, 시인과 시적 대상은 모두 타자의 전경일 뿐이다. 그것을 본질적으로 파악하기 힘들다 해도 시인은 그 윤곽을 이해하기 위해 시를 써나간다. 여기에서 개인의 정체성 또는 자아의 주체성은 무한성과 익명성에 대한 이해의 출발점이 되기도 한다. 이 자리에서 살펴볼 여섯 편의 시들은 대부분 삶의 불투명성을 의심하고 세계와 미래, 그리고 타자에게 열려 있는 주체의 주체성을 의심하면서 그 시작점을 준비하고 있다. 인간의 본질 탐구에 대한 진정성은 결국 익명성 차원의 보편성을 지향하기 때문이며, 시 역시 이러한 보편성을 향해 나아가고 또 나아가야 하기 때문이다.

　　장례를 치르고 돌아온 날 화분 꽃은 죽어 있었다
　　화장장으로 식구 하나를 밀어 넣을 때의 느낌처럼
　　불의 터널 앞에서 존재들은 무게를 잃는다고
　　꽃관을 받쳐 든 내가 중얼거리고 있었다

　　그날부터 악몽은 시작되었다

아이의 윤곽선이 남아 있는 동네 큰길 바닥을
장맛비를 맞으며 폐지를 고르는 노파의 등을
꽃들이 스스로 제 목을 뚝뚝 떨구는 모습을
이 빠진 검은 칼로 손목을 내리치는 상황을

관에 누운 듯 잠들 수 없는 날들이었다

난간 근처 그늘에서 화분이 움직인 건 새벽이었다
마른 흙을 뚫고 잎 하나가 몸을 밀어 올렸다
두려운 일이었다 희망이란 얼마나 뜨거운 악몽인가
화분 앞에 서서 내가 말했다 던져 버려야 한다

무거웠다 온 힘을 다해도 들 수 없었다
쪼그려 앉아 관에서 핀 잎을 보는 내가
눈물인지 땀인지 쩔쩔매고 있었다

　　　　　　　　—원동우, 「묵시록 2」(『시인수첩』 2018년 가을호)

　원동우 시인이 보여주는 시적 동력은 깨달음에 따른 고요한 슬픔의
경지에서 시작된다. 죽음의 순간에 가닿는 이미지를 통해 시원을 경험
한다. 죽음을 경험한 후에 포착한 생명의 황홀함 앞에서 쩔쩔매는 시인
은 죽음과 삶이 공존하는 현장에서 생명의 눈부심을 향해 차분하면서
도 성찰적인 시선을 만들어간다. 화장장 "불의 터널 앞에서 존재들은
무게를 잃는" 상황 속에서 화자는 이를 살아 있음에 대한 치열한, 본원

적 의지로 바꾸어놓는다.

쪼그려 앉아 "마른 흙을 뚫고 잎 하나가 몸을 밀어 올"리는 모습을 보고 있던 화자는 희망을 "뜨거운 악몽"이라고 말한다. 살아 있으나 죽음을 피할 수 없는 시인이 다시금 품는 뜨거운 욕망, 그것은 악몽일지도 모르겠다. 하지만 시인은 죽음과 생명의 동시적 존재로, 생명과 죽음의 혼융에서 깨닫는 고요한 슬픔을 통해 또 다른 삶의 동력을 찾아낸다. 죽음에 굴복하지 않고, 생명의 황홀을 확인하고 시인은 스스로 그것이 "눈물인지 땀인지"도 모를 정도로 혼란에 빠져 있다. 눈물과 땀을 이야기할 때 시인은 이미 이것이 생명의 환한 눈부신 몸부림의 시작이라는 것을 깨닫게 된다.

시인은 죽은 자와 살아 있는 자 사이의 내밀한 소통의 통로를 발견한다. 사라진 것과 사라지는 것, 산 자는 죽음을 잉태하고 살아가기에 죽음은 여전히 살아 있는 삶의 현장이 되기도 한다. 비록 그 앞에서 쩔쩔매는 것이 인간의 숙명일지라도 말이다. 죽음과 생명이 공존하듯이 작은 잎 하나에도 순결한 생명이 내재되어 있다. 작은 '잎 하나'는 죽음 너머의 찬란한 생으로 귀결되는 정신의 상징으로 견인된다. 시인은 이를 통해 생명과 죽음의 순환은 살아 있는 순간을 넘어서 새로운 질서를 창조하고, 삶과 죽음은 동시에 존재하고 있음을 증명한다. 그리고 동시에 이 존재를 가로지르게 된다. 이것이 시인이 말하는 삶의 근원일 것이다.

상심에 지친 몸속 한 부분이 가득 차서
무슨 말이든 내게 간절하게 해주고 싶어

우선 뚜벅뚜벅 아닌 출렁출렁 걷고 있는
나를 불러 세워야 된다고 생각했어
이 자식아, 그건 아닌 듯해
정옥아, 나는 나와 그렇게 살갑지는 못해
남이 부르듯 안정옥, 하고 불렀어
고심하며 내 이름을 지어 준 사람도 있었지
지금은 내 이름조차 모르는 사람들 틈에서 살아

내가 내 이름을 불러 준 이후부터
뱀 같은 혀들이 다알리아꽃으로 물들일 때
더 애타게 불러 주었어
몇 번 하다 보니 서먹하던 감정도 사라져
내 자신을 나처럼 믿었던 암시,
나와 내가 함께하는 분위기가 되었어
마음을 너에게 맡겼듯 이젠 나에게 맡겨도
되겠다고 생각했어
내 이름은 오랫동안 나를 먹고 살았잖아
실수해도 내 이름은 푸드득거려선 안 돼

온갖 방법을 쓰며 누구나 온전해지기를 꿈꿔
자기와의 싸움에서 이렇게 장기간 끌려
다니는 건 사람뿐일 거야
이다지 힘든 고독에게 평생 먹여 줘야 하나

남도 아닌 내가 나를 수없이 겨냥한다는 건

곤혹스런 일이긴 해

그러니 남이 아닌 나 자신에게 이렇게라도

불러 줘야 해

안정옥, 그러나 세상 너무 멀리는 가지 마,

　　　　－안정옥, 「내가 안정옥하고 불러줄 때가 있어」(『시인수첩』 2018년 가을호)

　　김춘수 시인은 내가 너의 이름을 불러주었을 때의 존재 전이를 이
야기하지만, 시인 안정옥은 "내가 내 이름을 불러 준 이후"를 이야기한
다. 자신을 타자화하고 객관화하여 하나의 대상으로 호명할 때, 이 지
점에는 새로운 질서가 생기게 된다. 나와 나 사이의 내밀한 공백 말이
다. 움직임과 정지, 혼란과 질서 사이에서의 움직임, 스스로의 이름을
부르는 민망한 이 행위는 결국은 자신을 실체화하고자 하는 필연적 과
정이며 자세이다. 시인은 타자화된 나와의 내면적 공감을 시도한다. 그
공감을 위해서는, 시인 스스로의 열림 없이는 사물과 만날 수 없기 때
문이다. 공감과 연민의 자기투신 없이 시인이 어떻게 사물과 세상을 제
대로 느끼고 또 생각할 수 있겠는가. 항상 절실한 것은, 머리보다 가슴
으로 느끼는 것이다.

　　화자가 "안정옥, 그러나 세상 너무 멀리는 가지 마"라고 말하는 것
은, 스스로가 경험의 대상이 되어 삶의 이질적 균열에서 삶을 보다 완
전하게 하고 보충하려는 위로가 된다. 내가 나의 이름을 불러주기 전까
지의 타성의 완고함과 이 완고한 습성이 지닌 얼룩진 잔해들 사이에서

화자가 스스로의 이름을 부름으로써, 삶에 대한 사랑과 응원을 시작하게 되는 것이다. 영원한 것은 단순한 경험에 의해 동화될 수 없다. 그것은 절대적이고 무한한 것이기 때문이다. 그것은 내 안의 또 다른 나처럼 근원적 타자 그 자체이기도 하다. 시인이 타자화한 '안정옥'이라는 영원성의 타자는 경험적·개념적 차원을 넘어선다. 시인이 스스로를 타자화한 것처럼 함께할 수 없는 절대적 타자의 순간도 올 것이다. 그러나 시인은 완전한 일체의 환원 불가능성을 인정하면서도 삶의 소멸과 생성 사이에 있는 스스로를 긍정하려고 한다. 그것은 시 속의 '안정옥'이 가지고 있는 깊이와 넓이로, 궁극적으로 다를 수 없기 때문이다.

광주국립박물관
야외전시장
폐사된 절간에서 옮겨 왔다는
몸뚱이 없는 석불 머리

꽃이 진다
발목 아프다고 앙살 부린 딸애
얹혀 놓듯
앉혀 놓았더니 툭, 이운다
통째 모감지를 댕강 떨어뜨린다

무등 태웠던
딸애 엉치뼈에 눌려 쥐가 난 목덜미

어루만지는데
석불이 배시시 웃는다

목 떨어진
꽃송이 주워 든 딸애 손바닥에
동백이 또 한 번 피듯이

―조성국, 「불두」(『나만 멀쩡해서 미안해』, 문학수첩, 2020)

　어느 찰나의 감동과 느낌, 이러한 순간들이 우리를 자라게 하는지도 모른다. 그리고 이러한 순간은 삽시간에 흘러가 버려 다시는 되돌아갈 수 없는 시간 저편에 놓이는데, 정작 우리는 그 인과의 입구에서 머뭇거리며 서성댈 뿐 들어갈 수는 없다. "통째 모감지를 댕강 떨어뜨린" 동백의 시간처럼, 다시는 되풀이되지 않는 그 순간들은 영원히 스스로를 위해 자기 자신만을 고집하며 거기 남아 있게 된다. 그것들은 거기, 시간의 저편에서 영원한 삶을 산다.

　시인은 "동백이 또 한 번 피듯이" 석불이 웃었다고 하지만 그것은 시인의 또 다른 의지일 뿐이다. 시인은 순간의 영원을 포착해 회귀 불가의 새로운 세계와 접촉을 시도한다. 마치 시인이 자신의 언어로 새로운 세계를 만들고, 그것들이 언어의 사원이 되어 우리의 삶 속에 깃들기를 바람으로써, 언어를 신성한 것으로 만들어내는 행위와 유사하다. 몸뚱이 없는 '석불 머리'와 모감지를 댕강 떨어뜨린 '꽃송이'와 내 어깨에서 무등을 탔던 '딸'은 먼 과거가 현재로 이주해 오고 과거가 현재를 기획하는 은밀한 광경을 연출한다. 시간과 공간이 한 지점에서 혼용되어 일종의 영원성을 획득하는 것이다. 조성국 시인은 시에서 영원과 순간은 하나의 이음동의어라는 것을 우리에게 보여준다. 이런 시인이 포착해 내는 이미지만이 순간과 영원의 우주적 융합을 가능케 해준다.

"무등 태웠던/딸애 엉치뼈에 눌려 쥐가 난 목덜미/어루만지는데" 석불은 왜 "배시시 웃는" 것일까? 이에 대한 답이 시인이 시를 쓰는 이유다. 몸뚱이를 버린 불두와 무등을 타다 내려온 아이는, 수백 년 전의 과거와 나의 미래인 딸애와 대응되면서 관계를 맺는다. 이때 등장한 동백은 융합된 상징으로 응축되면서 또 다른 의미망을 거느리게 된다. 좋은 시는 그 의미가 시의 표면에만 머물지 않는다. 시인의 동백처럼 천천히 해체되고 오랜 독해 후에 느리게 재구성되는 것이다.

투명 비닐우산을 쓰고 쪼그려 앉은 아이의 눈에
그렁그렁 눈물이 고여 있습니다.
아이의 발밑에는 빗속을 뚫지 못한 나비가
날개를 접은 채 떠내려가고 있습니다.
아이는 이따금 손등으로 콧물을 훔치며
살여울 쪽을 바라봅니다.
그때 바람칼을 그으며 새 한 마리가 나타납니다.
새는 그렁그렁한 눈물방울을 뚫고
바둥거리는 나비를 낚아채 날아갑니다.
흠칫 놀란 아이가 투명 비닐우산을 놓쳐버립니다.

아이의 엄마는 사 년째 한 곳만 보고 누워 있습니다.

아무도 아이에게 엄마의 병명을 말해준 적 없지만
엄마의 병은 돌아오지 않는 언니 때문이라는 걸 압니다.
아이와 엄마 사이엔 언제나 언니가 있고 한숨이 있고
바닷속보다 깊은 슬픔이 흐릅니다.
하루에도 몇 번씩 희고 노란 약을 삼키는
엄마의 소원은 보리새우처럼 바짝 말라서
십 년만 더 늙어가는 것이랍니다.
그때쯤이면 다 자란 아이가 가벼워진 엄마를 물고
하늘 끝까지 훨훨 날 수 있을 테니까요.

길 건너 살구나무가 흔들리는 거로 보아
비바람이 또 불어오는 모양입니다.
슬픔은 형체가 없지만 흔들리는 등만 보면 알 수 있습니다.
아이의 아귀에서 빠져나간 투명 비닐우산이
지상에 등을 돌리고 둥둥 날아갑니다.

—이용헌, 「흰노랑민들레」(『시산맥』 2018년 가을호)

풍경의 뉘앙스

삶과 죽음에 대한 인식을 시로 표현하는 작업은 결코 소홀히 할 수 없는 일이다. 그러나 그것이 익숙한 결과에 다다른다면, 죽음과 삶이 결국 분리 불가능한 것이었다는 깨달음에 봉착하고 말았음을 실토하게 된다면, 그 작업은 결코 새로운 것이 아니다. 시인은 어린아이의 손에서 날려간 투명 비닐우산을 통해 죽음에 대한 일반적 도식에서 벗어난다. 삶도 아니고 죽음도 아니라는 인식과, 삶이고 죽음이라는 동시성을 인정하는 인식의 차이는 얼핏 작아 보이지만, 이 작은 차이에는 세계관의 변화로 확대될 수 있는 엄청난 폭발력이 내재되어 있다.

세상을 어둡게 보는 것이 누군가의 잘못이 아니다. 아이의 현실을 들여다보면 현실은 어둡고 미래는 더욱 어둡다. 돌아오지 않는 언니와 사 년째 병상에 누워 있는 엄마 사이에서 아이는 "빗속을 뚫지 못한" "날개를 접은 채 떠내려가"는 나비로 비유된다. 이런 아이가 바라보는 미래는 어떠하겠는가.

지난한 가정사 속에서 아이에게는 도무지 삶의 희망이 없어 보인다. 시인은 미리 만들어진 희망이나 조화 대신 구현되지 않은 불행과 슬픔을 내보인다. 절망보다 희망을 강제하거나 작위적으로 현실을 긍정하지 않는다. 삶과 불행을 너그럽게 바라볼 수 있는 시선도 강요하지 않는다. 그저 보여줄 뿐이다. "지상에 등을 돌리고 둥둥 날아"가는, 아이의 투명 비닐우산. 이제 아이는 운명처럼 비에 흠뻑 젖을 것이다.

어찌 보면 작품 안에서 아이는 폭력의 세계 한복판에 놓여 있다. 살아 있는 지금과 미래에마저도 폭력은 세상을 장악하고 있다. 그럼 아이에게는 무엇이 기다리고 있을까? 죽음의 그림자가 짙게 드리운 이 폭력의 세계에는, 엄마와 언니의 사이처럼 아무것도 소통되지 않는 소통,

아무것도 이해되지 않는 이해만 있을 뿐이다. 그래서 이 시에서와 같은 서정적 폭력이 더 아프다. 언어의 폭력이 아니라 이미지의 폭력, 아이에겐 더 잔인한 폭력일 것이다. 아이를 버리고 혼자서 둥둥 날아가 버린 것이 어디 아이의 투명 비닐우산뿐이겠는가.

나는 멍든 별의 광대

푸른 어스름을 틈타 우는 눈과 웃는 입이
그것이 각각 다른 말이라는 걸 알기 시작하면서 나는 망설였다
다른 표정을 더 배울 것인가
두 개의 표정만으로 살 것인가에 대해

나는 나에게도 이방인이다

나와 너는 드물게 혹은 자주 서로의 얼굴에 경악한다
얼굴을 지우면 또 다른 얼굴, 얼굴, 얼굴

내가 하고 싶은 일은 모 아니면 도, 차라리 피에로가 평생 달고 다니는
한 방울 눈물에 대해, 관성에 대해, 도제식으로라도 배우고 싶다

어떤 얼굴을 벗어날 수 없다면 나눠 써야 한다 비싼 교습비를 내더라도 서막과 종막을 종횡무진 뛰다 넘어지는 인간에게, 서서히 면역

화되는 공포, 그것이 자신의 얼굴이라는 것을 알 때까지

조간신문엔 어제 살해된 사람들, 굴뚝에 올라선 노동자의 퀭한 목
소리는 더 높은 고공을 향해 허우적거린다

밤에 너와 내가 바꿔 썼던 얼굴의 껍데기

모든 공포증의 뒤를 뒤져 봐도 찾을 수 없는
얼굴의 모형들
　　　　　　　—조미희, 「광대의 뒷면」(『자칭 씨의 오지 입문기』, 문학수첩, 2019)

　시인의 언어는 사물의 실체를 조작하지 않는다. 조미희 시인은 반복
적으로 발화하는 얼굴의 물질성을 통해 인간의 본질을 생생히 드러내
고자 한다. 인간이라는 존재가 지닌 본질을 탐구하기 위해 시인은 시간
과 공간을 탈락시키고, 시의 구체성을 담보하는 인위적인 인식의 계기
를 거부한다. "얼굴을 지우면 또 다른 얼굴, 얼굴, 얼굴"이라며 화자가
느끼는 공포는, '광대의 뒷면'을 인식하는 주체와 인식의 대상인 또 다
른 나의 경계를 통해 흐릿한 윤곽으로 남을 뿐이다. 자신이 놓여 있는
현실과 현실 속의 자신에 대한, 실체적 본질의 준거 틀이 어디에 있는
지, 시인은 두려워한다. 그것은 실체가 없는 공포이기 때문이다.
　시인의 언어는, 언어 공동체의 성원 사이에서 이루어지는 지속적이
면서도 사회적인 상호 관계의 산물이다. 역동적으로 이동하는 언어의
연쇄 작용은 개인과 사회, 개인과 개인, 의식과 무의식 사이에 펼쳐진

복잡한 관계의 그물을 우리 앞에 펼쳐놓는다. 조미희 시인에게는 너와 나의 표정이, 얼굴이 또 다른 언어가 된다. 벗어날 수 없는 얼굴은 시인의 무의식에 구멍을 뚫는 수사로서, 독자와 시인을 연결시키고, 시인과 세상을 사슬로 묶는다. 그래서 이 작품을 읽으면 시인의 공포가 무서우면서도 서럽게 독자에게 전이된다.

스스로의 얼굴을 알 때까지 서서히 면역화되는 공포는 새로운 반복 없이 반복되고 반복됨으로써 그 무게를 더한다. 한편으로 얼굴의 껍데기, 얼굴의 모형은 이 작품을 읽는 우리에게 따가운 반성을 선사한다. 화자가 느끼는 공포가 뜨겁고 서러운 것이 아니라 '광대의 뒷면'을 견딜 힘이 없음을 서러워하기 때문이다. 이것은 화자나 시인만이 감당해야 할 공포가 아니다. 어쩌면 이것은 시인이 노리는 일종의 배반이 아닐까 싶기도 하다.

가끔 내 그림자가 앞뒤 둘이다 그들은 진하고 연한 색으로 나누어진다 앞 그림자는 언구럭스러워 그늘에 들어가면 실루엣처럼 봉긋하고 뒤 그림자는 무거워 우울증과 비슷하다 흩어지고 모이니 벌거숭이 저들을 쉬이 호명하지 못하겠다 그림자의 눈치를 보며 조심하는 계단을 내려간다 난간은 순간 비틀거리며 그림자의 빈혈을 붙들지만 그림자도 계단을 놓칠세라 육신보다 먼저 이지러진다 잊었던 통증 여럿이 그림자를 으깬다 발목이 뭉개어져도 그걸 참아내자 그림자는 흔들리더니 겨우 하나가 된다 등의 육신을 떼어내지 못하니까 자세히 살피면 윤곽이 매끈하지 않다 그림자가 두통을 만지다가 병실을 지나친다
—송재학, 「그림자」(『아침이 부탁했다, 결혼식을』, 문학동네, 2022)

두려움의 낯섦이라고 할까. 일상에 내재된 공포에는 반드시 근원이 있기 마련이다. 특히 낯선 새로움이 없다면 이 공포는 무의미할 테지만, 시인은 두렵지만 낯설지 않은 세계를 그려낸다. 그림자의 분화. 앞의 그림자와 뒤의 그림자는 서로 분화가 되어 제각기 질감마저 다르다. 그래서 화자는 오히려 "눈치를 보며 조심하는" 모양새를 취한다. 이러한 틈새를 통해 작품을 촘촘하게 살펴보면 시인이 의도하는 진정성과 상투성이 맞부딪치는 면을 더듬어볼 수 있다. 이러한 분화의 발화점은 빈혈로 추정된다. 비틀거리며 이지러지는 모습의 묘사가 그 근거인데, 이때 시인이 바라보는 그림자는 물론 사실적 상황이 아니다. 하지만 시인에게는 사실처럼 확연한 풍경으로 여겨진다. 시인이 서 있는 여기가 현실인지, 시인이 바라보는 그림자의 풍경이 현실 밖인지 모호하기도 하다. 앞뒤로 덧붙여진 그림자는 세상 안의 길과 세상 밖의 길처럼 이어져 있으며, 현실을 넘나들 뿐이다.

나의 그림자는 발목이 뭉개지는 고통을 참아야만 겨우 온전히 하나가 되는 존재이다. 구체적인 지시 대상이 있는 언어로 구체적인 광경과 사건을 묘사하고는 있으나, 이 시는 한 편의 추상화와 비슷하다. 추상과 구상의 대립, 추상적 언어와 구상적 감각의 대립 사이에서 송재학 시인은 현실의 안과 밖이라는 경계, 그림자와 육신, 난간과 계단의 경계를 돌파하고 하나로 완결하기 위해 분투한다. 그러나 그 결합은 완전하지 못해서 윤곽이 매끈하지 않다. 분리된 사물들의 구도는 명확하지만 오히려 그 경계는 드러나지 않는다. 시인이 보이지 않는 사물의 배면까지 그려 넣었기 때문이다. 다만 그의 시선이 점유하고 있는 장면의 시공간을 넘어서서 본질에 가닿으려는 치열함은 잘 그려진 입체파의 그림처럼 심도를 획득한다. "병실을 지나친" 그림자는 안식을 잃을 수밖에 없는 심정적 인식이 그만큼 잘 전해지고 있다는 의미이기도 하다.

인간은 스스로에게 진정할 때에 타자에게 그리고 세계에 진정할 수 있다. 이 시인들에게 절실한 것은 진정성에 대한 용기이고 이 용기의 실행이라고 할 때, 시는 이러한 진정성이 구현된 구체적 예를 선도적으로 보여주곤 한다. 삶의 한 장면에서 한 장면으로 이어지면서 익명성의 삶이 여기와 거기에 늘 있듯이, 우리가 읽는 시에는 삶을 채우는 무수한 호명과 흔적이 가득할 것이다.

이 자리에서 살펴본 여섯 편의 작품을 짝지어 이야기해보자면 다음과 같이 분류할 수 있겠다. 우선 안정옥 시인의 '안정옥'과 조미희 시인의 '광대'는 자아의 내면에 다가가기 위한 최대한의 감응력을 발휘하는 심미적 경험을 선사하고 있다. 그리고 조성국 시인의 '불두'나 송재학 시인의 '그림자'는 시적 대상에 대한 직접적 진술 대신에 감성적 동일화의 시도를 통해 삶의 익명적 차원의 윤곽을 그려준다. 원동우 시인과 이용헌 시인의 작품 역시, 삶과 죽음의 갈등과 충돌 속에서 공포와 희망의 양가적 감각을 이끌어내고 있다.

이 여섯 편의 작품은 각각의 시적 대상과 이미지, 비유를 통해 세계의 다양하고 이질적인 모습을 드러내고 있다. 또한 이러한 이질성과 익명성은 때로 모순되고 혼란스럽게 보이기도 한다. 하지만 이들의 시행 속에 삶의 은폐된 질서와 본원적 희망이 전제되어 있음을 독자들은 어렵지 않게 포착할 수 있을 것이다. 시는 궁극적으로 진실의 세계를 사유하고자 한다. 각각의 사물들이 지닌 익명성과 보편성의 경계에서, 동일성과 이질성의 경계에서 현상세계를 관찰하고 그 배후에 있는 진실의 세계를 추정하려는 것이 시의 몫이기도 하다. 그래서 우리의 시들은 실존적 원형을 향한 지향성을 배제하지 못하고, 그 현실이 낳은 마음의 근원, 욕망과 공포의 근원에 대해 끊임없이 탐구한다. 이것이 삶과 죽음, 주체와 객체의 문제에까지 심화 확대되면서 결국 동일성의 회복이라는 가치에 가닿게 된다. 이 자리에서 읽어낸 작품들은 현실에 대한 판단과 편견을 보류하고 동일하게 유지되는 본질의 순수에 파고듦으로써, 익명적 삶의 의미와 보편적 삶의 가치를 드러내는 노력에서 비롯된 시편이라고 할 수 있다.

시인의 욕망 사용법

감태준, 신혜정, 이진희, 최금진

사람들은 문학이 세속적 삶과는 다른 또 다른 차원의 양식이라고 흔히 생각하곤 한다. 특히 시의 경우에는 일상의 욕망을 초월하고 변하지 않는 순정한 가치를 수호하는 어떤 영역이라는 편견이 강하다. 그러나 이를 다른 각도에서 바라보면 시를 비롯한 문학은 우리가 처한 현실의 결핍을 새로운 방식으로 충족하고픈 욕망에서 비롯된 것임을 반증하게 된다. 인간의 궁핍에 대한 탈출과 죽음에 대한 초월, 변하지 않는 숭고한 가치에 대한 욕망이 결국 내용과 형식을 결정하며 예술적 양식이 되는 것이다. 우리가 흔히 서정시라 말하는 양식에서도 이렇게 내재된 태생적 특성이 잘 녹아 있다. 흔히 '자아와 세계의 동일성' 혹은 '세계의 자아화'로 특징짓는 서정시는 결국 자아의 유한성과 고립성에서 벗어나 세계 혹은 우주와의 합일을 꿈꾸는 욕망을 '동일성'이나 '세계화'라는 개념으로 풀어내고 있다.

간혹 소설이 제3자의 입장과 시선은 견고히 하면서 대상과의 간격

유지에 집중하는 경우도 있으나 시의 경우 시인은 주체와 객체 사이에 단절을 거부하고 세계와 융합함으로써 시간적으로나 공간적으로 인간에게 부여된 단절 내지 결핍을 초월하려는 욕망을 어설프게 감추지 않는다. 달리 말하면 근원으로 돌아가고자 하는 욕망의 경향을 간파하고 있다는 의미이다. 따라서 서정시는 자아의 유한성이나 단절, 고립과 결핍 등을 벗어나기 위한 욕망의 투사로서, 세계와의 동일화를 추구하거나 달성하려는 욕망을 내재하고 있다고 할 수 있다. 이런 점에서 서정시는 인간의 궁극적 관심이라고 할 수 있는 존재론적 의문을 배면에 깔고 세계와의 접점을 찾는 지난한 여행을 멈추지 못한다. 이번에는 작품 네 편을 골라 자연인인 시인의 욕망이 시를 통해 어떤 내용과 형식으로 표출되는지, 욕망이 투사된 문학적 환상이 어떠한 것인지를 살펴보고자 한다.

주먹을 불끈 쥐면 돌이 되었다.
부르르 떨면 더 단단해졌다.

주먹 쥔 손으로는
티끌을 주울 수 없고
누구한테 꽃을 달아 줄 수도 없었다.

꽃을 달아 주고 싶은 시인이 있었다.

산벚꽃 피었다 가고

낙엽이 흰 눈을 덮고 잠든 뒤에도
꺼지지 않는 응어리

그만 털어야지, 지나가지 않은 생도 터는데.

나무들 모두 팔 쳐들고 손 흔드는 숲에서
나무 마음을 읽는다.
주먹을 풀 때가 되었다.

—감태준, 「주먹을 풀 때가 되었다」(『시인수첩』 2018년 겨울호)

위 작품은 시적 고뇌와 추구를 삶의 건강성으로 바꾸며 진정한 삶의 자세를 각성하게 만드는 작품이다. 미혹에 빠졌던 화자가 마음의 뜨거운 분기를 풀어내고 하나의 각성을 통해 화해의 세계로 동화하고자 하는 욕망이 그려져 있다. 돌보다 더 단단하게 불끈 쥐었던 주먹을 푸는 일은 결코 쉽지 않다. 누구는 평생이 걸리는 일이기도 하고, 누구는 죽을 때까지도 그 주먹을 풀지 못하고 이 세상을 떠나는 경우도 적지 않다. 화자가 주먹을 왜 쥐었는지는 그리 중요하지 않다. 다만 그의 주먹을 풀게 한 것이 꽃과 나무였다는 점이 인상적이다.

화자는 스스로의 각성과 의지로 새로운 삶의 자세를 갖춘다. 세속적 삶의 자세나 인간의 속된 욕망 같은 삶의 본질적 문제에서 벗어나, 자연을 통해 궁리하고 사색하고 진정한 길을 찾는 화자의 태도가 결국 시인의 본질적 태도라 할 수 있다. "주먹 쥔 손으로는/티끌을 주울 수 없고/누구한테 꽃을 달아 줄 수도 없었다"는 시행은 각성의 고통과 생생함을 여실히 보여준다. 사람이 나이가 들수록 경륜이 늘어 인식의 폭과 경험의 절실성이 보배로워진다는 말은 허튼 말이다. 스스로의 궁리와 각성과 갱생의 고통 없이는 삶의 본질적 차원에 다가설 수 없다. 스스로가 유한한 인간임을 인정하기 싫을수록 더욱 그러하다.

화자는 나무의 마음을 더듬어 읽으며 주먹 없이 서 있는 그 마음을 닮으려 한다. 자신의 현존에서 어떻게 살아야 하는지를 스스로 깨닫는 이러한 자세는 어떤 궁극을 향해 부단히 나아가 하나의 삶을 완성시키고자 하는 의지와 욕망이다. 시를 통해 삶의 존재성과 방향성을 보장하는 일은 일상적 현실에 매몰되거나 표류하고 있는 세속적 인간들에게 생의 엄정성으로 전화되기도 한다.

먼 곳에서 안부가 도착합니다
사방이 막힌 이곳은 그러나 투명합니다

당신의 안부는 조명처럼 너무 환해
잠깐 눈을 감습니다

동공이 수축되기를 기다리며
시간이 조금 흐릅니다

눈앞에는 모두 뾰족하고 날카로운 것들
그것들은 반짝입니다
쇼윈도에 걸린 마네킹처럼

나를 전시하고 있습니다

오랜만에 그리운 이의 번호를 눌렀는데
없는 번호라고 나올 때의 배신감처럼
닿는 자리마다 녹아 없어지는
그러나 이곳은 투명합니다
투명해서 미칠 지경입니다

바람에 얼음 알갱이들 실려옵니다
어쩌면 비로소 당도한 모래의 말일지도 모릅니다

잘 지내십니까?
몰래 썼던 일기장을 나는 아직 간직하고 있습니다

사방이 막힌 이곳에서 내 일기는
잘 전시되고 있습니다

시리고 투명하던 마음
닿은 자리마다 녹아내리던 당신의
안부가 켜집니다

가만히 백야의 해가 뜹니다
진 적도 없는데 다시 뜹니다 마음처럼

가려는 곳에 기어이, 햇살이 다가갑니다

　　　　　　　　　　　　　—신혜정, 「음의 집」(『시와사람』 2018년 겨울호)

　당신과의 단절이 가져온 마음의 풍경이다. 사방이 막혀 당신을 찾아나서지 못한 화자에게 정작 당신의 안부가 도착하지만 화자는 쉽게 눈을 뜨지 못한다. 눈앞에서 눈부시게 반짝이고 있는 것들이 "모두 뾰족하고 날카로운 것들"이기 때문이다. 당신의 안부는 얼음의 알갱이이기도 하고 모래의 말이기도 해서, 투명하고 날카롭고 시리다. 그것이 바로 당신이다. 동일성의 세계가 통합할 수 없는 절대적 부재의 자리, 닿자마자 녹아내리는 눈의 자리가 실은 화자의 자리이고 당신을 향한 그리움이 한 번도 진 적이 없는 백야의 그곳이다.

　당신의 안부는 화자에게 갈증을 불러일으킨다. 당신 앞에서 무기력하기만 한, 존재의 무료함에 대한 새로운 인식이다. 이 시에서 백야의 풍경은 폐허의 풍경을 대신하면서, 당신이라는 기만의 희망보다는 당신과 함께할 수 없다는, 당신을 찾아 나설 수 없는 절망적 실재를 드러내고 있다. 사랑과 그리움이 깊을수록 화자의 단독성이 부각된다. 당신으로 인해 화자의 정체성과 대답이 강요당한다. 자신이 아닌 어떤 고정된 관념과 타자로서의 답으로 '나'가 존재하기 때문이다. 이때 시인의 욕망은 당신이라는 타자를 통해 자신의 뜨겁고 치열하고 극단적인 면을 탐색하고 이를 형상화하고자 한다. 부재라는 극단적 속성을 치열하게 포착하여 당신의 육체성으로 치환시킨다. 백야라는 배경이 낮과 밤의 경계가 무너짐을 상징하는 것처럼 당신의 부재와 단절은 화자의 삶의 극한 지점의 경계를 의미하게 된다. 그래서 나의 사랑과 그리움은 햇살에 녹아버리는 눈의 자리처럼, 절박한 실존의 극단에서 아름다운 파멸의 극단으로 돌진하는 풍경을 지니게 되는 것이다.

나는 오늘 착한 아이가 될지도 모르겠다

깊은 겨울밤
버스터미널 길목에 자리한 그 식당을
그 시절 엄마보다 무척 나이 든 내가 찾아들면
바깥엔 낯선 은하 같은 어둠이 사뿐 착륙해 있고

엄마와 나는
불기운 겨우 남은 연탄난로 앞에
어제도 사이좋았던 모녀처럼 마주 앉아
엄마는 아이의 나는 엄마의 마음이 되어
차고 달콤한 아이스크림을 떠먹을 테니

누구도 성내지 않은 하루
어째서 하나같이 유순해졌을까
갈 길 재촉하던 손님 함박눈처럼 느긋해지고
뜨내기들이나 찾는 이웃 방석집을 태연히 드나들던
아빠도 그날만은 취하지도 부수지도 않고
식당에 딸린 좁은 방에서 얌전히 잠든 밤

엄마는 달콤한 걸 좋아하는 사람

산더미처럼 쌓인 빨랫감 앞에서 자정마다

털썩 주저앉아 하염없이 울고 싶지 않은 사람

늘어지도록 늦잠을 자고 싶은 사람

아홉 살 나처럼 아니 그 누구보다

의자와 설탕과 다정한 포옹이 필요한 사람

　　　　　—이진희, 「아이스크림 일기」(『시인수첩』 2018년 겨울호)

　이 작품에는 깊숙하고 섬세한 시선과 시간에 대한 감성이 짙게 배어 있다. 지나가 버린 시간에 대한 촉촉한 기억은 그저 희미하고 낡은 흔적에 불과한 것이 아니라 우리가 잊고 있었던 삶의 어떤 본질을 선명하게 드러내고 있다. "의자와 설탕과 다정한 포옹이 필요"했던 애틋한 회상 속의 엄마는 화자에게 한겨울 "차고 달콤한 아이스크림"과 같은 존재이다. 고통과 그리움이 한데 뭉쳐 있는 대상이라고 할까. 화자는 말할 수 없는 것은 말할 수 없는 것으로 놔두면서, 분위기와 암시를 통해 엄마를 소환한다. 이런 풍경을 통해 지금껏 살아온 삶의 파편들이 정화되면서 삶의 본질을 비추는 눈부신 한 장면이 그려지게 된다. 마치 성냥팔이 소녀의 성냥불 속 풍경처럼 말이다.

"누구도 성내지 않은 하루" 세 식구가 "식당에 딸린 좁은 방에서 얌전히 잠든 밤"에 화자가 느끼는 애잔함은 지나가 버린 자신의 삶에 대한 기억이라서 그렇게 느껴지는 것이기도 하겠지만, "나는 오늘 착한 아이가 될지도 모르겠다"라는 1연의 진술이 절묘하게 가슴을 저리게 만든다. 생성의 시간과 소멸의 시간이 공존하는 풍경 안에서 엄마는 화자의 삶을 비추는 시적 심연이 된다. 아홉 살 적 엄마에 대한 기억은 현재의 불안이나 소외로부터 화자를 벗어나게 만들고, "그 시절 엄마보다 무척 나이 든" 화자의 권태와 피곤, 도그마로부터 탈출시켜 우리를 삶의 진실에 접근시킨다. 스스로의 삶을 돌아볼 수 있다는 것은 대상에 자신을 투사하여 감동하거나 슬퍼할 줄 알고 그 반성을 통해 이후의 나로 귀환할 수 있다는 의미이다. 결국 이 작품은 '나'로 귀환하는 사유적 행위를 욕망하는 시로 읽을 수 있다.

　　마을에서 가장 큰 건물은 농협장례식장
　　밭 갈다 죽은 사람, 감자 심다 죽은 사람
　　모두 녹슨 호미 같은 손 내려놓고 다급히 이곳으로 온다
　　마을에서 제일 깨끗하고 제일 따뜻하고 시원한 곳

작은 소로를 따라가다 보면 아무 데서나 바다를 만나듯

농약 치고 풀 뽑고 거름 주고 또 남은 일 찾아

밤늦게까지 마당에 불 켜고 채소를 다듬다 보면

불쑥 자신을 내려다보고 있는 농협장례식장과 만난다

죽음이 사람들을 심어 놓고 사람들을 추수하는 곳

경운기나 트랙터로 실어 나르는 한 무더기 모판의 벼들처럼

이른 아침부터 영안실에 날라다 놓는

참 부지런한 죽음들이 장례식장 칸칸의 방에 묵는다

영안실도 일종의 숙박업이다

사흘 장례를 치르고 중산간 어디에 있다는 경치 좋은

화장터로 관광 가듯 떠나는 시체들이 관 속에서 즐거워 달그락거
린다

첫 소풍을 가는 아이처럼 가족들 배웅을 받으며

파종 시기며 전지해야 할 과일나무 따위엔 관심도 없다

농협장례식장에서 제공하는 육개장 조식도 맛있고

직원들과 상조사들의 서비스는 친절하다

아무도 후기를 달 수 없고

체험할 수 없지만

주렁주렁 금빛으로 익어가는 감귤밭이 올해도 풍년이다

괭이 날처럼 굽은 등으로 사다리에 오르는 노인

덜덜덜 떨리는 치아로 감귤을 한입 베어무는 노인

돈 한 푼 내지 않고 장기 체류하며 이곳에

너무 오래 묵은 손님은 아닐까

장례식장 건물은 노인의 모자에 새겨진 농협 마크를 훔쳐보며
제가 거느리고 호출하는 직원으로 여기는 건 아닐까
마을 사람들이 단체 관광 가듯 장례식장으로 꾸역꾸역 모여들고
잘 가라고 손에 봉투 하나씩을 들고 있고
삼박사일 패키지 상품에 맞춰
농협장례식장은 깨끗이 청소를 마쳐놓은 상태다
농지원부를 펼쳐놓고 명부를 확인하며 이 밤에도 영업 중이다

—최금진, 「농협장례식장」(『리토피아』 2018년 겨울호)

삶과 죽음이 서로 낯설지 않은 농촌 사회의 한 풍경이다. 이 작품은 죽음을 삶의 또 다른 본질로 파악하고 사색하고 그것을 통해 존재의 필연에 대해 힘주어 이야기하려는 것도 아니고, 도회지 뒷골목의 고독사처럼 소외의 한 현상으로 일상화시키려는 것도 아니다. 그저 삶과 죽음의 친화, 허물어진 그 은밀한 경계를 놓치지 않고 있을 뿐이다. 화자는 존재론적 의미를 부여하기보다는 그저 삶의 또 다른 풍경으로 죽음을 마주한다. 이는 우리가 지금 맞닥뜨리고 있는 현대사회가 인간과 사물, 인간과 인간 간의 관계를 파괴시키고, 주체가 타인을 포함한 객체를 점령의 대상으로 여기는 전일화의 관념에서 한참 벗어난 순응과 화해와 조화의 진경을 보여준다. 인간의 진정한 삶이 자연과, 이웃과 더불어 사는 것처럼 삶의 한 갈피에 자연스럽게 녹아 있는 죽음은 그리 낯설지만은 않다. 생과 몰의 조화는 우리 삶의 자양분이며, 죽음을 대하는 사람들의 자세나 태도 역시 지극히 자연스럽다.

노인들이 모여 사는 농촌 사회에서 죽음을, 보는 자의 입맛대로 미

화하지 않고 개개인이 내장하고 있는 풍경과 일상을 짚어내는 솜씨가 탁월하다. 삶에 대한 서정적 미화는 삶의 본질을 드러내지 못한다. 시인은 이러한 미화에서 벗어나 삶의 오리지널을 존중하고 그 삶을 그려내는 진솔함에 꾸밈을 덧대지 않는다. 자칫 이들의 삶을 서정적 주체가 훼손할 수 있음을 잘 알고 있기 때문이다. 그래서 시인은 대상이나 풍경을 꾸미고 싶은 욕망을 다독이며 대상 자체의 진상에 더 다가갈 수 있는 직접적 인상을 발설하는 데 주력하고 있는 것이다. 미화에 대한 거부는 삶의 본질에 더욱 밀접한 시선을 유도하며, 그 자체를 존중하게 만든다.

　시인의 욕망은 대상과 내용, 형식에 따라 다양하게 표출된다. 현실 세계와의 동화를 통한 합일의 욕망, 융화의 경지, 현실적 결핍에 대한 보상 심리 등 시인이 지닌 욕망은 흔히 시의 환상성이 시작되는 지점으로 간주된다. 그러나 최금진 시인처럼 죽음과 삶의 경계를 무너뜨리거나 이진희 시인처럼 추억을 소환해내거나 신혜정 시인처럼 부재와 단절을 극대화시키거나 감태준 시인처럼 각성의 은유적 면모를 갖추려는 태도는 결국 시인이 세계와의 화해를 꿈꾸며, 본래의 자신으로 귀환하고자 하는 욕망에서 기인한 것이다.
　이들은 자신의 시적 세계를 의인관적 세계로 표출하면서 시적 대상을 정령화하거나 자아화하여 소통을 시도하고, 합리적 현실이 주는 결핍과 단절의 한계를 초월하고자 한다. 이것이 시인의 진정한 욕망이라고 할 수 있다.

정서의 파문

김륭, 권오영, 이만영, 강연우

매 계절 발표되는 수백 편의 시들을 어떤 하나의 잣대와 기준으로 꿰어 한자리에 내놓는 일은 어찌 보면 대단히 폭력적이기도 하다. 시 한 편을 온전히 판단하기보다는 한정된 문법과 기본적 합의 내에서 읽어내야 하기 때문이다. 그럼에도 불구하고 기존 발표작들을 이 지면을 통해 재소환하여 읽어보는 까닭은 시에 대한 유연함을 다시 한번 돌이켜보고 시를 재음미함으로써 파생될 가치를 염두에 두기 때문이다.

이번에 다룰 작품들은 언어가 지닌 한계를 스스로 물리치며 정서적 이질감을 통해 시적 개성을 구축하는 시편들이다. 함부로 의미를 부여할 수 없는 것들은 제했고 좀처럼 이해되지 않는 것들도 제하면서 정형된 정서와 비유를 과감하게 탈피한 작품들을 고르려고 애썼다. 이러한 과정에서 삶의 구체적 정황과 시의 보편적 정서 사이의 파열에 대해 생각하게 되었고 이 중에서 나름 다양한 논점들을 지닌 작품을 골랐다. 먼저 김륭의 작품이다.

밤의 입술로 흘러들지 못한
몇 가닥 전선 위에 잠과 애인을
올려 두었다

참새처럼 짹짹거리며 울진 않았지만
참 나쁜 이야기 같은 것이다 잠과 애인은
오지 않으면 신경이 곤두선다

오늘은 또 어떤 나무의 이불 속에
꽃술을 놓고 있단 말인가 나는 머리를
베개처럼 집어던질 수밖에,

아무리 나쁜 이야기 속이라도
죽지 않았으면 했다 자꾸 무덤이 되려는
살에 못을 박는다

달은 그런 나를 눈감아 주겠다는 듯
게슴츠레 먼 산만 내려다보고 있었는데
꽤 배가 고팠던 것 같았다

몇 가닥의 전선 위에 올려놓았던
잠과 애인이 두부로 변했다 흰 두부가 있다면
검은 두부도 있을 것이다

정서의 파문

이런 날에는 밤이 두부로 배를 채워도
그리 나쁘지 않겠단 생각이 들었다

밤이 달에게 그랬듯이 나도 당신을
오랫동안 생각할 것이라고

피를 따듯하게 데운 나는
흰 두부가 검은 두부가 될 때까지
못을 다시 박는다

—김륭, 「두부」(『시인수첩』 2019년 봄호)

김륭의 시편들은 우리 시단에서 보기 드물게 매력적이다. 그가 직조하는 풍경과 그것을 포착하는 언어가 농밀하기 때문이다. 특히 연애의 감정을 다루고자 할 때 시인의 시적 재능은 유감없이 발휘된다. 이 작품에서 그가 말하는 나쁜 이야기의 근원이 애인인지, 애인을 생각하며 불면의 밤을 보내는 화자인지는 중요하지 않다. 다만 시인이 그려내는 내면의 풍경이 활용되는 비유의 반경과 긴장의 근본이 무엇인지에 집중할 필요는 있다. '잠'과 '애인', '밤'과 '달', '두부'와 '못'의 흥미로운 관계에서 시인은 예사롭지 않은 내면 풍경을 그려낸다. 낱낱이 흩어진 시행들을 엮는 장치들을 최소한으로 줄이고, 의미의 간격이 넓은 시행들을 그대로 용인하면서 독자로 하여금 시행 사이의 여백을 메꾸도록 유도한다.

자신이 훑고 지나가는 풍경을 마음의 무늬로 옮겨내는 시를 통해 시인은 고급스러운 느낌과 함께 미학적 감동을 선사한다. 명확하게 감지할 수 없는 정서의 파문이다. 오지 않는 잠과 오지 않은 애인 때문에 신경이 곤두선 화자는 "오늘은 또 어떤 나무의 이불 속에/꽃술을 놓고 있단 말인가"라는 이면적 정서를 투과시킨다. 그러고는 다시 "잠과 애인이 두부로 변했다"며 당신에 대한 갈증을 새로운 층위에서 이야기한다. 시인은 정황을 묘사하는 데 탁월하다. 그러나 그 정황 자체가 현재의 상황을 의미하거나 선명한 장면으로 추리되지는 않는다. 세련된 언어 구사와 편재된 비유의 배치를 통해 자신만의 시적 특질을 고스란히 담아낸다. 화자는 밤하늘의 달을 보면서 당신을 생각하며, 당신으로 인한 허기를 두부로 대체한다. 그리고 "흰 두부가 검은 두부가 될 때까지/못을 다시 박는다"는 낯선 문장으로 시를 매조진다. 못에 대한 근거는 "자꾸 무덤이 되려는/살에 못을 박는다"라는 시행에서 찾아야 한다. 못이 주사나 침의 비유일 수도 있겠으나, 무엇보다 당신을 향한 자기단속의 자세와 비유의 경직에서 벗어나 경계를 무너뜨리는 시적 참신함에서 매력을 찾아야 할 것이다.

　　아무튼 양말은 거기 있었다 켤레로 불리던 다섯은 짝이 맞지 않자 오백이 되기도 했다 양말은 조금 오래되고 습기 찼고 곰팡이는 점점 피어서 꽃밭 같았다 눈은 내리는데 골목마다 낮만 있는 편의점은 불빛을 진열하느라 바빴다 유리 안쪽으로부터 분열하기 시작하는 불빛은 바깥을 내다보는 일에 몰두했다 두 개의 파라솔과 테이블엔 붉은 별모양 불가사리처럼 컵라면 국물이 얼룩져 흘렀다 소주병 그림자까지 흐르는 라면 국물이 버려진 나무젓가락에 스며들자 테이블은 생기

가 돌았다 가리진 않았지만 아는 얼굴들 아무도 없는데 아무튼 거기 있었다

　오랜만이야, 어쩌면 전화도 한 통 없었니? 아는 목소리는 거기 있었던 얼굴 같아서 한때 가족으로 지냈던 사람 같아서 잘 알잖아. 바쁜 거. 그쪽에서 보면 잘 보이는 안쪽은 보여 주는 일에 몰두하느라 우유를 자주 엎질렀다 엎질러진 우유를 고양이가 핥고 기어 다니는 아기가 네 개의 젖니로 사료를 집어 먹는다 벽마다 반짝이 별들을 매달고 빛나는 일요일엔 추억의 구성 요소인 가족의 문패를 내걸었다 고양이와 아기 주위로 얼굴들이 모이자 가족적인 풍경이 되었다 풍경이 지워지기 전에 자주 집을 떠올려야 했다

　가족, 얼굴 한번 보자. 저쪽의 목소리는 가족적이었지만 얼굴이 다섯 개라는 생각이 들자 가족적인 대답을 하는 일에 몰두했다 발이 시려 왔다 지속적으로 우유는 엎질러졌다 사랑을 하면서 평화를 유지하느라 일요일엔 주말엔 기념일엔 좋은 말이 흔했다 메리 크리스마스 해피 뉴 이어 이날엔 모두가 착해져서 당신은 천사 나는 선물을 기다리는 굴뚝이 되었다 언제나 떠나고 나면 비로소 착해지는 풍습이 생겼다 성스러운 수염은 이별 상자를 나르느라 조금 바빴고 착한 얼굴 애인들은 산타의 빈 양말을 벽에 걸었지만 양말 속을 모두 기억할 순 없었다

—권오영, 「구불구불한 양말」(『시인수첩』 2019년 봄호)

이 작품에서 우리는 가족에 대한 보편적 정서 혹은 일상적 감각을

물리치고, 자신만의 내밀한 욕망과 정서를 펼쳐내는 데 머뭇거리지 않는 시인의 모습을 목격하게 된다. 이전에 보지 못한 기형적 정서라기보다는 상투성에서 벗어난 치열한 자기검증의 내면 풍경이라고 해야 할 것이다. 화자는 "가리진 않았지만 아는 얼굴들 아무도 없는" 거기가 가족의 자리라고 한다. 가족적인(?) 풍경 안에서만 존재하는 가족, 이 가족적 풍경은 '가족의 문패'를 내건 일요일이나 기념일에만 선물처럼 가능하다. "사랑을 하면서 평화를 유지"하는 가족은 "가족적인 대답을 하는 일에" 충실해야만 하고 그런 날엔 "좋은 말이 흔"할 수밖에 없다.

권오영의 시는 다소 화려한 외양을 걸쳤지만 그 안에 사유의 질서가 침착하게 갖춰져 있고, 그 안에서 미적 체계를 구현할 수 있는 유기체적인 일률적 정서가 존재한다. 우리 사회에서 가족에 대한 의미를 다시 한 번 돌이켜보면서 그 깊은 울림의 무게를 전달해준다. 가족적 풍경이 그저 풍경에 그치는 이유를 "언제나 떠나고 나면 비로소 착해지는 풍습이 생겼다"는 시행이 감당한다. 가족에 대한 침착한 사유를 보조하면서, 표현에 자신만의 색감을 확보하는 시력이 돋보이기도 한다. 이는 가족에 대한 누적된 삶의 경험을 보여주면서도 철저하게 감정을 배제하고 새로운 탐구의 여정을 보여준다. 가족에 대한 병렬적 나열에서 벗어나 시적 사유를 구심적으로 배치함으로써 사유를 강화하고, 가족에 대한 온정적 가치에서도 과감하게 탈피하여 가족에 대한 내적 분열 상태를 정당화시킨다. 이때 시인은 교화적 태도를 견지하지 않고, 도덕적 가치도 종용하지 않으며 자신을 투시하는 솔직한 시선만을 남겨놓는다. 이러한 냉정한 시선이 이 작품의 매력이며 가장 큰 변별점이 된다.

두꺼운 책은 접어 버려요
오늘은 창밖의 빗소리만 읽을래요

후두드드 득

지금, 막,
자동차 보닛 위에 두고 온 지난여름 소나기 소리와
허벅지에 얇게 떨어지던 눈물의 실종을 말하려던 참이에요

우리가 저지른 죄의 목록 위에 손을 얹고
부활의 은총을 내려 달라는 성가대의 찬송가가 흐르면

휠체어를 타고 부활절 예배 온 애니아의 집* 아이들

270   풍경의 뉘앙스

아우 어어 아아

손으로 만져 볼 수 없는 소리라서 가슴으로 따라 불러요

황사 속 함께 울어 줄 심장은 없고
미세먼지를 씻어 줄 기도도 말라 버렸는데

아이들은,
뾰족한 지붕 위로 떨어지는 봄비로 다시 태어나려 해요

꾸욱꾸욱 겨우내 참았던 먹구름이 꾸룩꾸룩
슬픔을 간증하면
누군가

정서의 파문

들릴 듯 말 듯 흐느끼기 시작하죠

그런데
그나마도 빗소리에 묻혀 버려요

가끔가끔 봄비는 짐승처럼 내려요

아무런
대꾸할 목소리도 없으면서

* 중증 장애아동 요양시설

　　　　　—이만영, 「가끔가끔 봄비는 짐승처럼 내려요」(『시산맥』 2019년 봄호)

　오랜만에 읽는 담담한 서정이다. 세상과 일정한 거리를 유지하면서 한편으론 세상과 밀착해 있는 그 서정의 폭을 시인은 생래적으로 간파하고 있다. 이 세상과 저 세상을 연결하고, 시를 읽는 우리를 저 너머의 세상으로 건네준다. 차분하면서도 굳이 감정의 절제나 언어의 절제에 갇혀 있지는 않다. 사람들은 시라고 하면 모두들 감정과 언어의 절제를 제1의 조건으로 강요하고, 내면의 감정을 에둘러 드러내고, 일상의 언어를 직설적으로 사용하는 것을 경계하지만 이 작품에서 이만영 시인이 보여주는 감정의 폭과 깊이는 또 다른 차원을 갖는다. 화자는 모든 것을 제쳐두고 "오늘은 창밖의 빗소리만 읽"겠다고 선언한다. 그 비는 부활절에 내리는 봄비이고, "지난여름 소나기"와 "겨우내 참았던 먹구름"을 거쳐 비로소 내게 당도한 비다.

하지만 이 비를 바라보는 나의 시선은 정작 다른 곳에 가닿고 있다. "휠체어를 타고 부활절 예배 온 애니아의 집 아이들"에게 말이다. 중증 장애아동인 그들은 제대로 된 소리를 내지 못하고 기껏 "아우 어어 아 아"를 외친다. 화자는 이 아이들이 "봄비로 다시 태어나려" 한다고 한다. 그들의 외침은 흐느낌이 되기도 하지만 빗소리에 묻힌다. 이러한 풍경을 담아내는 시인은 노련하고 침착하다. 펼쳐내는 시적 안정도도 높고 시어의 조탁이나 묘사의 형태도 불필요한 객기를 최대한 배제하고 있어 읽는 이의 마음까지 차분하게 만들어낸다. 그래서 "대꾸할 목소리도 없"다는 말의 진동이 더 뚜렷하다. 이 말은 단지 짐승처럼 내리는 봄비만을 두고 하는 이야기는 아니다. 화자 스스로 다독이는 변명일 것이다. 관조의 시선을 유지하면서도 바깥세상을 견지하고 있는 시선은, 그의 서정이 추구하는 저 건너의 세상이며 우리 삶의 또 다른 뒷면이기도 하다.

기차가 속도를 줄이고
비로소 나는 심장에서 멀어진다
곡선의 구간에서 침묵의 무릎을 베고
목적지까지 몇 번이고 직선을 유예하고 싶다
왼쪽 어깨가 비스듬해진다
들썩임과 들썽임의 차이를 이제 모른다
규칙적으로 수평이 추락하고 있다
옆에 앉은 사내가 도시락과 과자를 꺼낸다

내 발치에는 반찬통이 덜거덕거리고 있다
청바지의 허리둘레가 줄어들기 시작했다
당신의 탄식의 질량을 섭취하기 시작한 것이다
객실에 갓난아이의 울음이 번진다
나는 안도한다 울음이 언어가 아닌 데에서
배냇저고리를 적시는 것밖에는
방향이 없는 둥근 눈물방울에 대해서
정차하는 역은 다만 경유하는 역이라 슬프다
뚜렷한 것들은 다만 모두 지나간 것들뿐이다
차창 밖의 태양은 날마다 멸망하고
환한 형광등은 날마다 미래를 언도한다
우리는 이제 형광등 아래에서만 안심할 수 있다
사람들이 궁글린 몸을 뒤척이기 시작한다
밖에 날리고 있는 것이 진눈깨비인지
눈인지 가늠할 수 없으나
그 사실과 무관하게 사람들은 주머니에
그것을 반듯하게 고유명사로 접어 귀가할 것이다

이번 역 우리 열차 마지막 역 서울역입니다

쌓인 흰 눈 위에 나는 직각으로 선다
갈라진 뒤꿈치에 바람이 서걱거리고
무표정한 그림자가 뒤를 따른다

풍경의 뉘앙스

나를 버리기 전에 내가 먼저 서울을 버릴 것이다

—강연우, 「서울의 감정」(『시와사람』 2019년 봄호)

이십 년도 훨씬 전, 젊고 앳된 채시라와 한석규와 최민식이 출연했던 드라마 〈서울의 달〉이 떠올랐다고 하면 내가 너무 늙어버린 게 될까. 아무튼 문제는 20세기 말의 서울과 21세기의 서울이 별반 다르지 않다는 것이다. '서울'이라는 도시의 상징이 내포하고 있는 불안과 공포는 쉽게 떨쳐지지 않는다. 시인은 마음속의 상처나 고통을 언어로 키우고 언어로 해결하고 달래는 이들이다. 마음속의 상처와 아픔이 유달리 심해야만 시인으로서의 자격을 갖춘다고는 할 수 없으나 대체로 많은 시인들은 일반인들과는 달리 유난히 상처와 아픔에 특수한 반응을 보이곤 한다. 이러한 민감함을 '감수성'이라고 한다. 강연우의 시를 읽으면 여린 속살을 보호하는 마지막 껍질에 닿는 아슬한 느낌이 든다. 무엇이 상처나 아픔, 공포의 근원인지 노골적으로 드러내지 않지만, 적어도 어렴풋이 그것들을 말하고 있다. 달걀의 속껍질 같은 막 안에 시인은 자신이 말하고 싶은 그 무엇을 감춰두고 있는 것이다.

그래서 서울로 가는 길, 화자의 내면 풍경도 어슴푸레하다. 비록 마지막 연에서 화자는 "나를 버리기 전에 내가 먼저 서울을 버릴 것이다"라고 어울리지 않는 독한 언사를 내뱉지만 서울역에 닿기까지 화자가 보여준 마음의 결은 어땠는지를 더듬어보면 그의 심정이 어디에 더 가까운지 쉽게 알아챌 수 있다. 작품 속의 화자는 속도를 확보할 수 있는 직선보다는 조금이라도 늦추고 싶은 곡선에 의지하고 싶어 한다. 자기 앞에 어떤 풍경이 펼쳐질지 모르는 공포에, 지나간 것들만을 뚜렷하게 바라보는 화자는 불안 그 자체이다. 화자는 이 불안을 언어로 쉽게 내뱉을 수가 없어서 오히려 객실에 번지는 "갓난아이의 울음"을 부러워하기에 이른다. 예측 불가의 미래는 멸망하는 미래와 다르지 않고, 창밖으로는 진눈깨비인지 눈인지 가늠할 수 없는 것이 날리고 있어 더욱 불투명하고. 이 시에서 주목해야 할 심리적 태도는 화자가 바라보는 사람들의 자세에서 노골적으로 드러난다. 즉 기차 안의 사람들은 "궁글린" 몸이었지만 서울역에 내린 사람들은 "직각"의 자세를 유지하고 있다. 철길이 곡선이 아닌 직선이었던 것처럼 사람들도 이젠 자기방어적(혹은 전투적) 자세를 갖춘다. 이러한 자세의 변화와 함께 자신의 정서를 위악적으로 펼쳐내는 화자의 심정의 전이는, 시인이 의도하는 정서를 효율적으로 배가시키고 있다.

앞서 다룬 작품의 시인들은 그들의 작품을 통해 편협한 시적 세계를 그려내지 않는다. 인간과 인간 혹은 인간과 세계 사이의 숨겨진 관계를 자신만의 잣대로 재고, 자신만의 망원경과 현미경으로 살피는 정련의 과정을 통해, 자신만이 발견한 어떤 가치를 함께 나누려고 한다. 그것이 나의 바깥에 존재할 수 있는 삶의 한 장면일 수도 있고, 어떤 사람에게만 들려주고 싶은 이야기일 수도 있겠지만 이들의 시 속에는 겸손이 내장되어 있어 독자나 삶에 어떤 폭력도 행사하지 않고 오히려 잘 스며든다. 그래서 특히 시를 읽는 평안함과 따스함이 가득한 시간이었다.

서정의 환경들

이승희, 배한봉, 강인한, 임경묵

시에서 서정과 전위 그리고 현실과 초현실의 경계가 허물어진 지는 오래되었다. 이러한 논쟁 혹은 논의의 과정 속에서 서정은 낡음의 표징이 되어 일종의 위협을 받기도 했지만, 스스로 서정의 상투성에 저항하고 서정의 영역과 권위(?)를 확고히 하면서 차분하고 느린 천착을 통해 다시금 오늘에 이르렀다. 십여 년도 훨씬 전, 위력적인 비서정의 진경을 선보이며 과도한(?) 의미를 부여하려는 그 노력들이 유행처럼 지나가고, 서정은 무한히 산포되어 있는 타자와 무한히 산포되어 있는 자아가 진정으로 만날 수 있는 확실한 통로의 지위를 획득하게 되었다. 그리고 포괄적 서정의 영역 안에서 시적 발화를 통해 새로운 이미지와 진경을 펼쳐내고자 하는 것이 시대를 살아내는 시인의 책무처럼 여겨지는 오늘이기도 하다. 그래서 이번 글에서는 서정의 다양한 양태, 혹은 어떤 흐름을 짚어보려고 한다.

여름하자
우리

서로의 속국이 되어
방향이 없어서 기원이 된다는 걸 믿으면서

우리는 서로에게 맞지 않는 부분만을 극대화하지
그곳으로만 달려가지
서로의 유령이 되고 싶어서
잘 사라지도록 도와주고 싶어서
나는 입을 꾹 다물고
땅바닥에 아무 글씨나 쓰면서 하루를 보내겠지만

길잃은 것들이 만발해서
여름이다
꽃이라고 하면 안 돼
폐허라고 말하지도 말고
우리가 꾸며낸 하루여서 껴안을 수 있는 거라고

우리 여름하자
가족이 늘어날 거야

—이승희, 「여름을 향해 달려보자」(『문파』 2019년 여름호)

풍경의 뉘앙스

『공기와 꿈』에서 바슐라르가 시의 본질을 새로운 이미지에 대한 갈망에서 찾은 것처럼, 시인들의 원초적 갈망은 새로운 이미지에 있다고 볼 수 있다. 자신만의 개성적 시선으로 찾아내거나 만들어낸 이미지가 시의 절대적 토대가 되기 때문이다. 시인은 시를 통해 상상하고, 시는 이미지를 통해 새로운 세계로 비약하며, 결국에는 세상의 질적 변화를 구현해낸다. 이것이 시인의 갈망이다. 이승희의 이 작품 역시 시인의 갈망이 구체적인 시적 동력으로 구현된 좋은 예이다.

시인이 그려내는 풍경은 이전에 보지 못했던 여름이다. 풍경은 인식의 또 다른 표현이기도 한데, 이 작품에서 추출되는 여름은 물질의 변화와 존재의 관계 설정을 통해 소멸로 가는 과정을 그려내고 있다. 무성하고 만발한 것들은 "길잃은 것들"인 동시에 "방향이 없"는 것들이며, 결국에는 사라져야 할 "폐허"와 같다. 시간의 물질성에 의한 존재의 소멸은 당연히 본능적 두려움으로 작용하는데, 시적 화자는 이를 기꺼이 감당해내려 한다. "우리가 꾸며 낸 하루여서 껴안을 수 있"다고 자위한다. 여기서 한 걸음 더 나아가 여름에는 "가족이 늘어날 거야"라는 선언에 이른다. 이러한 구체성은 꽃과 여름의 만발에 대한 화려함 이면에 감추어져 있는, 존재의 불안과 소멸의 두려움이 시적 화자의 내면에 깊숙이 감추어져 있음을 의미한다.

시를 "여름하자/우리"로 시작하는 과감함도 눈여겨볼 만하다. 시인은 '여름'을 동사화함으로써, 역동적 상상력을 부여하고 여름이 지닌 불가역적이고 불가피한 운명에 대응한다. 꽃과 폐허의 노정에 있는 여름을 무의미한 것으로 부정하지 않고, "가족이 늘어날 거야"라는 진술을 통해 여름에 대한 새로운 궁리를 만들어낸다. 이는 "땅바닥에 아무 글씨나 쓰면서 하루를 보내"는 시적 화자의 심리적 동일성이 투사되고 있기 때문이다. 삶의 쓸쓸함이 여름 나무의 그늘처럼 배어 있는 서늘한 여름 시라고 할 수 있겠다.

봄은 어떤 속도로 오느냐는
아이의 물음에
과학자는 지구가 자전하는 속도라 말하더군.
며칠 내내 부풀기만 하던 분홍빛 꽃봉오리가
한꺼번에, 온통 눈부시게 터져
미세먼지 뒤덮였던 하늘이 드맑게 눈을 뜨는 아침.
이걸 보았다면 과학자는
그 꽃나무 옆 시냇물이
구름을 타고 여행 갔다 돌아와
하늘의 금모래 같기도 뱀 비늘 같기도 한 별 이야기를
꽃망울들에 들려주는 속도라 말하지 않았을까.

사람에게 스며든 꽃향기가
사람의 숨결로 어디 까마득한 데 여행 가는 때
먼 옛날 나였던 꽃나무가
지금은 사람이 되었다고,
꽃나무가 사람이 되는 속도로 봄은 온다고 들려주면
아이는 시시한 마법이라고
순 거짓말쟁이라고 나를 놀려대겠지.

풍경의 뉘앙스

그러나 먼 훗날의 아이가

나무 안에서 분홍빛 꽃눈으로 자라는 것을 우리 모두가 안다면

봄의 속도는 차츰 줄어들고 또 줄어들어

오늘을 잊어버리고 내일도 모레도 잊어버리고

드디어는 고요에 가 닿는 영원이 되지 않을까.

　　　　　　　　—배한봉, 「봄의 속도」(『시인시대』 2019년 여름호)

　이번 시는 봄에 관한 작품이다. 인간은 기본적으로 시간에 갇혀 있
는 존재이면서 다시 고독 속에 놓여야만 하는 단독자의 운명에 놓인 이
들이다. 고독한 존재에게 시간과 계절은 매번 생성과 소멸의 형상으로
찾아온다. 이승희 시인이 여름에서 소멸의 이미지를 읽어낸 것처럼 배
한봉 시인은 봄에서 소멸을 뛰어넘는 영적 영원성을 획득하려고 한다.

시간의 초월과 창조에 대한 시인으로서의 성찰과 궁리는 인간 존재의 간절한 갈망인 동시에 현실적 시간의 제약을 초월하여 자연과의 합일로 영원을 꿈꾸는 본질적 욕망이기도 하다. 사실 시적 화자에게 '봄이 오는 속도'는 큰 관심거리가 되지 못한다. 지구의 자전 속도를 말하는 과학자와 시냇물이 꽃망울들에게 별의 이야기를 들려주는 속도를 말하는 시적 화자는 처음부터 비교 불가의 대상이다. 시적 화자는 "먼 옛날 나였던 꽃나무"의 시간을 바라보며 "나무 안에서 분홍빛 꽃눈으로 자라는" 훗날의 아이까지 본다. 자연이 갖는 우주적 시간이 시인의 삶 속에서 새롭게 창조되면서 만들어지는 장면이다. 시인은 앞서 이승희 시인이 그려냈던 일방향성의 시간을 초월하여 원초적 시간으로 통합하기를 갈망한다. 마치 시인의 시적 의지처럼 보이기도 하는데, 작품 안에서 시적 화자는 생성과 소멸, 젊음과 늙음에 대한 숙고를 통해 "오늘을 잊어버리고 내일도 모레도 잊어버리고/드디어는 고요에 가 닿는 영원"을 욕망한다. 인간은 필연적으로 구차하고 보잘것없는 상태로 제 삶의 종말을 맞이한다. 덧없는 일상과 유한한 삶으로부터 벗어나려는 것은 오히려 존재의 소진을 여실하게 느끼고 있기 때문일 것이다. 다만 "시시한 마법이라고/순 거짓말쟁이라고 나를 놀려"댈 아이에게 존재의 숙명을 넘어서는 영원에 대해 말해주고 싶은 그 지순한 마음은 이미 영원에 가닿아 있다고 할 수 있겠다.

　배한봉 시인은, 시인의 상투적 관념으로 제시된 영원의 형상이 아니라, 시간에 갇혀 있는 유한적 존재로서의 인간의 삶에 더 깊은 관심을 갖고 있다. 특히 사람과 꽃나무의 본질적 동일성을 구현해 보이면서, 인간의 결핍보다는 좀 더 영원하고 영적인 합일을 꿈꿀 수 있는 기반을 제공하고, '아이'에게 영적 시간과 존재에 대해 말해주고자 한다. 결국 시인의 이러한 갈망은, 현실적 문맥을 넘어 인간 존재의 가장 본질적 국면과도 맞닥뜨린 내면 풍경을 펼쳐놓기에 이른다.

삼천 년도 훨씬 지나
이제야 나는 바코드라는 지문을 가진다.

모래와 바람과 강물처럼 흘러간 시간이었다.
넌출지는 시간의 부침 속에
스쳐 가는 존재들,

철없는 것들,
공포의 아버지가 무섭고 두려웠으리.
아랍 놈들이 코를 뭉개고, 영국 놈들이
수염과 턱을 깨부수고 마침내
스핑크스는 눈도 빠지고 혀도 잃어버렸다.

시간의 돛배를 타고 이승, 저승을 오가는 검은 태양.

한 나라의 역사란
파피루스의 희미한 글자들
바스러지는 좀벌레들에 지나지 않으리,
날마다 피를 정화하는 히비스커스 꽃 차를 마셔도

추악한 것을 어찌 다 씻어서 맑히랴.
콩코르드 광장에 우뚝 선 오벨리스크,
저것은 일찍이
테베의 신전 오른편에 세운 것이었다.

트랩이 내려지고 갑자기 울려 퍼지는 팡파르,
공항이다.
엄정한 의장대의 사열을 받으며
나는 아부심벨에 두고 온 사랑을 생각한다.
불타버린 심장으로 느낀다.

전쟁에 이겨야만 남의 나라를 정복할 수 있는 건 아니다.
저 오벨리스크가 침묵으로 말한다.
이곳에서 나는 이집트의 파라오,
까마득한 이방의 시간과 대지 위에 서 있다.
　　　　─강인한, 「파리를 방문한 람세스 2세」(『두 개의 인상』, 현대시학사, 2020)

　수상한 시절에 일본을 옆에 두고 읽어서일까, 시가 맵다. 시인은 곰
팡이가 생긴 카이로의 람세스 2세 미라를 비행기로 이송해 방사선으로
제거하고 돌아왔던 1976년의 파리를 시적 상상력으로 그려내고 있다.
"삼천 년도 훨씬" 지난 미라인 람세스 2세가, 제 고향 이집트가 아닌 이
역만리 프랑스 콩코르드 광장에 놓인 오벨리스크를 봤다면 어떤 심정
이었을까? 이백 년 전쯤 이집트 총독이 프랑스에 자발적 선물로 줬다

고도 하고 실은 빼앗긴 것이라고도 하는 오벨리스크를 보며 강인한 시인의 람세스 2세는 "한 나라의 역사란" "바스러지는 좀벌레들에 지나지 않"는다며, "전쟁에 이겨야만 남의 나라를 정복할 수 있는 건 아니"라고 항변한다.

우리가 알고 있는 것처럼 역사의 진보는 인간에게 만족보다 환멸의 경험을 더 많이 심어주었다. 파리 한복판에 위치한 콩코르드 광장은 파리의 중심일 뿐만 아니라 프랑스 역사의 중심이다. 이곳에 서 있는 맥락 없는 오벨리스크는 무엇을 의미하는가. 시적 화자는 현실의 추상적 인식에 머물지 않고 강렬한 파토스로 시를 밀고 나가면서 인류 역사의 모순적 현실을 정시하고 있다. "스쳐 가는 존재들" "철없는 것들"에 대한 연민과 더불어 시인 특유의 역사 의식이 결합하여 만들어내는 성숙한 인식의 단면을 고스란히 보여준다. 힘에 의해 정복당하고 약탈당하는, 역사적·사회적 현실을 변증법적으로 인식하려는 시인의 태도는 끊임없는 역사의 악순환을 비판적으로 견지하고 있는 시인의 가치이기도 하다.

더불어 "아랍 놈들이 코를 뭉개고, 영국 놈들이/수염과 턱을 깨부수고 마침내/스핑크스는 눈도 빠지고 혀도 잃어버"린 치욕에 대한 연민에는 인류의 본원적 삶이 회복되기를 바라는 염원이 내재되어 있다. 인간과 역사의 정방향을 가늠하고 지향하는 시적 화자의 시각을 진보나 저항의 도구로 읽어내는 것은 편협한 독법이다. 그것은 독자의 무리한 간섭이다. 다만 작위적 관념성을 배제한 그의 정제된 어조와 독자를 공감으로 이끌어내는 차분한 시선이, 역사의 우상에서 벗어나 실재를 보려는 성찰과 연민의 경지에 닿아 있다고 하는 것이 좀 더 옳을 것이다.

반으로 갈라 소금에 절여 놓은 고등어를

팬에 굽는다

데칼코마니 같다

고등어 등에서 푸른 바다가 슬그머니 빠져나와

팬에 지글거린다

기름을 두르지 않았는데도

알맞게 소란하다

혼자 먹어도 좋고

함께 먹어도 좋은,

젊은 날의 어머니는

대설 주의보가 내린 그해 겨울 아침에

아궁이 앞에 쪼그려 앉아

오늘처럼 고등어를 굽고 있었어요

이건 그냥 물어보는 건데

그때 왜 어머니는

푸른 고등어가 새까맣게 타는 줄도 모르고

얼굴을 파묻고

울기만 했어요

새봄이 오기 전에 우린 또 어딘가로 이사를 해야 했단다

비릿한 탄내가 어머니의 부엌에 가득하다

가족이라는 그물에 걸려

일생을 퍼덕거리다가

비밀스러운 샘물이 다 말라 버리고

푸른 등이

새까맣게 타 버린 어머니를

젓가락으로 가르고, 뒤집고, 가시를 발라

그중 노릇노릇 구워진

슬픔 한 점

꺼내 먹는다

혼자 먹어도 좋고

함께 먹어도 좋은.

　　　　　　　　—임경묵, 「고등어구이」(『시인수첩』 2019년 여름호)

　이전부터 보아온 임경묵 시인의 시편들은 대부분 일상의 현실에서 시작해 좀 더 구체적이고 사실적으로 여로를 만들어내는 특성을 지니고 있다. 특히 어려운 심리적 기법을 사용하지 않고도 하나의 훌륭한 내면적 진술을 만들고 이를 통해 독자 누구나 쉽게 공감할 수 있는 인식의 형태를 유지하는 것은 그의 시가 지니는 큰 미덕이기도 하다.

　일상적 현실에서 출발하는 시일수록 자동화된 삶과 타성화된 인식을 경계해야 한다. 그것들을 통해서는 복잡한 우리 삶의 진면목을 볼 수 없기 때문이다. 시적 화자는 고등어구이를 통해 고난했던 시절을 회상한다. 한겨울 막막한 이사를 앞두고 "얼굴을 파묻고/울기만 했"던 어머니를 소환하여 "푸른 등이/새까맣게 타 버린" 고등어와 어머니의 슬품을 이야기한다. 낯설지 못한 시적 풍경을 시적 화자는 "혼자 먹어도 좋고/함께 먹어도 좋은"이라는 언술로 정면 돌파하려 한다. 지난 시절의 가난과 누추함을 멀리서 되돌아보는 응시와 조망을 통해 시를 읽는 이들의 감정에 윤기를 입힌다. 손끝의 재주를 가지고 그럴듯하게 만들어내는 것이 아니라 자신의 맨얼굴로 자신의 삶과 생각을 담담하게 이야기함으로써 그 이야기 속에 가슴을 울리게 하는 진심을 담아낼 줄 아는 시인이기도 하다.

시적 화자는 반으로 갈라져 팬 위에 놓여 있는 고등어를 "데칼코마니" 같다고 하지만 실은 "가족이라는 그물에 걸려/일생을 퍼덕거리다가" 새까맣게 타버린 어머니와 팬 위의 고등어가 '데칼코마니'이다. 그래서 고등어를 어머니라 할 수 있다. 이 시를 시다운 시로 만들어주는 것은 바로 이러한 진정성이다. 진정성이 자연스럽게 빚어내는 선량하고 공순한 어법은 시인의 자의식 밑으로 지나는 임경묵 시인의 시적 장력이다. 혼자가 아니라 함께를 이야기하며 공감과 공유를 넌지시 권하는 시는, 스스로에 대한 위로에서 나아가 오히려 시를 읽는 독자를 위로하고자 한다. 그는 정제된 어조로 곡진한 슬픔과 그리움을 다루어 내면의 움직임을 과장되지 않게 그려내고 있다. 교과서 같은 서정의 여로라고 할 만하다.

서정적 자아와 대상 혹은 세계와의 관계 설정에서 서정은 본질적으로 세계의 동일화 혹은 주체의 동일성 확보를 위해 임의적 타자성을 그 필요충분조건으로 삼을 수밖에 없다. 즉 오늘의 서정시는 단순히 대상이나 세계를 서정적 자아로 환원하는 대신 공존하는 새로운 서정적 자아로 내면화함으로써, 기존 서정시가 거느리던 영토를 확장시키며 오늘을 지켜내고 있는 것이다. 앞서 살펴본 이승희, 배한봉, 강인한, 임경묵 등 시인은 자신의 고유한 자리에서 각기 다른 양태로 서정의 영역을 지켜내고 있다. 이들은 서정적 자아의 고정된 개념에서 벗어나 다양한 외피 속에서 서정의 전체성을 지켜내려는 노력을 개진하고 있다. 이것은 우리 시가 두터워지는 지점이며, 서정적 주체의 개방과 시적 동일성의 확대를 통한 서정의 새로운 조건을 마련하기 위한 장이기도 하다.

서정시의 능동성

문성해, 문신, 이재연, 장만호

예술 작품에서 구현하는 아름다움은 사회나 역사의 거대한 틀에서
벗어나 독자적으로 존재하고 싶은 예술가의 욕망이 투사된 것이다. 특
히 시인이 시 안에서 구축하는 자기 존재 영역은 서정시의 본질과 맞닿
아 있으며, 이는 영원한 현재와 같은 무시간성이기도 하고, 자아의 충
만한 현존이기도 하다. 서정에 대한 순연한 마음가짐과 심미적 감식안
을 바탕으로 한 서정시는 일상의 소소한 풍경에 대한 깊은 친화력을 갖
추고 있다. 서정시는 다른 어느 장르보다도 언어의 섬세한 세공술로,
우리 삶을 미학적으로 재구성하는 동시에 심리적이고 자의적인 현실을
구축한다. 그리하여 독자는 이 안에서 미학적 쾌감을 체험하고, 미학적
쾌감은 존재적 충만감으로 이어진다. 그들은 자신이 읽어내는 시에서
각각의 시인이 동경하는 삶의 높은 지점에 함께 닿게 되며, 서정시는
섬세한 미감으로 유통된다. 이러한 아름다움이 현실의 맥락이 지워진
휘발된 아름다움이라면 또 다른 관점에서 심각한 문제가 제기될 수도

있다. 그러나 현실의 감각적 재현에 충실하다면 현실에 새로운 가치를 부여하는 것이 맞다. 서정시가 낭만성을 동반하는 동시에 삶의 깊이와 다양성을 담아내는 동일성의 미학을 담보해내는 일은 그리 만만한 일이 아니기 때문이다. 이런 맥락에서 이번 지면에서는, 인간 존재의 심연을 투영하고 내면의 격렬한 고뇌를 반영하면서 세계의 불가해한 본질에 천착하는 작품들을 모아 읽어보는 시간을 갖고자 한다.

돗자리 파는 노점 영감님 뒤태가 꼭 김춘수 선생 같다
목이 기름하고 어깨는 조붓하고 키는 중키인
뒤태에 예전에 돌아가신 선생 뒤태가 붙어 계신다

전봇대에 뭔가를 붙이는 사람 뒤에 돌아가신 삼촌이 있고
저수지에 앉아 있는 낚시꾼 뒤엔 큰아버지가 있다
마을 어귀 바위 위에도 어릴 때 잃어버린 백구의 등이 얹혀 있다
이들은 다 한통속으로 앞을 보여 주지 않는다

봄날 오후의 언덕과
축사로 들어서는 염소들 등에도 얹혀 있는 것들

내 뒤에도 누가 붙어사는지
가다가 한참을 뒤돌아보는 사람이 있다

나의 뒤에 내가 모르는 한 사람이 붙어사는 일

나는 그를 위해 밥을 주고 잠을 주고 노래를 준다

이다음 나는 풀잎의 뒤태로 살 것이다
돌아 나가는 저녁연기와
강물 위로 뛰어오르는 가물치 등도 좋을 것이다

—문성해, 「뒤태」(『내가 모르는 한 사람』, 문학수첩, 2020)

문성해 시의 풍경은 세계를 전유하려는 시적 주체와 세계에 전유되려는 시적 주체의 또 다른 욕망이 만나는 순간에 발생한다. 이 순간의 풍경은 흘러간 과거와 다가올 미래의 시간의 무한 연속선 위에 있는 한 지점인데, 시인은 그 모든 시간을 조망하고 통찰하는 구심점으로 현재를 사용한다. 세계와 시간을 시적 통찰이자 궁극적 실재로 대상화하면서, 뒷모습으로 이루어진 삶의 시간을 구축한다. 존재의 기억과 망각, 주체의 정체성과 분열을 통해 시인은 인간의 삶이자 존재의 운명을 말하면서, 주체로서 세계를 전유하고 스스로 세계에 전유되고 싶은 욕망을 슬며시 드러낸다.

"꼭 김춘수 선생 같"은 "돗자리 파는 노점 영감님 뒤태"와 다른 이들의 뒷모습에서 보이는 큰아버지, 삼촌의 모습, 그리고 화자 뒤에도 그가 모르는 "한 사람이 붙어" 살고 있다는 인식은 인간을 포함한 모든 존재의 삶을 관통하는 실재를 '뒤태'에서 찾는 시적 인식에서 비롯된다. 일반적으로 존재는 시간의 표면 위로 떠올라 자신을 각성할 때 비로소 존재하는 것인데, 화자는 시간의 표면 위로 부상하는 힘, 즉 존재의 부력에 대한 실체를 '뒤태'에서 찾는다. 이러한 사유가 현실적 의미와 실효성을 얻기 위해서는 모종의 행위로 발현되어야 하는데, 화자는 사유의 진전과 외화로서 다음 생을 이야기하고, "풀잎의 뒤태", "돌아 나가는 저녁연기", "강물 위로 뛰어오르는 가물치"를 데리고 온다. "앞을 보여 주지 않는" 한통속의 그것들은 화자가 닮고 싶어 하는 존재 방식이기도 하다. 자연과 사물과 인간의 동일성 혹은 등가의 차원에서 그것들은 자연과 사물, 죽은 이들의 풍경이 아니라 존재적으로 동격이며 스스로에 대한 연민이다. 시인은 이 연민을 내면화함으로써 자기 세계를 전유하고자 한다. 각각의 동일성들을 승인하고 그것을 재현하면서 상실과 부재의 형태로 감각하는 것이 아니라 하나의 숙명으로 선택한다. 이들 존재에게 이동의 자발성이란 본래 없는 것이며, 이동의 숙명만이 허락된 것인지도 모른다. 그러나 시인의 알 수 없는, 자발적 이동은 현재의 시간과 삶을 견디는 또 다른 방식으로 이해된다.

　　마루에 앉아 그늘 내리는 것 본다

　　담장 그늘은 작약 그늘을 덮고, 살구나무 그늘은 장독대를 누른다

　　저무는 것인가

　　발등이 서늘해서 보니 옆집 감나무 그늘이 발등에 얹혔다

　　바람도 없는데 눈시울이 뜬다

　　그늘 없는 것들은 무엇을 덮을 수 있을까

　　발등에 발등을 얹고 나니

　　더는 포개고 얹을 일 없을 것처럼 날이 저문다

　　감나무 그늘은 혁명처럼 무겁고

　　불은 켜지고

서정시의 능동성

옛날의 처마는 무디어 간다

발등에 그늘을 얹고 걸어온 길들을 짚어 보니

패배한 것들만 그늘 없이 빛난다

오늘의 눈꺼풀이 주저앉듯

어둠의 발등에서부터 몰락해 가는

저녁,

그늘 없는 마루에 앉아

발등에만이라도 작은 불 켜 둔다면

그리하여 간신히 빛의 그늘 하나 만들어 둔다면

그늘은 감나무 잎처럼 광활해질까

마루에는 흰 접시에 얹힌 팥떡이 식어 가고

오늘은 음력으로 4월 보름

옆집에 제사 든 줄 알고 소주 한 병 보내고 돌아와

나는 발등을 씻고 책을 꺼내 든다

얇은 갈피들 사이에서 죽은 자들의 발등 같은 문장을 더듬다가

문득,

감나무 그늘이 스민 발등으로는

　　　　　　　　　　　　　　　　　　　　　　　풍경의 뉘앙스

지난겨울에 신었던 신발을 더는 신을 수 없을 것만 같았다
　　　　　　　—문신, 「그늘 내리는 저녁」(『시인수첩』 2019년 가을호)

　이번에는 '뒤태' 대신에 '그늘'이다. 화자는 "담장 그늘", "살구나무 그늘", "옆집 감나무 그늘"을 통해 시간과 삶을 견디는 각자의 방식을 이야기한다. 그러나 그 각자의 방식은 실은 단순하고 고독한 것이어서 삶의 빈약한 전모를 보여주기도 한다. 화자는 "발등에 그늘을 얹고 걸어온 길들을 짚어 보니/패배한 것들만 그늘 없이 빛난다"고 한다. 모든 것들의 몰락을 권장하는 어둠의 절대 권능 앞에서 시인은 오히려 평온하고 의연한 자세를 유지한다. 화자가 바라보는 삶의 그늘은 무엇일까? 옥타비오 파스는 인간은 세상에서 길을 잃어버렸을 때 자기 자신과도 멀어지게 된다고 말한 적이 있다. "옆집에 제사 든 줄 알고 소주 한 병 보내"는 마음과 "죽은 자들의 발등 같은 문장을 더듬"는 화자는 그만 길을 잃었다. 몰락해가는 저녁의 어둠 속에서 "지난겨울에 신었던 신발을 더는 신을 수 없을 것만 같았다"고 말한다. 하지만 그늘은 길을 잃은 자가 자신에게 돌아가는 치명적 도약이다. 이 치명적 도약의 건너편에는 자기상실이 놓여 있으므로 화자는 이미 감나무 그늘이 스민 발등으로 더 이상 흐르지 못한 채 서성이게 된다.
　"더는 포개고 얹을 일 없을 것처럼 날이 저"무는데, 그늘 없이 앉아 있는 화자는 시간의 흐름에 저항하며 시간과 평행하는 동시에 대립하는 구조를 획득한다. 이는 지속과 소멸, 유지의 그늘에 자신 삶을 압축해 놓은 화자에게 최선의 존재 방식이기도 하다. 그늘은 삶과 시간의 본질을 새롭게 정립하고 주체의 자리를 시간의 바깥에 마련해준다. 화

자에게 그늘은 내면이 오래도록 멈추어 있는 풍경인데, 시인은 그늘을 따라 무연히 흐르거나 오래도록 멈추어 풍경이 관념으로 넘어가는 영역을 만들어낸다. 시간과 시선에 현혹되거나 흡수되지 않는 문신 시인만의 영역이라고 할 수 있다. 그에게 시간과 공간은 더 이상 구별되지 않고, 텅 빈 중심과 같은 존재의 해방구는 개별 존재로서의 화자가 본성과 활기를 최대로 발현하는 공간이다. 투명하고 농밀하게 축적되어, 광활하도록 예비된 시의 자리 말이다.

늘 그랬듯이
더 이상 나빠지지 않으려고
다시 전화를 받고 전화를 끊는다
아는 사람과 알고 싶은 사람의 차이
알고 싶은 사람에게 말하고 싶었지만
모두 아는 사람이 되기로 했다
그것이 편해 따뜻한 물을 마시고
반쯤 죽은 아이비 화분에 물을 준다
지구는 펄럭이고 현수막처럼 아침이 오고
아무것도 아닌 것이 아닌 사람을 보내버리고
냉장고 문을 열고 냉장고 속을 바라본다
샐러드 속의 단백질의 관점에서 나는
지나가지 않으려고 한 사람들을
끝없이 지나가게 하는 사람
갑자기 안이 밖이 되고

밖이 안이 되어 이르기를

누구나 다 마찬가지, 마찬가지로 같아

무궁화 꽃이 피고 곰팡이 꽃이 피고

옥수수, 옥수수 텅 빈 하늘로 솟고

술 먹고 술 안 먹었다고 하는

너의 목소리 빛나고 아프다

—이재연, 「세속 여름」(『문장 웹진』 2019년 9월호)

　이 작품에서는 화자가 지닌 열정에 비해 허탈감과 방향 상실감으로 특징지어지는 시적 긴장이 두드러져 있다. 이러한 긴장은 거시적인 삶으로부터 미시적인 삶으로의 시적 관심의 이동이, 일상에 대한 섬세하고도 치열한 자기분석에서 비롯되고 있음을 의미한다. 거시적인 인식의 틀에 갇혀 부차적인 관심의 영역으로 밀려나 있던 '나'의 일상성과 존재성에 대한 적극적 주목이자 자기성찰은, 구체적이고도 내밀한 인식에 이르게 된다. 그것은 억압과 관리에 길들여진 타자의 매몰된 인식의 지층을 가차 없이 파헤치고, 오늘의 자아를 둘러싸고 있는 과장된 열정과 긴장을 무장해제시키면서, 무기력하게 함몰되어 있는 자아의 모습을 더 적극적으로 대응하게 만든다.

　"아는 사람과 알고 싶은 사람의 차이"는 "반쯤 죽은 아이비 화분"인 동시에 "안이 밖이 되고/밖이 안이 되"는 상황에서 "술 먹고 술 안 먹었다고 하는" '너'이기도 하다. 누추한 현실로서의 일상과 어떤 형태로든 타협하지 않고는 살아갈 수 없는 화자의 우울한 체념이 무겁게 드리워져 있다. 흔히 '존재의 저녁 풍경'이라 명명했던 시간이 재현되고 생생한 현재의 윤곽이 지워지면서, 사라졌던 과거의 그림자가 되살아나는 시간이 이 작품의 맥락이다. 머물거나 붙잡지 못하는 화자의 속마음은, 인간과 인간 사이를 고독하게 배회하는 산책자의 내면 풍경과도 다르지 않다. "아무것도 아닌 것이 아닌 사람을 보내버리"는 현실에 대한 메마른 탈진과 허탈감, 화자 앞에 놓인 현실 어디에나 이러한 관계의 절망이 발견된다. 그래서 화자의 시선은 밖으로 향하기보다는 오히려 안으로 집중한다. 절망과 상실, 단절에도 견딜 수 있는 인간 삶의 보다 근원적인 내성적 관계에 이르고자 하는 화자의 자세는, "늘 그랬듯이" "누구나 다 마찬가지"라는 표현 속에 스며 있다. 상처받은 자아를 위로하기 위해, 화자는 관계의 상실을 견딜 수 있는 항구적 힘을 얻고자 한다. 이것이 내성 세계로의 침잠, 변화된 현재와 변화된 현실에 대한 시적 자아의 전략적 대응이다. 자신의 마음이 거처할 피난처를 찾는 심정의 안쪽에는 내성적 사색과 관조가 녹아 있다. "지나가지 않으려고 한 사람들을/끝없이 지나가게 하는 사람"이 바로 화자이기 때문이다. 결국 무궁화와 곰팡이를 동질의 꽃으로 인정하는 화자의 속내는 "너의 목소리 빛나고 아프다"라는 역설적 어조에 묻히고 만다. 관계의 욕망에 대한 흔적을 벗은, 숙명에 대한 화자만의 응시일 수도 있겠다.

어느 모진 장도리가
이 많은 못들을 죄다 뽑아놓고 갔을까
풀숲 언저리에
지천으로 널린 지렁이들
녹슬고 흰 못은 까치도 안 물어간다는데,

흔들리는 풀숲을 두고

달팽이는 또

어디로 갔나

빈 집에 깨진 자물쇠 하나 얹어두고

그 안에 적막 한 타래 감아 놓고

똑 똑,

연적에서 떨어진

몇 방울의 시간들은

어느 벼루 위에서 검게 고여 있나

무른 뿔을 세우고

어느 문장 위를 달리고 있나

—장만호, 「무른 뿔을 세우고」(『딩아돌하』 2019년 가을호)

　"무른 뿔을 세우고" "문장 위를 달리"는 "몇 방울의 시간들"은 어떤 시간들일까. 화자는 현실 세계와의 대결이나 긴장을 무화시키기보다는 그것들을 추동하는 힘 자체를 통해 자아를 되돌아보려고 한다. '지렁이'나 '달팽이'는 삶의 본래적 순결성을 상징하는 매개이다. 현대를 살아내야 하는 조바심과 안달과 탈진된 절망에서 벗어나 지렁이나 달팽이처럼, 적막한 빈집의 시간을 살면서, 화자는 "어느 문장"에 투신하는 삶을 새로운 삶의 가치로 우리에게 보여준다. 모진 장도리나 까치의 공격성 앞에 놓인 견고한 자물쇠와 적막이 화자의 내밀한 시간을 일깨우고 화자를 열락의 몰입으로 이끄는 것도 이런 맥락에서만 가능하다. 상투적이고 고정된 관습의 세계에 저항하고자 하는 욕망이 바로 시인의 욕망이다. 화자는 언어의 상투성과 고정된 의미에 숙명적으로 저항하게 되고 이 세계를 의미화하려는 충동보다는 언어가 지닌 의미의 자장 속에서 새로운 정서적 체험을 유발하고자 한다.

존재의 번잡함과 소란함 속에 놓인 존재와 부재의 사이에서 화자는 현존의 굳어진 틈새를 벗어나는 시간을 빚어낸다. 그 길은 달팽이가 먼저 가닿은 길이며, 삶이 지나쳐온 고통스러운 시간의 편린들이 아득하게 저편에서 이편으로 옮겨 오는 길목이기도 하다. 화자의 의식 속에서 고즈넉한 정적의 무게는 "어느 벼루 위에서 검게 고여 있"는 먹물의 시간이며, 욕망과 고통의 소용돌이가 가라앉은 후의 고요와 평화의 시간이다. 이때 세상을 바라보는 화자의 눈은 투명할 정도로 맑고 정갈하다. 화자는 장도리나 까치의 욕망과 고통의 들끓는 시간들이 놓쳤던 고즈넉한 시간에 깃들며 정제된 아득함을 선사한다. 굳지 않은 무른 뿔은 문장을 쓰는 이의 외롭고 높은 정신을 보여준다. 외부로 발산되는 것이 아니라 내부에 고여 수련하는 자세로, 깊고 겸허한 내면적 응시의 모습을 보여준다. 그리고 화자는 기꺼이 이 적막한 의식의 외로움을 감내해내면서 고즈넉한 평온을 옮겨 적는다. 시를 쓰는 일은 이렇게 세속적 현실을 벗어나 탈속의 공간을 지나서 현실에 대한 긴장된 인식의 끈을 끊임없이 시적 언어로 일구어내는 삶의 또 다른 열정이라 할 수 있다. 즉 시 속의 서정은 실존에 맞닿는 관념의 세계이며, 자신의 존재가 무한히 펼쳐지는 무한 자연의 공간이기도 하다.

서정성의 세계가 흔히 빠져들기 쉬운, 잃어버린 과거에 대한 회한이나 그리움에서 벗어나려는 것이 요즘의 서정시이다. 불투명한 허무주의적 색채 속에서 불가항력적인 현재와 암울한 미래의 인식을 엄살처럼 쏟아내는 것도 아니고, 무분별한 희망을 무책임하게 만들어내지도 않는다. 뒷모습이나 그늘과 같은 절망과 상실, 부재와 몰락을 자신의 시적 인식의 본질로 삼아 그 처연함에 맞서는 정직한 태도가 여기서 읽은 네 편의 서정이다. 이 작품들은 더 치열하게 어두운 내부를 들여다보고, 그것과 부딪히려는 역동성을 보여준다. 현실의 이면을 파헤치고 점점 가속화되어가는 신자본주의적 질서에 맞서 허구화된 욕망의 구조를 전복시키기 위한 조용한 발걸음을 오늘의 서정시라고 하면 안 될까.

일상적 삶의 곳곳에서 타락한 상황에 대한 우리의 반성적 지각을 무력화시키며 우리를 천박한 감각적 동물로 추락시키는 속수무책의 상황에서, 서정시는 단지 분위기나 언어의 투명한 조합이 야기하는 정서적 침투성에만 의존해서는 안 될 것이다. 오늘의 서정시는 단순히 감각적이고 기교적인 아름다움 그 자체를 추구하는 것이 아니며, 우리 현실의 그늘과 뒷모습, 부재와 상실에 대한 서정적 유예도 아니다. 현실에 대한 더욱 정교하고 치밀한 전략과 새롭고도 첨예한 인식을 통해 우리 삶이 억눌리고 훼손당한 근본적 자아의 정체성과 본질을 지켜내는 것이 오늘의 서정시가 지닌 의무라 할 것이다. 그리고 우리는 이 지면을 통해 이러한 모범적 예를 목격하였다. 전통의 서정시가 자연이나 사물, 현상이 주는 익숙한 감흥을 수동적으로 옮겨내는 데 급급했다면, 오늘의 서정시는 능동적으로 세계나 존재의 비밀을 찾아, 대상을 향해 스스로를 열어놓는 자세를 취한다. 삶과 문학에 대한 치열한 실존적 성찰을 깊이 있게 이끌 때 진정한 서정시의 면모도 더욱 빛나게 됨을 이미 시인과 독자 모두가 깨닫고 있다.

3부

당선시로 배우는 시의 기술

시작을 위한 준비 기술

힘에 부치는 일을 시작한다. 무모한 시작일지도 모르겠고, 이 길의 끝이 어디에 가닿을지도 아직 짐작 못 하겠다. 다만 지금껏 시를 읽고, 쓰면서, 그리고 가르치면서 맞닥뜨렸던 경험을 녹여 어떤 지도를 만들었으면 하는 소박함에서 시작한다. 지금 나와 있는 수많은 시 창작법과 감상법에 이름 한 줄을 얹는 일이라면 시작도 하지 않았을 것이다.

이 글에서는 신춘문예와 주요 문예지의 당선 작품을 통해 시를 배우는 공격적이면서 노골적인 글쓰기를 시도한다. 수백 혹은 수천 대 일의 경쟁을 뚫고 당선된 시는 당연히 그만큼의 가치와 가능성을 갖추고 있다. 시인으로 등단한 이후 많은 시인들은 등단작보다 훨씬 완성도 높고 개성적인 작품을 써내지만 이 글에서는 그들의 첫 시에만 집중할 생각이다. 시인으로서의 첫 작품인 당선작에는 심사위원들이 검증한 가치뿐만 아니라 창작자의 수련법과 그들만의 고유한 기술이 날것으로 들어 있기 때문이다.

혹여 시에 '기술'이란 단어를 붙여 불편해하는 이들이 있을지 모르겠다. 필자 역시 시적 재능은 하늘이 내린다는 말을 실감하며 힘겹게 시를 쓰는 시인이다. 하지만 시에 대한 열정과 각고의 노력이 천부적 재능을 따라잡을 수 있다고 믿는다. 그래서 시적 경험이나 시적 감각, 시적 표현 등을 모두 기술의 영역에서 풀어보고자 한다. 정답은 아니어도 근사치는 될 것이며, 가성비 높은 지름길로 안내할 것이다.

우아한 취미로서 시 쓰기가 아니라 시인의 꿈을 이루기 위해 시 쓰기를 하고 있는 이들에게 실질적인 도움이 되었으면 한다. 문학 전공자가 아니어도, 울타리 밖에서 선생님을 모시고 공부하는 사람이나 혹은 공공도서관 볕 좋은 창가에 앉아 노트에 또박또박 시를 옮겨 적는 이라면 누구나 쉽고 명확하게 이해할 수 있도록 쓰려고 한다. 치열하고 꼼꼼하게 들여다보고 살펴, 효율적인 시의 기술을 온전하게 전할 수 있는 전수자가 되려고 한다.

'신인'이라는 조건

해마다 출간되는 신춘문예 당선 시집을 경전처럼 모신 세월이 꽤 된다. 주요 문예지의 신인상 심사평을 스크랩해서 정리해둔 파일도 두 권 있다. 심사위원을 무슨 '적'으로 여기던 시절의 이야기다.

이따금 등단한 지 얼마 되지 않는 신인 시인들을 만나 이야기를 나눌 기회가 있다. 호기심에 그들에게 시인이 되어 뭐가 좋은지를 물어보면 신기하게도 열 중 너덧은 비슷한 대답을 한다. "이젠, 제 마음대로 시를 써도 되니까, 이제야 시가 재밌어요." 처음 이런 대답을 듣고는 깜짝 놀랐다. 나만 그랬던 게 아니구나!

동일한 내용의 작업이라 할지라도 취미로 하는 일과 생계로 하는 일의 엄중함이 다른 것처럼, 재미 삼아 고급한 취미 활동으로 시를 쓰는 것과 시인을 꿈꾸며 당선에 목숨을 걸고 시를 쓰는 일은 감히 비교할 수 없는 수준의 대상이다.

시인이 되기 위해 시를 쓴다는 것은 나의 쾌락과 욕망을 억제하고 타인의 욕망과 눈높이에 나의 글을 맞춘다는 의미이기도 하다. 노래방에 가서 노래를 부르는 것이 아니라, 전국노래자랑에 나가는 일과 다르지 않다는 말이다. 다수의 경쟁자와 다투기 위해서는 심사의 룰을 잘 파악해야 한다. 안타깝지만 나의 고집대로 마음대로 써내는 것이 아니라 심사자의 눈높이에서 그들의 기대치에 맞춰 써내야 당선의 확률이 높아진다.

그럼 우리나라 신춘문예나 각종 문예지의 신인상 심사위원들이 갖고 있는 기대치, 기준선은 무엇일까? 지난 삼십여 년 동안의 신춘문예와 주요 문예지 신인상 심사평에서 신인의 요건을 강조한 부분을 살펴보았다. 심사자가 시인이든 평론가든, 지난 20세기든 21세기든, 신인이라는 이름에 요구되는 엄격한 조건은 개성과 새로움 그리고 가능성으로 요약할 수 있었다. 시간의 흐름 속에서 사회적·문화적·정치적 환경 조건에 변화가 있음에도 불구하고, 심사평을 꼼꼼하게 읽어보면 대부분의 심사는 위의 세 조건에서 크게 벗어나거나 어긋나지 않았다.

시에서 개성은 일종의 신호

먼저 심사위원들이 요구하는 개성을 살펴보자. 이때의 개성을 단순히 다른 투고자와 구별되는 독특한 특성이라고 하기엔 모호한 부분이 많다. 특히 그 짧은 심사평에서 심사위원들이 친절하게 개성에 대해 설명해줄 리도 만무하다.

　무엇보다도 다소 거칠지만 신인으로서의 패기, 순수한 열정을 내비치는 작품을 발견할 수 없어 안타까웠다. 남의 눈치를 보지 않는 진솔한 개성을 발견하는 기쁨은 그만큼 줄어들었다.

　　　　—2001년 『동아일보』 신춘문예 심사평, 심사위원 김혜순·이남호

　우리의 심사는 한 편의 '잘 빚어진 항아리'를 선택하기보다는 세계에 대한 '개성적 독법과 화법'을 찾아내는 데 초점을 맞추었다. 여러 번 읽는 과정에서 수사적인 표현에만 의존한 시, 지나치게 관념적인 시, 낯익은 발상에 머물러 있는 시 등이 우선 떨어져 나갔다.

　　　　—2014년 『서울신문』 신춘문예 심사평, 심사위원 황현산·나희덕

　본심에 올라온 작품들을 일별하고 가장 먼저 든 생각은 개성적인 목소리가 드물다는 것이었다. (……) 쉽게 몇몇 기성 시인의 영향을 떠올릴 수 있는 작품들도 종종 눈에 띄었다.

　　　　—2020년 『동아일보』 신춘문예 심사평, 심사위원 김혜순·조강석

진솔한 개성이라든지 개성적 시각, 개성적 독법, 개성적 화법이란 말들은 응모자들에게 하늘의 뜬구름같이 모호하게 느껴진다. 개성이란 원래 오래된 심리학 용어지만, 우리가 일반적으로 사용하는 개성이란 말은 '나'를 다른 이들과 구별 지을 수 있게 하는 기준적 차이이며, 이러

한 내적 특질들의 총합이라고 할 수 있다.

현대에서 예술은 곧 개성을 의미한다. 현대인들은 완벽한 재현이 아니라 차이에 의한 개성에 더 매력을 느낀다. 시인이 시를 쓰는 이유는 자신이 존경하고 본받고자 하는 어느 시인의 작품을 완벽하게 재현하고자 하는 것이 아니라, 이것을 바탕으로 하지만 여기에 자신만의 독창적 매력, 나의 작품에만 있는 그 무엇을 표현하고픈 욕망이 보태지기 때문이 아니겠는가. 완벽한 재현이 예술의 목표라면 극단적으로 카메라 발명 이후에 회화는 예술사에서 지워질 유물로만 남는 게 맞을 것이다. 창작자인 시인은 이러한 다름에 대한 욕망, 차이에 대한 욕망을 창작의 근원으로 삼는다. 독자들 역시 여타 시인들과는 다른 것, 새로운 것, 그 시인만의 것을 갈구한다. 이제껏 낡은 것과 진부한 것에 권태를 느끼는 독자들이 새로움을 추종하면서, 시인들은 독자들의 이런 요구 탓에 스스로 강박증에 사로잡히는 경우도 적지 않다.

개성이란 말에는 독자성과 창의성이 모두 녹아 있다. 다른 것과 구별되는 차이로서의 개성은, 그것만의 고유함과 새로움으로 인정을 받게 된다. 특히 문학사에서 '개성'은 통제와 형식의 사조인 고전주의에 반발하여, 작가의 개성을 존중하고 감성의 해방, 질서와 논리에의 반항을 특징으로 낭만주의에서 발현되었다는 의미적 맥락에 한 번 더 주의를 기울일 필요가 있다.

개성은 이전의 고전주의나 계몽주의에 맞서 문학작품을 순수하게 창작자의 사상과 감정의 표현으로 보게 된 계기를 가져오는데, 문학적 표현에 어떻게 개성이 관여하는가가 지금껏 모든 창작자의 화두라 할 수 있겠다. 즉 어떻게 해야 개성 있는 시를 쓸 수 있는가라는 문제가 시인에게 지상 최대의 과제인 셈이다. 구체적 방법론은 이후의 내용에서 살펴보겠지만 우선 대략적으로 시와 개성의 관계를 살펴볼 필요가 있다.

대다수의 평론가들은 개성을 일종의 주체로 봐야 할지, 대상으로 봐야 할지, 아니면 수단으로 봐야 할지에 대해 다양한 의견들을 개진하고 있다. 하지만 창작자의 입장에서는 사실 큰 차이가 없어 보인다. 우선 창작자로서 시인은 기본적으로 일반인들과 달리 어떤 대상이나 상황, 정서에 대해 특수하며 예민한 의식을 갖게 된다. 그리하여 이런 특별한 내용에 대한 소재 및 주제의 선택, 배열, 조직과 같은 전략을 통해 우리 사회의 보편성과 창작자인 시인의 특수성 사이의 긴장 관계를 본능적으로 설정하게 되기 때문이다. 간혹 낯설고 독특한 것만을 개성이라고 하진 않는다는 말에 대해서는, 소재 자체에 대한 개성이란 시적 재료의 특수함을 일컫는 것이며, 이를 시인의 개성으로 이야기하기에는 한정적일 수밖에 없음도 간파해야 한다. 신인의 경우 개성과 특별함에 대한 조급함으로 전적으로 시적 소재의 선택에 자신의 개성 전부를 걸려는 경우가 많다. 남이 쓰지 않은 소재, 나만이 알고 있는 이야기를 찾아내거나 꾸며내려 한다. 그러나 이렇게 소재에만 자신의 개성을 의존하려고 하면, 외부의 사물을 그대로 다 받아들이지 못하고 배척하게 되며, 소재주의에 함몰되어 시적 대상에 인색해질 수밖에 없다. 개성적 소재는 소재의 특별함 그 이상도 이하도 아니기 때문이다. 시를 시작하는 이들이 개성을 소재 선택의 목적으로 삼는 일을 삼가야 할 것이다.

우리 시문학사에서 독보적이며 개성적 시세계를 구축한 이상의 시를 살펴보자. 기존의 문학적 체계와 가치를 뒤엎는 새롭고 실험적인 시도를 즐긴 이상이지만 그가 선택한 시의 제재들은 거울이나 가정, 꽃나무 등 보편적 소재들이었다. 시인은 누구나 인지하고 있는 보편적 대상에 깊고 참신한, 자신만의 특별한 발상으로 접근하여, 시적 대상에 드리운 친숙함을 무너뜨리고 이전에 없던 낯선 방식으로 자신의 절박함을 드러낼 때 진정한 개성을 발휘할 수 있다.

더불어 흔히 심사평에 등장하는 '개성에 의한 표현'이라는 것은 표현의 주체인 시인이 자기의 개성을 하나의 수단으로 활용했음을 의미한다. 이는 앞에 옮겨놓은 심사평과도 닿아 있다. 즉 시인의 개성은 소재나 제재의 선택 기준인 동시에 대상에 대한 관찰의 각도, 고유한 미적 감각, 세계관이나 가치관 등을 통해 구현되고, 구현되어야만 한다. 다른 응모자들과 차별될 수 있는 '나'만의 기준적 차이를 만들어내야 하는 것이다. 그리고 이 차이를 통해 심사자들에게 나의 시가 다른 이들의 시와 다르다는 일종의 신호를 줘야 한다.

새로움이란 '얼마나 다르게'의 문제

문학적 역량도 중요하지만 신인이라면 새로운 면모가 있어야 한다. 세계를 새로운 눈으로 보고 새로운 언어로 말하며 자신만의 독특한 스타일을 만들어낼 줄 알아야 한다. 신인은 그렇다. 새로운 표현에의 열정으로 늘 젊어야 한다.

—2002년 『문화일보』 신춘문예, 심사위원 황동규·최승호

비슷비슷한 내용, 비슷비슷한 이미지들의 시가 많은 것은, 같은 세

대가 같은 정서, 같은 생각에서 살고 있는 데 연유하는 바도 없지 않겠
으나, 한편 시를 잘못 공부하고 있어 그런 것 아닌가 생각되기도 한다.

　　　　　—2006년 『세계일보』 신춘문예 심사평, 심사위원 유종호·신경림

　본심에 오른 작품들은 수준은 높으나 서로 유사한 시적 문법을 구
사하고 있으며 무엇보다 내적 필연성과 절실함이 부족해 보였다. 신
인다운 패기라는 잣대만으로 보자면 아쉬웠다. 새로움이란 언어와 형
식의 새로움만을 말하는 것이 아님을 알아주시기 바란다.

　　　　　—2016년 『중앙일보』 신춘문예 심사평, 심사위원 이문재·조용미

　이제 시에서의 새로움에 대해 살펴보자. 신인에게 요구되는 개성과
새로움은 한 세트이며 동전의 양면과 같다. 개성이 있으나 새롭지 않다
거나, 개성은 없는데 새롭다는 말은 성립하지 않기 때문이다. 기라성
같은 심사위원들은 응모작에서 문학적 역량뿐만이 아니라 새로운 면모
를 기대한다. 단순히 언어와 형식의 새로움이 아니라 그만의 개성적 스
타일과 표현을 요구한다. 완벽함을 흉내 내고 기성 시인의 내용을 흉내
내는 것이 아니라 신인의 열정과 패기로 정면 돌파를 요구하는 것이다.
사실 상투성을 뛰어넘는 개성적 사고의 가치와 새로움은 심사위원뿐만
이 아니라 독자들도 기대하는 덕목이다. 그런데 새롭게 생각하고 새롭
게 바라보고 새롭게 표현하는 것이 그리 쉬운 일인가. 단어 하나 문장
하나 때문에 밤을 새워본 당신이 더 잘 알지 않을까.
　새로움은 거칠게 말하자면 시대의 집단적 관념 혹은 보편성으로부
터의 일탈이다. 유행을 거스르는 것, 그것이 고색창연한 전통으로의 색

다른 복귀거나 예상하지 못한 변형이라면, 그 작품은 아류와 표절에서 벗어나 진정한 개성과 새로움을 선사할 수 있다. 시를 쓸 때는 친숙함을 배반해야 한다.

지혜의 왕 솔로몬이 기록했다고 추정되는 『전도서』에는 "태양 아래 새로운 것은 없다"라는 문구가 있다. 풀어서 이야기하자면 새로운 창조는 없고 새로운 변형과 새로운 배치만 있을 뿐이라는 것이다. 변형과 배치를 통해 새로움을 불러일으키는 착시 효과는 시뿐만이 아니라 전체 예술의 기본적 형식일지도 모른다.

한 사회의 일원으로서, 동시대의 역사적·사회적 삶을 감당해내는 단독적 개인으로서, 시인은 당대의 시적 유행과 흐름 속에 침잠하고 있기 때문에 전위적이거나 예외적인 새로움을 창출하기가 쉽지 않다. 다만 이미 진행되고 있는 전폭적 흐름 속에서 자신만의 참신한 목소리와 개성적 시각을 드러내는 것으로 충분히 새로움의 몫을 해내고 있다고 평가할 수 있다. 시대를 관통하는 이미지와 흐름은 아주 강력한 자력을 가지고 있어 많은 시인들이 그 흐름을 만끽한다. 하지만 수요가 많을수록 그 신선함은 선도가 약해지고 의미망도 굳어져, 시적 소통에 약간의 편리함만을 부여할 뿐 시인이 원하는 깊은 울림을 기대할 수 없다. "시를 잘못 공부하고 있어 그런 것 아닌가 생각되기도 한다"는 심사평이 뜨끔한 이유이기도 하다.

뛰어난 시인들은 보편적 기호와 같은 대중적 이미지에 새롭고 깊은 의미를 부여하지만 일반의 시인들은 고작 그 이미지를 상투적으로 이용하는 것에 그친다. 이에 대한 좋은 예가 있다. 지난 2000년대 중반

시문학사에서 가장 큰 획을 그었던 미래파가 그렇다. 미래파는 이전 세대와는 상당히 다른 차원의 감수성과 시적 태도를 보여주었다. 그들은 새로움 그 자체였으며 이후에 등장한 시인들 역시 미래파의 세례에서 자유롭지 못했다. 그들은 내재율의 리듬을 버린 대신 중언부언의 다성성을 전면에 내세웠고, 이미지와 메시지의 과잉, 분열적이며 이질적인 새로운 미의 범주를 개척하였다. 이 자리에서 미래파의 공과를 따질 이유는 없겠으나 시 창작 방법론의 맥락에서 보자면, 그들이 우리에게 새로운 미학적 체험을 선사했다는 의의는 인정해야 할 것이다.

그럼 그 당시의 미래파가 선보였던 '새로움'의 요소들이 무엇이었는지 중요하게 살펴볼 필요가 있다. 무엇보다 그들이 보여준 새로움의 전략 혹은 시도가, 일차적으로 주체의 변화에서 감지되었다는 점에 주목해야 한다. 서정시의 전통적 개념은 세계의 자아화인데, 이는 시적 자아가 확장되어 세계와 합일될 때, 정서적으로 정신적으로 그리고 언어적 고양을 체험하며 시적 대상과의 근원적 일치감을 경험하는 순간을 의미한다. 그런데 일군의 미래파 시인들은 서정적 자아를, 말할 수 없는 세계를 말하는 주체, 다다를 수 없는 세계에 대한 타자로 철저히 위치시키면서 시적 주체의 근본적 분리를 시도한다. 주체와 대상은 결국 본래의 것으로 회귀하는 서정시의 원리를 배반하고, 새로움을 만들어낸 것이다. 여기에는 일상적 경험의 상투적 반복을 뛰어넘는, 시라는 장르가 발휘하는 문학적 감화와 감동이 전제되어 있기 때문에 가능하다. 또한 미래파가 보여준 새로운 상상력과 새로운 감수성은 결국, 같은 것을 얼마나 다르게 표현하느냐에서 새로움이 발동한다는 것을 구체적으로 구현한 좋은 본보기이기도 하다.

동시에 미래파에 대한 맹렬한 반발도 잊어서는 안 될 것이다. 사람들은 새로움에 열광하면서도 새로움에 쉽게 피곤해하며 불편해한다. 이는 새로운 것에 대한 재미와 기쁨이 어느 일정 수준을 넘어서게 되면 낯선 이질감과 난해함, 공포로까지 이어지기 때문이다. 항상 친숙한 세계와 새로운 세계, 현실성과 가능성의 경계인 심미적 경계에서, 일상과 예술의 새로운 주관성을 경험하고 그 지평을 넓혀야 좋은 시인이라고 할 수 있다.

가능성의 다른 말은 에너지

같은 말의 반복이겠지만, 신인에게 개성과 새로움은 가능성의 척도가 된다. 심사위원들이 응모작에서 개성과 새로움을 찾는 까닭은 그들이 새로운 시인으로서 우리 시의 스펙트럼을 넓혀줄 능력이 있는지를 눈여겨보는 동시에 그들이 오래오래 시를 쓸 수 있는가에 대한 기대와 애정에 닿아 있는 문제다. 다음의 세 심사평은 꽤 오랜 시차를 두고 있으나 의미적 맥락에서 전혀 다르지 않다. 특히 신인의 가능성을 '에너지'로 치환해서 표현한 부분은 심사위원들이 신인의 '가능성'을 어떻게 간주하고 있는지를 단박에 알아차릴 단서가 되기도 한다.

신춘문예가 '프로 신인'을 배출하는 제도라면, 가장 중시되어야 할 요소는 그 신인의 프로로서의 가능성일 것이다. 이 가능성은 때로 작품의 완결성이 미흡할 경우에도 거칠게 그 모습을 드러낼 수가 있다. 작품의 질서가 주는 조화에 매료되어 그 뒤의 힘찬 에너지를 놓친다면, 심사자는 두고두고 아쉬움에 머무를 수밖에 없다.

—2003년 『조선일보』 신춘문예 심사평, 심사위원 황동규·김주연

심사위원들의 주목을 끈 것은 시가 지니고 있는 본령을 견지하면
서도 개성적 시각으로 삶의 진실을 드러낸 것들이었다. '개성'과 '진
실'은 시를 계량하는 중요한 잣대로 '지금까지, 어떻게 썼는가'보다
는 '앞으로, 어떻게 쓸 것인가' 에 대한 관심을 포함하고 있어 미래적
이다.

—2012년 『경향신문』 신춘문예 심사평, 심사위원 도종환·박주택

'신예'란 새롭게 등장해 만만찮은 실력이나 기세를 떨치는 대상을
향해 쓰는 말이다. 신예가 될 신인 시인에게 기대하는 우선적 요건을
'얼마나 오래 쓸 것인가'에서 찾고자 했다. 오래 쓰기 위해서는 문장
이 힘차고, 쓰고 싶고 쓸 수밖에 없는 운명적 열정이 배어나고, 개성
적인 스타일을 담보해야 한다. 자신감에서 비롯되는 독창성, 몰입에
서 비롯되는 에너지야말로 신인의 요건일 것이다.

—2017년 『서울신문』 신춘문예 심사평, 심사위원 정끝별·황현산

심사위원들은 가능성을 조화나 완결성보다는 힘찬 문장이나 시의
절실한 필연성 혹은 자신감에서 찾으려 한다. 이때의 가능성은 시선의
고정이 아니라 집중에서 비롯됨을 잊지 않아야 한다. 시적 대상을, 그
것이 속한 일정한 맥락과 전체적 맥락 속에서 살피는 것이 아니라 시인
스스로 일정한 각도와 관점을 확보하여 이미 알려진 세계와는 다른 세
계를 열어 보이는 데 주저함이 없어야 한다. 이것을 관점의 타성이라고

하는데, 당연하고 자연스럽게 여겨지는 풍경과 관념에서 벗어나려는 노력이 핵심이다. 신인은 무엇보다 시적 대상을 관찰하는 하나의 시점으로 모으면서 자신의 관점을 투사하고 독자로 하여금 자신의 관점에 소속시키려는 자신감을 가져야 한다. 단순히 만용에 가까운 억지가 아니라 얼마만큼 철저하게 자기 논리를 갖추고 이를 설득력 있게 설파하느냐가 가능성을 판단하는 기준이 된다.

이를테면 2008년 『경향신문』 신춘문예 당선작인 이제니 시인의 「페루」와 같은 작품이 좋은 본보기가 될 수 있겠다. 심사위원들은 당선작을 뽑는 데 망설임이 없었다고 서슴없이 밝힌다. "자기만의 스타일이 있었기 때문이다. 말의 재미를 십분 즐기는 듯한 자유로운 형상화 능력도 젊음의 싱싱함과 미래의 가능성을 드러낸다."

　　빨강 초록 보라 분홍 파랑 검정 한 줄 띄우고 다홍 청록 주황 보라. 모두가 양을 가지고 있는 건 아니다. 양은 없을 때만 있다. 양은 어떻게 웁니까. 메에 메에. 울음소리는 언제나 어리둥절하다. 머리를 두 줄로 가지런히 땋을 때마다 고산지대의 좁고 긴 들판이 떠오른다. 고산증. 희박한 공기. 깨어진 거울처럼 빛나는 라마의 두 눈. 나는 가만히 앉아서도 여행을 한다. 내 인식의 페이지는 언제나 나의 경험을 앞지른다. 페루 페루. 라마의 울음소리. 페루라고 입술을 달싹이면 내게 있었을지도 모를 고향이 생각난다. 고향이 생각날 때마다 페루가 떠오르지 않는다는 건 이상한 일이다. 아침마다 언니는 내 머리를 땋아 주었지. 머리카락은 땋아도 땋아도 끝이 없었지. 저주는 반복되는 실패에서 피어난다. 적어도 꽃은 아름답다. 적어도 나는 그렇게 생각한다. 간신히 생각하고 간신히 말한다. 하지만 나는 영영 스스로 머리를 땋지는 못할 거야. 당신은 페루 사람입니까. 아니오. 당신은 미국 사람입니까. 아니오. 당신은 한국 사람입니까. 아니오. 한국 사람은 아니지만 한국 사람입니다. 이상할 것도 없지만 역시 이상한 말이다. 히잉 히잉. 말이란 원래 그런 거지.

—이제니, 「페루」 부분

이미지 사이사이의 리듬감과 역동성에서 신인으로서의 발랄함과 동시에 미적 쾌감까지 선사한다. 주저함이 없다. 단적으로 이러한 태도가 시인의 자세이며 신인이 보여줄 수 있는 최선의 가능성이 아닐까 싶다. 시적 대상에 대한 부단한 자각적 갱신이 시를 이끌어가고 있다. 시인은 눈앞의 것을 보되 동시에 보이지 않는 것을 상상하는데, 보이는 것과 보이지 않는 것을 통해 시적 세계를 구성하기 때문에, 기호화된 언어와 사고 이전에 대상에 대한 고유한 독해와 판단을 작동시켜야 한다.

여기에 부연을 하자면 신인에게는 고수의 완결성보다는 철저함이 더 요구된다는 점이다. 시인은 시적 대상을 드러내면서도 그 너머의 어떤 대상과 세계를 암시한다. 시인은 자신의 주관적이며 구체적 경험을 떠나지 않으면서도 현실의 직접성을 넘어서게 되는데, 이 과정에서 시인의 직관이나 수련의 정도가 요구된다. 심사위원들이 가능성으로 주목하는 부분이 바로 이 지점이다. 대상을 표면적으로 읽어내고 이를 심층적으로 이해하는 것은, 이전의 관념이나 맥락과 달리 새롭고 다르게 감지하고 표현하는 창조성이 요구되기 때문이다. 부단한 수련을 통해 깊이를 더해가고 여기에 고유의 감수성과 실험적 정신이 만날 때 그의 시는 이전에 보지 못했던 시적 의미를 갱신하게 된다. 이렇게 기존과 다른 각도의 해석과 관점을 제공하는 가능성이 신인의 가능성이라고 할 수 있다.

시 좀 읽었다는 사람은 잘 알겠지만, 시적 경험이란 게 결코 시인만의 고유한 것은 아니다. 시인은 다만 그 경험에 의미를 부여하고 그런 과정을 통해 미학적 관점에서 삶을 교정하고 갱신한다. 즉 심미적 경험 속에서 세계와 상호작용을 하며, 그 삶의 가능성을 열어두는 것이다. 시적 세계를 열어두는 이러한 개방성이 바로 신인이 갖추어야 할 가능성의 또 다른 이름이다.

지난 세대를 풍미했던 평론가 김현 역시 시론집 『젊은 시인들의 상상세계』의 머리말 격인 「젊은 시인을 찾아서」를 이렇게 시작하고 있다.

"젊은 시인들의 시가 흥미로운 것은 거기에는 굳어 있는 관념이 없기 때문이다. 나는 이런 시인이다라는 외침이 젊은 시인들의 시에는 없다. 그들의 시는 되어 가고 있는 시이지, 이미 되어 있는 시가 아니다."

김현 역시 젊은 시인, 신인에게 완성도가 아닌 가능성에 더 무게를 두고 있었다.

하지만 여기에서 당부하고 싶은 것은 결국 심사위원들이 요구하는 '개성'과 '새로움'과 '가능성'은 나의 토대에 이식되어야 할 하나의 조건에 불과하다는 것이다. 처음부터 개성과 새로움에 경도되어 이를 좇게 되면 정작 자신의 목소리를 잃어버리고 기괴한 형태의 정체불명의 시를 써낼 수밖에 없다. 기본기를 갖춰 자기의 토대를 마련해놓고 여기에 개성과 새로움을 집어넣어야, 비로소 가능성을 꽃피울 수 있는 것이다.

풍경의 뉘앙스

좋아하는 시 말고, 잘 쓸 수 있는 시

　시를 시작하는 이들은 일반적으로 좋은 시만을 쓰려고 한다. 당연한 말이다. 하지만 '일반적'이라는 부분을 걸러 이해해야 한다. 남들이 좋다고 하는 기성 시인의 작품을 흉내 내는 데 급급하다는 말이다. 좋은 시에 연연하는 것은 시의 발전의 속도를 더디게 할 뿐만 아니라 기껏 보편적인 표준치에 근접할 뿐, 정작 시인으로서 가야 할 올바른 방향을 잃어버릴 위험이 크다.

　좋은 시란 그것을 판단하는 이의 입장에 따라 그 기준이 크게 바뀔 수가 있다. 시를 읽은 백 명이 좋다고 단합할 수 있는 작품이란 이 세상에 없기 때문이다. 백 명은커녕, 열 명, 다섯 명의 만장일치도 결코 쉽지 않은 게 시이니, 좋은 시란 대체로 다수의 사람들이 동의할 만한 최소한의 윤곽만을 가지고 있는 개념으로 보아야 옳을 것이다.

　당장 당신이 좋은 시라고 생각하는 시의 조건을 적어보라. 그것이 분명 정답의 근사치일 것이다. 누구도 당신의 말에 반박할 수는 없을 것이다. 그러나 안타깝게도 당신이 심사위원이 아니라는 것을 다시 한번 깨달을 필요가 있다. 너무 당연하고 뻔한 내용일 테지만 우리가 통상 좋은 시라고 인정할 만한 기준점과 그 외곽의 경계를 정리해 보자면 이렇지 않을까 싶다. 마음을 움직이는 감동을 주는 시, 새로운 깨달음을 주는 시, 새로운 감각을 선물해주는 시, 상투적 표현이 적은 시, 시적 상상력과 서사적 밀도가 높은 시, 리듬 구사 능력과 분위기의 통일성을 갖춘 시, 절제된 언어로 대상의 핵심을 놓치지 않는 시, 묘사와 수사가 탁월하고 언어의 밀도가 높은 시 등 다 헤아릴 수 없을 정도다. 대체로 좋은 시를 규정하는 다양한 각도의 접근을 수용하면서도 실제 내용은 크게 다르지 않다. 표현의 결을 달리할 뿐이다. 다만 당신이 심사자가 아닌 창작자인 만큼, 좋은 시의 기준은 주관적일 수밖에 없으니 지나치게 자신의 취향과 편견만으로 좋은 시의 기준을 정하지 말기를 권한다. 하늘의 별보다 더 많은 게 우리나라의 시인 수라면 그 시인보다 더 많은 게 시에 대한 정의이며, 좋은 시에 대한 규정이기 때문이다.

아래의 심사평을 한번 꼼꼼하게 읽어보자.

올해 창비신인시인상은 수상자를 내지 못했다. 심사위원들로서는 여러모로 착잡하고 힘겨운 결정이었다. (……). 우리는 우리 시대의 신인에게 기대하는 일반적인 기준들, 가령 미적 완성도, 신인으로서의 신선함, 세계에 대한 응전의식 등을 염두에 두고 최종심에 임했다. 그러나 결과는 우리의 기대를 빗나갔다. (……)

△△△는 심사자들을 곤경에 빠뜨린 작품이었다. 몇몇 시편에서 보이는 상상력과 감성은 충분히 매혹적이어서 앞으로 그가 일구어갈 시세계가 궁금해질 만했다. 그러나 시의 만듦새가 너무 거칠었다. (……)

□□□는 유연한 언어와 착상이 돋보였으며 우리 주위의 소소한 삶의 풍경들을 먼 거리의 시공간과 병치시키는 감각이 뛰어났다. 하지만 시들 사이에 질적인 편차가 있었고, 유사한 대립구도가 반복되는 것도 걸림돌이었다. (……)

◇◇◇는 심사자들에게서 가장 고른 점수를 받았다. 언어유희에 바탕을 둔 상상력의 확산과 수렴, 이미지를 만들고 절제하는 힘 등이 예사롭지 않아 보였다. 그러나 발상에 의지한 탓에 심도가 떨어지는 진

술들과 다소 평면적으로 느껴지는 시의 흐름 등이 아쉬움으로 남았다. (……)

○○○는 아련한 유채화를 보는 듯한 느낌을 주는 수작이었다. 다른 작품들도 큰 편차 없이 자신의 세계를 만들어 가고 있었다. 그러나 평면적인 전개와 감상적인 접근, 그리고 수사에 대한 집착 등이 문제점으로 거론되었다. (……)

☆☆☆의 언어는 때로 거칠기 때문에 힘을 얻는 경우가 있을 만큼 파괴력이 있었다. 그러나 관습적인 수사가 생각보다 많았고, 대상에 대한 감상적인 접근이나 단순화된 시선 등도 아쉬운 부분이었다. (……)

제씨들은 나름의 개성과 함께 안정감이 돋보이는 작품들을 보내주었다. 그러나 이들에게는 자신이 지닌 그 안정감 자체를 문제시해 볼 것을 권하고 싶다. 버리기 어려운 수작들도 있었지만, 많은 경우 무난한 시적 사유와 언어를 넘어서는 무언가가 더 필요해 보였다는 점을 부기해 둔다.

2007년 제10회 〈창비신인시인상〉의 심사를 맡았던 김선우, 손택수, 이장욱의 심사평이다. 신인상은 일반적으로 문예지에서 크고 귀하게 여기는 행사로 여기에 위촉된 심사위원 역시 신인상을 하나의 잔치로 여기고 어지간하면 뽑는다. 계간 『창작과비평』이 종합문예지로 이때 소설과 문학평론에서 신인상 수상자를 당선시켰다고 해서 시를 허투루 지나쳤을 리는 없다. 그런데 심사위원들이 굳이 시 부문의 수상자를 결정하지 않고 일 년을 기다리려는 속마음은 무엇일까? 게다가 여기 심사평에 오른 이들 절반은 결국 다른 매체를 통해 등단하여 시인으로 활동하고 있다는 사실도 간과해서는 안 될 것이다. 심사위원들은 응모작들이 갖춘 안정감을 스스로 의심하고 무난한 사유와 언어 너머의 것을 추구하라고 당부한다. 자신만의 것을 추구하라는 것이다.

값싼 비유지만, 노래방에서 친구들과 정다운 한때를 보내고 있다고 상상해보라. 분위기가 무르익어갈 즈음, 일행 중 하나가 불쑥 점수 내기를 해서 가장 낮은 점수가 나온 이가 노래방 요금을 계산하기로 했다면 당신은 어떤 노래를 부를 것인가? 당신이 좋아하는 노래를 부를 것인가, 잘 부르는 노래를 부를 것인가? 허스키한 목소리를 가진 당신이 록을 부르면 꽤 높은 점수가 나오지만, 평소 록보다는 트로트를 좋아한다면, 당신은 어떤 곡을 부를 것인가. 내기라면 당연히 이겨야 하는 것이고 그러기 위해서는 내가 좋아하는 곡이 아니라 잘 부를 수 있는 곡, 점수가 높게 나올 수 있는 곡을 불러야 하는 것이 아닐까.

시도 마찬가지다. 내가 좋아하는 시와 내가 잘 쓰는 시가 일치한다면 고민의 여지가 없겠지만, 그렇지 않다면 내가 잘 쓰는 시를 써야 한다. 잘 쓴다는 건 나의 생래적 호흡과 사유에 의해 가성비가 높은 시를 의미한다. 그런데 문제는 내가 잘 쓰는 시를 잘 모른다는 것이다. 내 목소리가 록에 맞는지 발라드에 맞는지, 트로트에 맞는지, 아니면 판소리에 맞는지 모른 채 무턱대고 불러젖히는 것과 다르지 않다. 자신에게 최적인 장르를 알려면, 그것이 노래라면 이 곡 저 곡 다양하게 불러봐야 하고, 그것이 시라면 수많은 기성 시인들의 작품을 읽고 필사도 해보며 자신의 호흡에 맞는 시를 찾아야 할 것이다. 일천 년 전 송나라 시인 구양순이 이야기한 다독 다작 다상량이 절대 구태의연한 것만이 아님을 명심해야 할 것이다. 시가 요리라면 좋은 시 반을 넣고 내가 잘 쓰는 시 반을 넣어 섞은 후 푹푹 삶으면 심사위원도 뽑지 않고는 배길 수 없는 새롭고 개성 넘치는 가능성 있는 시가 되지 않을까.

발명과 발견을 위한 발상의 기술

시를 쓰기 위해 한밤중에 컴퓨터 앞에 오롯이 앉아 창작의 고독과 번뇌에 휩싸여본 경험이 한 번쯤 있을 것이다. 도대체 시를 어디서부터 어떻게 써야 할지 막막해하며 무연히 모니터를 바라보고 있으면, 백지 같은 바탕화면에 깜박이는 커서가 표류하고 있는 돛단배처럼 보이기도 한다. 망망대해에서 조난구조 신호를 보내는 듯 깜박깜박. 수백 편, 수천 편의 시를 써본 고수 시인들도 하나같이, 새로운 시 한 편을 시작하려면 천길 낭떠러지에 서 있는 듯 막막하다고 고백한다. 괜한 엄살이 아니다. 하지만 그들은 지금까지 축적된 나름의 노하우와 경험치로 이 위기를 비교적 짧고 능란하게 벗어난다.

무슨 일이든 시작이 중요하다. '시작'에는 행위의 주체와 행위의 출발점인 상황이 절대적 조건으로 영향을 미친다. 시 창작의 출발점은 발상인데, 시 창작의 주체가 시인으로 특정된 상태이기 때문에 그만큼 발

풍경의 뉘앙스

상이 중요해진다. 발상을 통해 얼마만큼, 어떤 효율적인 지점을 확보하느냐가 시의 성패를 가른다고 할 수 있다.

시를 가르치는 선생님들이 자주 언급하는 '씨앗(종자)론'을 들어본 기억이 있을지 모르겠다. 시 창작 방법론에서 단골손님처럼 등장하는 씨앗론은 발상의 중요함에서 비롯된다. 이는 전 세계적 인기를 누린 판타지소설 『나니아 연대기』의 저자이며, 시인이자 비평가였던 C.S. 루이스의 이론이다. 루이스는 시를 창작하는 과정을 3단계로 나누었는데, '시의 씨앗'을 얻어 그 씨앗을 키우고(숙성시키고) 거기에 맞는 구체적 표현을 찾으라고 했다.

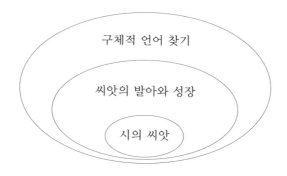

시의 시작을 '씨앗'으로 본 것이다. 그럼 이 씨앗은 구체적으로 무엇을 의미하는 것일까? 우리가 일상에서 마주친 강렬한 체험이거나, 좀처럼 지워지지 않는 인상적인 이미지거나, 느닷없이 스쳐 지나가는 영감, 궁리에 궁리를 거듭해서 얻어지는 어떤 통찰이라고 할 수 있다. 이것들이 시인으로 하여금 시를 쓰게 만드는 욕망의 시작이기 때문이다.

이쯤에서 한번 의심을 해보자. 영감과 통찰이 정말 시의 시작일까?

만유인력의 법칙을 발견한 뉴턴처럼 머리 위로 뚝 떨어지는 사과가 씨앗이고 만유인력의 법칙의 시작이었을까? 그렇다면 성경에 나오는 아담과 이브부터 아들의 머리 위에 사과를 놓고 화살로 맞혀야 했던 빌헬름 텔까지, 나무에서 떨어지는 사과를 본 사람이 인류의 역사에서 한둘이었겠는가? 그런데 왜 뉴턴만 만유인력의 법칙을 발견할 수 있었던 것일까? 당신은 혹시 루이스의 '씨앗' 이전에 무엇이 더 있을 거란 의심이 들지 않나?

영국의 심리학자인 그레이엄 월러스는 『사고의 기술』(1926)에서 뉴턴의 사과나 루이스의 씨앗이 사실은 발상의 세 번째 단계에 불과하다고 말한다. 그는 아이디어가 어떻게 발전하는지를 창의성의 맥락에서 설명하며 아래와 같이 4단계로 도식화했다.

준비 단계 preparation stage_ 일종의 정신적 준비 단계이다. 어떤 상황과 사건에 생각을 의도적으로 사용하여 다른 아이디어나 발전된 생각을 마련할 수 있는 기회를 준비하는 단계라고 할 수 있다. 이 단계에서는 새로운 자극을 통해 문제의 연관 관계(실마리)를 맺을 기회를 모색할 수 있다. 따라서 모든 가능성을 열어놓고 문제를 자유롭게 생각해봐야 한다. 중요한 건 미해결의 상태라는 점이다.

부화 단계 incubation stage_ 의도하거나 노력하지 않아도 생각이 눈덩이처럼 불어나는 단계다. 무의식적 사고의 탄력기라고 해도 좋을 것 같다. 문제에 대한 의식에 탄력

풍경의 뉘앙스

이 붙어서 의식하지 않아도 그 생각들이 사방으로 굴러가 부딪치는 단계라고 할 수 있다.

발현 단계 illumination stage_ 뉴턴이 사과를 발견하는 순간이다. 영감이 떠오르는 단계라고도 하는데, 우리가 일반적으로 발상이라고 말하는 지점이다. 새로운 감각과 이미지, 아이디어가 의식적 사고 안으로 들어오는 순간을 의미한다. 우리는 이 순간에 의식하고 있던 문제에 대한 해결책을, 갑자기 나타난 직관이나 통찰의 형태로 마주치게 된다. '유레카의 경험'이라고도 한다. 다만 완성되지 않은 대체적 윤곽을 말한다.

검증 단계 verification stage_ 발상을 평가하는 단계다. 발현 단계에서 얻은 해결책이 정말 적절한 것인지, 실행 가능한지를 살피고 문제를 해결하는 확정 단계이기도 하다. 시에서는 구체적 언어를 통해 표현하는 과정이라고 할 수 있다.

결국 시의 첫걸음은 발상 이전, 새로운 자극에 대한 정신적 준비에서 시작된다고 하겠다. 막연한 감정과 느낌, 이미지에 '기회'를 마련하려는 준비가 씨앗의 진짜 '씨앗'인 셈이다. 그리고 우리가 집중해야 할 부분은 섬광처럼 얻어지는 깨달음, 유레카의 순간, 발상의 단계다.

우리가 일반적으로 인상적이라고 평가하는 작품 대부분은 '씨앗'으로 비유되는 시적 발상이 제대로 구현되어 있다. 시인은 이 단계 이르러서야 작품의 대략적 윤곽을 만들어낸다. 그리고 우리는 그들의 시를 시작하는 출발점, 씨앗을 살펴보면서 시를 시작하는 가장 효율적 태도를 짐작할 수 있다. 발현이라 이야기하는 시적 발상에는, 이미 시적 대상에 대한 심오한 관찰과 집중적 인식, 그리고 상상력이 하나의 전제 조건으로 작용하고 있다. 준비와 부화 단계에서 시인은 시적 대상을 향한 집중력을 발휘하는 한편 그것에 머물지 않고 또 다른 영역으로 튀어오르는 상상을 거듭한다. 이 과정에서 대상과 시적 인식은 서로 긴장 관계를 이루며 시인의 자극과 관찰, 경험을 바탕으로 한 새로운 내용으로 완성되는 것이다. 그러니까 너무 조급해하지 말고 부화의 순간을 충분히 즐겨야 튼실한 시의 씨앗을 얻을 수 있다.

준비와 부화의 과정을 거쳐, 우리가 실제 지각할 수 있는 시의 출발점, 유레카의 순간이 바로 발현, 발상인데, 이 단계를 씨앗이라고 하는 까닭은 영감(inspiration)을 어떻게 낚시질하는가에 해당되는 부분이기 때문이다.

시인마다 시적 발상의 원천은 모두 다르다. 같은 시인이라 할지라도 시적 대상에 따라 발상의 방식도 달라진다. 하지만 하나같이 갑작스럽게 떠오르는 새로운 발상은 외부의 자극과 매우 개인적인 관찰의 방식이 서로 마찰을 빚으면서 발동하는 과정을 거치게 된다. 그리고 이때 발명과 발견이라는 도구적 양상이 구체적으로 드러난다.

보이지 않는 것을 보는 법 – 발명 1

발상을 위한 인식 과정에서 우리가 두려워하는 것은 습관이다. 이는 특정 자극에 익숙해진 나머지 그에 대한 반응이 억압되는 현상을 의미하는데, 처음 접하는 순간에는 격렬한 반응을 유발했던 것이 이후 잦은 반복에 의해 더 이상 자극으로 인지되지 않기 때문이다. 사실 익숙함과 습관화는 인간이 다양한 삶의 조건에 적응하기 위한 중요한 조건이다. 그러나 시 창작에서 감각과 표현의 습관화는 시의 질적 성과와 바로 연결된다. 시의 긴장감과 미학적 쾌감을 감소시키는 습관화는 시적 발상뿐만 아니라 표현에서도 대단히 치명적일 수밖에 없다.

열린 마음과 편견 없는 자세는 새로운 시선으로 세상을 바라보는, 발상의 전제 조건이다. 그만큼 중요하고 어렵다는 것이다. 사람은 머릿속에 각인된 인상을 쉽게 지우지 못하기 때문에 어떤 대상을 접하게 되면(자극을 받게 되면) 반사적으로 직관적인 이미지가 튀어나온다. 발상은 이렇게 자신에게 익숙한 것들을 새롭게 바라보는 방식을 의미한다. 집요하게 자세히 바라보면 이전에 보지 못한 면모를 발견하게 되고, 이것이 새로움을 안겨준다. 효율적인 발상을 위해 시인은 자신의 모든 감각기관을 동원하여 세계와 대상을 인지해야 한다. 시각, 청각, 촉각, 후각, 미각 등 오감을 총동원하여 그 상황과 전면적으로 맞서야만 비로소 보이기 시작하는 이미지와 감각의 디테일에 집중해야 한다.

이러한 시적 발상에 대해 간략하고 명확하게 설명해주는 심사평이 있다. 2015년 『한국일보』 신춘문예의 심사평(황지우, 이문재, 남진우)이다.

시에서 발견과 발명은 구분된다. 발견이 낯익은 대상에서 낯선 의미를 찾아내는 과정이라면, 발명은 대상과 무관하게 낯선 의미를 빚어내는 과정이라고 말할 수 있다. 그래서 발견은 소통 가능성(서정시), 발명은 소통 불가능성(비서정시)과 직결되고, 다시 발견은 언어의 투명성(우리), 발명은 언어의 불투명성(나)과 연관된다. 우리 현대시는 발견과 발명 사이에 서식한다.

시를 쓰려는 사람은 창작의 계기가 될 수 있는 특정한 상황이나 느낌, 이미지 등에 몰두하다가 새로운 자극에 접하는 순간을 경험한다.

이때 내부의 씨앗과 외부의 자극이 새로운 어떤 것으로 결합할 수 있도록 우리는 무의식적으로 영향력을 발휘한다. 그리고 이 자극을 받아내고 옮겨내는 태도에 따라 발견과 발명으로 구분할 수 있다. 심사위원들은 아래의 당선작을 "재난 상황이라는 대상을 넘어 낯선 이미지를 통해 이질적 세계를 구축하는 데 집중하고" 있어 발명에 가깝다고 평가했다.

연속사방무늬 물이 부서져 날리고
구름은 재난을 다시 배운다

가스검침원이 밸브에 비누거품을 묻힌다

바닥을 밟는 게 너무 싫습니다
구름이 토한 것 같습니다

낮이
맨발로 흰색 슬리퍼를 끌면서 지나가고
뱀이 정수리부터 허물을 벗는다

구름은 발가락을 다 잘라냈을 겁니다
전쟁은 전쟁인 거죠
그는 무너진 방설림 근처에 하숙하고
우리 집의 겨울을 측량하고 다른 집으로 간다

풍경의 뉘앙스

우리 고개를 수그려 인사를 나누었던가

폭발음이 들렸던가

팔꿈치로 배로 기어가 빙하를 밀고 가는 정수리

허물이 차갑게 빛난다 눈 밑에서 포복하던 생물들이 문을 찢는다

인질들이 일어선다

─김복희, 「백지의 척후병」(2015년 『한국일보』 당선작)

시의 발상은 시적 대상에서 시작된다. 비록 형이상학적 내용의 시라 할지라도 강 한복판이나 허공 어느 곳에라도 하나의 점을 찍어야 하듯, 발상은 반드시 출발점을 필요로 한다. 시를 쓰는 마음의 동요, 영감, 움직임은 단순히 고요한 자동 발화에 의한 것이 아니라 외부 시적 대상과의 마찰을 통해 그 존재를 드러낸다. 그리고 시인이 그 시적 대상을 작품 안에서 어떤 방식으로 풀어가느냐, 형상화해내느냐에 따라 발명과 발견으로 나뉘게 된다.

「백지의 척후병」 역시 화자의 내면 풍경에 집중하면서 '가스검침' 행위에서 자기만의 낯선 의미를 발명해낸다. 아무도 흉내 낼 수 없는 발명이다. '가스검침'과 무관한 시인만의 상상이며 의미다. 가스검침원이 가스 누출 확인을 위해 밸브에 비누거품을 묻히는 선명한 장면 하나에서 시인은 자신만의 내면 풍경을 발명해낸다. 이때 방법론적으로 시인에게 필요한 것은 정신적 완화의 상태다. 정신적으로 긴장을 완화함으로써 자기만의 생각이나 몽상에 잠겨서 자기 자신에게 완전히 몰두해야 새로운 발상이 유연하게 열린다. 발상은 영혼의 자유로운 방출이다.

이 시가 그렇다.

어떤 이는 이 작품 속 재난을 폭력으로 읽어낸다. 가스검침원의 방문에 시적 화자인 젊은 여성이 공포를 느끼며, 검침원이 집에 머무는 짧은 시간 동안 시인의 무의식에 잠복해 있던 방어기제가 작동하면서 파편화된 개인의 내면을 그려냈다고 한다. 그리고 어떤 이는 겨울로 상징되는 사회적 관계의 단절과 소통 불능의 공포를 이야기하고 있다고도 한다. 어떠한 독법이 더 유효한지는 이 자리에서 중요하지 않다. 발명에 기대어 시작한 발상의 시는 언어의 불투명성, 소통의 불가능성을 내재할 수밖에 없기 때문이다.

바닥에 떨어진 비누거품은 구름의 토사물이 되고, 검침원은 재난에서 안전한 방설림 근처에 거주하고 있는데 정작 그는 빙하를 밀고 다니는 인물이란 정보 정도가 발명의 최소 조건으로 작동하고 있다. 척후병이란 상대편인 적의 형편이나 지형지물 따위를 정찰하고 탐색하는 병사를 가리키는 말인데, 백지의 척후병이란 의미망도 발명의 영역에 놓여 있다. 백지가 액면 그대로 하얀 종이인지, 겨울의 한 풍경인지, 화자의 내면인지 짐작은 가능하나 확신이 서지 않는 세계이기 때문이다.

시인에게는 비누거품과 뱀의 허물, 구름과 빙하 등의 새로운 인상이 어떻게 기존의 지식과 결합되는지가 중요하다. 이때의 결합은 뚜렷한 목적을 가지고 집중할 때 유발되는 것이 아니다. 주의와 관심의 방향성을 갖추되 그것들의 한계를 제한하지 말고, 눈앞의 대상이 보여주는 것 너머의 것을 보는 투시의 훈련을 통해서 가능하다. 이러한 과정을 통해 시인은 구름 속에서 재난을 발명하고, 전쟁과 인질을 발명한다. 생각이 이리저리 거칠게 요동치고 결합될 때, 연상과 공상 사이에서의 발명이

가능하게 된다.

앞에서 설명한 것처럼 시적 발명은 인지의 문제에 해당한다. 하루하루 시시각각 변화하는 이 세상은 우리에게 새로운 생각과 감각을 불러일으키는 것들로 넘쳐난다. 그런데 우리는 그것들의 대부분을 제대로 보지 못하고 지나치기 마련이다. 혹시나 당신이 시를 쓰기 위한 발상(발명)을 원한다면 무의식적으로 지나치는 미미한 것들에 더욱 주의를 집중하고 그것에 의식적인 생각을 투여하도록 노력해야 한다.

보는 것과 아는 것의 사이를 건너는 연상법 – 발명 2

시인이 세상을 보는 방식은 외부의 자극과 내부 반응 사이의 '연결'을 기초로 한다. 일반적으로 유추와 비유를 통해 비슷한 것끼리 묶어나가면서 변형된 감각과 이미지를 만들어내는데, 좀처럼 묶을 수 없는 것들이 있다. 연결이 안 될 것 같은 두 대상을 연결시키는 것이 상상이며, 시적 발명이다.

이 발명은 경험에 의해서만 가능하다. 상상이란 우리가 직접적이든 간접적이든 인지해서 경험한 내용을 전제로 해서 발생하기 때문이다. 듣지도 보지도 못하는, 아무것도 경험하지 못한 갓난아이에게 상상력이 있을 수 없는 법이다.

시적 발명의 두 번째 태도는 연상(聯想)인데, 연상은 생각을 흘러가는 대로 두면서 어떠한 방해물에도 개의치 않도록 나아갈 수 있도록 하는 것이다. 특히 시에서 연상은 그것을 무한 변형시키면서 연결시키는 게 가능하다. 어떤 시를 읽으면 처음 시작했던 출발점에서 엉뚱하게(?) 벗어나는 경우도 종종 목격할 수 있다. 하지만 시인들은 이러한 연상을 선호한다. 자신만의 생각을 끌어낼 수 있는 가성비 높은 방법이기 때문이다.

　빨강 초록 보라 분홍 파랑 검정 한 줄 띄우고 다홍 청록 주황 보라. 모두가 양을 가지고 있는 건 아니다. 양은 없을 때만 있다. 양은 어떻게 웁니까. 메에 메에. 울음소리는 언제나 어리둥절하다. 머리를 두 줄로 가지런히 땋을 때마다 고산지대의 좁고 긴 들판이 떠오른다. 고산증. 희박한 공기. 깨어진 거울처럼 빛나는 라마의 두 눈. 나는 가만히 앉아서도 여행을 한다. 내 인식의 페이지는 언제나 나의 경험을 앞지른다. 페루 페루. 라마의 울음소리. 페루라고 입술을 달싹이면 내게 있었을지도 모를 고향이 생각난다. 고향이 생각날 때마다 페루가 떠오르지 않는다는 건 이상한 일이다. 아침마다 언니는 내 머리를 땋아 주었지. 머리카락은 땋아도 땋아도 끝이 없었지. 저주는 반복되는 실패에서 피어난다. 적어도 꽃은 아름답다. 적어도 나는 그렇게 생각한다. 간신히 생각하고 간신히 말한다. 하지만 나는 영영 스스로 머리를 땋지는 못할 거야. 당신은 페루 사람입니까. 아니오. 당신은 미국 사람입니까. 아니오. 당신은 한국 사람입니까. 아니오. 한국 사람은 아니지만 한국 사람입니다. 이상할 것도 없지만 역시 이상한 말이다. 히잉 히잉. 말이란 원래 그런 거지. 태초 이전부터 뜨거운 콧김을 내뿜으며 무의미하게 엉겨 붙어버린 거지. 자신의 목을 끌어안고 미쳐버린 채로 죽는 거지. 그렇게 이미 죽은 채로 하염없이 미끄러지는 거지. 단 한 번도 제대로 말해본 적이 없다는 사실이 안심된다. 우리는 서로가 누구인지 알지 못한다. 말하지 않는 방식으로 말하고 사랑하지 않는 방식으로 사랑한다. 길게 길게 심호흡을 하고 노을이 지면 불을 피우자. 고기를 굽고 죽지 않을 정도로만 술을 마시자. 그렇게 얼마간만 좀 널브러져 있자. 고향에 대해 생각하는 자의 비애는 잠시 접어두자. 페루는 고향이 없는 사람도 갈 수 있다. 스스로 머리를 땋을 수 없는 사람도 갈 수 있다. 양이 없는 사람도 갈 수 있다. 말이 없는 사람도 갈 수 있다. 비행기 없이도 갈 수 있다. 누구든 언제든 아무 의미 없이도 갈 수 있다.

—이제니, 「페루」(2008년 『경향신문』 당선작)

앞에서도 다룬 바 있는 이 작품은 그해 신춘문예 당선작들 중에서도 많은 사람들이 관심 있게 읽었던 작품 중 하나였다. 아이들의 끝말잇기 놀이처럼 제한 없이 펼쳐내는 상상력과 역동적인 리듬이 시의 개성을 구축하고 있다. 말과 말 사이, 말과 사물 사이를 무시하듯 거침없이 넘어서며 말의 탄력을 만들어내고 연상의 쾌감까지 선사한다. 이때 연상의 쾌감은 말과 사물의 지시적 논리를 거부하는 데서 비롯되는데, 단순히 단어 조합의 말장난이 아니라 대상을 기표로 지시하는 동시에 대상의 기의(기의)를 숨겨버리는 언어의 메타적 놀이로 읽힌다. 이렇게 논리적 의미에 구속되지 않는 연상법은 시적 발명에 해당된다.

시인은 작은 시냇물을 건너는 징검돌을 밟듯, 언뜻 보기에는 무관하거나 낯설게 보이는 단어와 이미지를 징검돌처럼 밟고 뛰어다니며 세계를 만든다. 양에서 울음소리로, 두 줄로 땋은 머리에서 고산지대의 들판으로, 그리고 다시 라마의 두 눈에서 페루로 연결되는 발명의 연상법은 논리의 의도와 폭력에서 시의 '말'을 해방시켜준다. 고정된 의미와

강압적 논리에 맞서는 이러한 연상법은 모호하지만 아름다운 울림과 이미지로 독자를 매혹시킨다. 이를 이미지와 리듬의 발명이라고 해도 되겠다.

심사위원들 역시 이렇게 평가하였다. "그의 시들은 대개 행갈이를 하지 않고 문장을 잇대어 쓴 산문시다. 그런데도 그 시들은 리듬감이 뛰어나고, 진술에 역동성이 있다. 생동하는 말맛의 맛깔스러움이 피처럼 출렁거리며 줄글 속을 달린다. 달리는 말의 리드미컬한 속도감이 이미지와 이미지 사이의 빈 공간을 메워, 시의 풍경이 활동사진처럼 단절감 없이 펼쳐진다. '누구든 언제든 아무 의미 없이도 갈 수 있'는 페루처럼 그 이미지를 논리적으로 따라가지 않는다 하더라도 말 자체의 속도

풍경의 뉘앙스

감이 쾌감을 준다"고.

　인간의 생각과 느낌은 모두 기억의 양식으로 축적되고 배열되었다가, 외부의 자극이 발생할 경우 새로운 이미지와 정서로 생성된다. 연상법은 보는 것과 아는 것 사이를 연결시키는 하나의 시적 방법으로, 개인의 고유한 생각과 기억, 개인적 경험을 토대로 한다. 발상의 단계에서 가장 소중한 순간과 자극에 접근하지 못한다면, 즉 그것들을 기억해내지 못한다면 이전의 어려운 관찰과 인상은 아무런 의미를 지닐 수 없다. 그러므로 시인의 고유한 기억은 시적 발상의 중요한 요소가 된다.

　"고향이 없는 사람도 갈 수 있"고 "스스로 머리를 땋을 수 없는 사람도 갈 수 있"고, "양이 없는 사람도 갈 수 있"고, "말이 없는 사람도 갈 수 있"고, "비행기 없이도 갈 수 있"는 페루는 "누구든 언제든 아무 의미 없이도 갈 수 있"는 시인의 발명품이다. 이 페루에는 시인이 저장해놓았던 고향과 두 줄로 가지런히 땋았던 머리와 고산지대의 들판과 라마의 두 눈이 이미 녹아 있다. 이것들은 이전에 감각적 자극을 통해 수용된 기억으로, 시인에 의해 주관적으로 해석되면서 '기억 흔적'으로 저장된 것들이다.

　일반적으로 강력하게 기억되는 내용은 집중력이 가해져 의식적으로 가공된 경우가 많은데, 중요하지 않았던 것들은 차츰 사라지거나 잠재의식 속에 저장된다. 그런데 새로운 자극이 발생할 경우 기존에 존재하는 기억 내용이 새로운 정보와 결합하게 된다. 처음에는 느슨하게 산재되어 있던 두 갈래 머리나 고산의 들판, 라마의 모습 등이 외부의 자극과 결합함으로써 또 다른 의미를 획득할 수 있다.

　그런데 이러한 기억은 개인적 혹은 자전적 기억으로서 가공된 내용이 입력되고, 이것이 인출될 때는 감정적 상태가 중요한 영향을 미친다. 기억이 유출되는 방식은 두 가지이다. 하나는 그 내용이 즉흥적으로 떠오를 때, 또 다른 하나는 특정한 목적을 가지고 깊이 생각하거나 특정 유발자를 통해 야기되는 경우다. 고향을 그리워하는 비애를 잠시 접어두고, "죽지 않을 정도로만 술을 마시"고 싶은 화자에게 이 시의 이미지는 즉흥적으로 유발되었다. 연상은 이때 시인의 정신적 내용을 결합시키는 역할을 한다.

시를 쓰고자 하는 이들이 꼭 알아둬야 할 것은 관습에서 벗어난 생각, 즉 확산적 사고를 잘할수록, 대상과 대상 사이의 긴장이 고조되면서 연상의 효과가 극대화된다는 점이다. 연상을 시도할 경우, 되도록 보편적 논리에 맞지 않는 자기 논리와 감각을 끌어오는 것이 중요하다. 이러한 연상은 인간의 생각이 지닌 본연의 행위이며 끊임없이 무의식적으로 발생하기도 한다. 연상이 없다면 시인이 느낀 감각적 인상을 구체적 형상으로 바꾸거나 기존의 감각과 결합시키지 못한다. 생각을 제멋대로 뒤죽박죽 섞는 위대한 능력이 시에서는 발명인 까닭임도 잊지 않아야 한다.

관찰과 경험의 정신적 가공법 – 발견 1

앞에서 시의 발명과 발견을 구분하면서, 시의 발견은 "낯익은 대상에서 낯선 의미를 찾아내는 과정"이라 설명하였다. 이는 시 창작법에서 가장 기초가 되는 발상법이기도 하다. 익숙한 것을 새롭게 보려는 노력인데, 인간은 의식적으로 경험한 것만을 기억하는 게으름에 빠지기 쉽다. 여기에서 벗어나기 위해서는 단지 대상과 세계를 호기심을 가지고 바라보는 것뿐만이 아니라 내면의 세계도 주의 깊게 관찰하고 상상해야 한다. 관습화되고 빤한 지각의 틀에서 벗어나 깨어 있는 감각으로 눈앞의 세계를 살필 때 비로소 이전에 발견하지 못한 새로운 세계를 찾아낼 수 있다. 새로운 세계, 낯선 시각은 우리의 생각을 변화시키고 시의 감각을 새롭게 다듬어주기 때문이다.

'숨은그림찾기'나 '틀린그림찾기'를 해본 경험을 한 번쯤은 가지고 있을 것이다. 똑같은 것을 보더라도 보지 못하고 찾지 못하는 경우가 얼마나 많은가. 동일한 공간, 동일한 상황을 목격하지만 누군가는 기억을 하고 누구는 무심하게 스쳐 지나가는 사물과 풍경도 있기 마련이다. 우리는 무수한 정보와 자극 중에서 극히 일부분만을 인식하는 경향이 강하다. 각자의 흥미와 관심, 필요성에 의해 보고 싶은 것만을 보고 찾고 기억하기 때문인데, 현대사회에서 효율성의 가치가 절대화하면서 인간의 시선 역시 명확한 목적의 지배를 받기 때문이다. 이런 맥락에서 아래의 시를 읽어보자.

우울할 땐 은박지를 긁어요, 저마다 은박지와 동전이란 게 있잖아
스스로의 인생을 나락으로 빠뜨린
꽝의 확률은 잊어라, 잊어라

맨발로 떠도는 광신도의 얼굴로
복권을 사는 사람들처럼

뭐라고 쓰여 있나요

당신도 내가 보고 있는 걸 보고 있나요, 아니겠죠

의심이 필요 없는 순간에 서로를 못 믿을 만큼 성실해본 적도 없으
면서

새살이 차오르는 것처럼

긁은 자리가 다시 차올라요
아무리 긁어도 찢어지지 않을 때 알아봤어야 하는데

외로움이 필요할 때마다 은박지가 벗겨진 자리에 새겨져 있던 문
구를 잊었다

가난을 동경하라
죽은 사람을 추종하라
지리멸렬한 영원을 꿈꾸라

수북이 쌓여가는 은박지 재, 빛나는 개미 떼

알아듣지 못해도 이해할 수 있는 문장이 있어서 자꾸만 아름다워
져 가, 초조해

저마다의 은박지와 동전이란 게 있어서

풍경의 뉘앙스

우리는 신이 되어 가고 있다

가난한 계시에 중독된

─오경은, 「계시」 (2018년 〈중앙신인문학상〉 당선작)

심사를 맡았던 김기택, 나희덕 시인은 이 작품에 대해 복권을 긁는 사소한 행동에서 깊은 슬픔을 읽어내며 "저마다의 은박지와 동전"에 주목한다"고 평가하였다. 이때 '주목'이란 말은 여기에서 '발견'이란 말로 바꿔도 좋겠다. "지리멸렬한 삶에 대한 환멸과 위트"도 있으며 "개인적 고통이 사회적 차원으로 확대되는" 풍경도 목격할 수 있다. 역시 '목격'이란 말을 발견이란 단어로 바꿔도 무방해 보인다.

즉석복권을 사는 사람을 보거나 직접 사본 경험은 별스럽지 않은 내용이다. 그러나 복권의 숫자가 가려진 은박지를 긁는 사람들의 모습에서 "맨발로 떠도는 광신도의 얼굴"을 발견하는 일이나 "가난한 계시에 중독된" 모습을 발견하는 것은 평범한 일이 아니다.

복권방이나 편의점에서 흔히 목격되는 풍경을 우리는 눈여겨보지 않는다. 우리 뇌가 기억하는 감각의 결정 요인 중 높은 비중을 차지하는 것이 자극의 강도이기 때문이다. 이질적이고 낯선 풍경이 더 눈에 잘 들어오기 마련이다. 그러나 시적 발견을 위해 과도하게 낯설고 새로운 것에 초점을 맞춰서는 안 된다. 시각적으로 화려하고, 청각적으로 시끄럽고, 촉각적으로 강렬한 것만이 흥미로운 것은 아니다.

시적 발견에서 우리가 놓쳐서는 안 될 부분은 내적 표상(Internal Representation), 즉 내면적 이미지에 관한 내용이다. 시인은 자신이 인식하는 대상에 대한 인상을 단순히 지각기관을 통해 외부의 것 그대로 옮겨 오는 게 아니다. '꽝의 확률'을 잊고, 자신을 나락으로 빠뜨린 사실도 잊고, 허튼 희망처럼, "아무리 긁어도 찢어지지" 않는 복권을 계시로 믿고 싶어 하는 사람들의 모습에서 외로움과 가난과 영원을 들여다보는 일은, 시인의 의식 안에 축적되어 있는 "디스토피아적 현실에 대한 우울과 분노"가 외부 세계의 복권과 조화되어 발견되는 풍경들이다.

"수북이 쌓여가는 은박지 재"처럼 "알아듣지 못해도 이해할 수 있는" 행운의 기적은 시인이 '복권'에서 얻는 전체적 합 이상의 인상, 어떤 새롭고 통합적 형태의 감각을 표현할 수 있게 해준다. 이는 인간의 감각 기관이 감각의 대상과 세계의 특정한 자극 및 정보만을 받아들이는 것이 아니라 우리의 내면세계에서 느끼는 인상의 질적 판단까지 고려하여 하나의 인상을 만들어내기 때문이다. 이를 정신적 가공이라고 할 수 있다.

시적 발견의 발상법에서 중요한 포인트는 시인의 개별적 감각 인지와 느낌이 어떻게 감각의 신선도를 유지하느냐의 문제다. 누구나 볼 수 있는, 한 번이 아니라 수십 번 목격하고 지나친 사물과 풍경 속에서 시인은 어떻게 유레카의 경험을 만들어낼 수 있는가가 관건이다. 이때의 시인은 기본적으로 새로운 영감을 얻기 위해서 먼저 호기심을 갖춰야 한다. 익숙하고 친숙한 것들에서 벗어나 새로운 측면을 발견해야 하는데, 그러기 위해서는 무엇보다 집요하고 자세한 관찰이 필요하다. 그리고 자신만의 고유한 내적 이미지와 결합시켜 새로운 감각으로 표현해 내야 한다. 독자들이 원하는 것은, 심사위원이 원하는 작품은, 실제의 모습을 재현한 따분한 시가 아니라 세상을 지각하면서 새로운 현실을 사유하는 상상력의 발현임을 잊지 말아야 한다.

인상과 상상의 조립법 – 발견 2

시인이 무엇인가를 보고 듣고 느낀다는 것은 단지 외부 대상을 수정체와 망막, 시신경을 통해 파악하고 외부 소리를 고막과 청소골, 달팽이관의 전달로 인지하는 것과는 다르다. 버스 뒷자리에 앉아 스마트폰으로 웹서핑하면서 이따금씩 울리는 자동차 경적 소리를 듣는 것과는 다른 차원의 방식으로 세상과 대상을 만나기 때문이다. 시인이 보고 듣고 느낀다는 것은 살아 움직이는 감정을 통해 대상을 이해하며 받아들인다는 의미다.

인간의 지각 행위 중 본다는 것은, 시인에게 발견이라는 새로운 차원을 부여한다. 시인은 단순히 외부 사물의 이미지를 그대로 포착하는 데 그치는 게 아니라, 이전 경험과 앎을 매개로 하여 새로운 차원과 세계를 만들어낸다. 오지의 원시인들이 하늘을 나는 비행기를 처음 보고 커다란 새로 인식한다면, 그것은 날개가 있고 하늘을 나는, 즉 자기 앎 안에서의 인식이 바탕을 이루기 때문이다. 원시인은 비행기라는 사물을 알지 못하고, 그들의 앎의 체계에는 비행기가 존재하지 않는다. 사실 시적 발견의 두 번째 방식인 조립법은 시적 발명의 두 번째인 연상법과 내용적 측면에서 많은 유사점을 가지고 있다. 다만 표출의 방식에서 언어의 투명성과 소통 가능성의 기준으로 나뉠 뿐이다.

앞서 미처 하지 못한 이야기를 해보자. 철학 용어 중에 '에이도스(eidos)'라는 그리스 어원의 말이 있다. 에이도스는 눈으로 볼 수 있는, 구체적으로 감각되는 사물의 형과 모양을 가리킨다. 이 말은 원래 '보다'라는 뜻의 '이데인(idein)'에서 파생된 것으로, 이데인은 보이는 모양을 통해 어떤 사물의 본질을 다른 사물과 구별 지어 안다는 것을 의미한다. 즉 고대 그리스 철학자들에게 '본다'는 것은 '안다'는 것의 또 다른 행위였다. 마찬가지로 시인에게도 본다는 것은 안다라는 또 다른 차원의 의미망을 가지고 있다. 발명의 연상법이나 발견의 조립법 모두 동일한 인식 토대를 공유하고 있다. 보고 아는 순차적, 혹은 동시적 행위를 통해 대상에 대한 인식이 교차하는 상호작용을 거치고 새로운 시적 세계를 파생시킬 가능성을 지니게 된다는 점이다.

배추김치.... 파김치.... 상추겉절이.... 오이소박이.... 어머니.....

.... 어머니.... 우리 집 식탁에는 온통 풀뿐이네요

우리의 저녁 식사는 말들이 좋아하겠어요

보세요? 하얀 접시 위에 그려진 말이 우리보다 먼저

우리의 저녁 식탁에 와 있잖아요. 그래요. 거기요. 가만히,

아이처럼 귀를 기울이면,

어디선가 또 다른 말이 들길을 지나 마을 건너

가난한 우리 식탁으로 달려와요. 들리세요?

주인을 버리고 달려오는 말울음 소리요

저기 먼 곳에서는,

젖가슴 하나 달린 여자들이

안장도 없는 말을 타고

드넓은 대지를 흔들며 산다던데.... 히잉! 어머니

주홍빛 하늘이 몰려와 대지를 덮으면

동그랗게 몸을 웅크린 여자들이

말갈기 같은 머리카락을 휘날리며

풍경의 뉘앙스

우리 식탁을 향해 자신의 말들을 찾아

고단한 하루치 태양을 쉬게 하고 달려와요

.... 히잉! 어머니

당신이 좋아하는 딸기 아이스크림이 녹을 때처럼

하늘이 물들어갈 때, 그녀들이 달려와요

가슴 하나를 도려낸 그녀들이, 자꾸만 자꾸만

초대받은 손님처럼 달려와요

어머니, 유방암에 걸린

아마존의 여왕, 히폴리테여

듣고 계신가요?

전사들이

우리의 밀림으로 몰려오는 소리,

그 침묵의 소리들이요

… 히잉! 어머니.

　　　　　　—윤진화, 「모녀(母女)의 저녁식사」(2005년 『세계일보』 신춘문예 당선작)

　심사를 맡았던 유종호, 신경림 선생은 이 작품의 발상이 아주 신선하다고 평했다. 이들은 심사평에서 "풀뿐인 식탁-말-아마존의 여왕 히폴리테-유방암에 걸린 어머니의 연상도 재미있지만, 이미지가 청승맞거나 구질구질하지 않고 쌈박하고 날렵한 점도 호감을 갖게 한다"고 밝혔다. "사물을 보는 시각이 다른 사람과는 본질적으로 같지 않음"을 주목하고 높게 평가한 것이다.

　발명의 방식인 연상이 활용되었지만, 여기서는 발견의 방식인 조립으로 접근하려고 한다. 시인이 바라보고 있는 풍경은 배추김치, 파김치, 상추겉절이만 가득한 저녁 식탁을 마주하고 있는, 유방암에 걸린 어머니다. 심사평처럼 충분히 청승맞을 만한 장면인데도 시인은 남들과 다른 시선으로 새로운 풍경을 발견해낸다. 어디선가 "주인을 버리고 달려오는 말울음 소리"가 들리고, 이 말들을 찾기 위해 "드넓은 대지를 뒤흔들며" "젖가슴 하나 달린 여자들이" 달려온다. 이때 시인은 자신의 어머니를 여성 전사 부족인 아마조네스의 왕인 히폴리테로 대체시킨다. 아는 것처럼 아마조네스 부족은 남자아이는 버리고 여자아이만을 용맹한 무사로 키우는 부족이다. 유방암의 어머니를 가장 용맹한 전사 히폴리테로 부르는 까닭은 무엇일까? 시인이 히폴리테를 보는 것은 시적 발견의 행위다. 눈앞에 있는 어머니라는 시각적 자극을 앎의 체제인 그리스신화 속에서 해석하기 때문이다.

반복해서 이야기하지만 시인이 외부의 대상을 이해하고 해석하면서 받아들이는 과정을 시적 발견이라고 할 수 있다. 사회적 역사적 문화적 차이로 어떤 동일한 행위가 달리 해석되는 것처럼, 시인 개인의 고유한 체험과 각인된 정서를 통해 시인은 또 다른 세계를 발견해낼 수 있는 것이다. 시인이 어머니와의 저녁 식탁에 말들을 불러오고 아마존의 전사들을 불러들인 것은, 풀뿐인 식탁과 유방암을 앓고 있는 어머니에 대한 선입견과 관점을 버림으로써 가능해진다. 대상에 대한 주입된 인상과 판단은 대상에 대한 새로운 해석과 이해, 즉 시적 발견을 방해하기 마련이다. 갈릴레오 갈릴레이가 지동설을 주장했음에도 수백 년 동안 유지되었던 천동설처럼 우리는 대상을 익숙한 방식으로 보려는 데 익숙해져 있다.

풍경의 뉘앙스

심사위원들이 이 작품의 "이미지가 청승맞거나 구질구질하지 않고 쌈박하고 날렵한 점도 호감을 갖게 한다"고 한 대목도 유념해서 살펴보자. 유방암에 걸린 어머니와 단둘이 마주한 초라한 저녁 식탁에 대한 기존의 관념과 정서의 규정에서 벗어나, 다르게 보는 발견의 능력을 시인이 지니고 있다는 의미다.

올바른 시적 발견은 습관적 재현에서 벗어나 오랜 관습적 감각을 깨우는 방법론이다. 그리고 발견에 요구되는 또 다른 능력은 눈에 보이는 것을 능동적으로 재구성하는 능력이다. 풀만 가득한 식탁에 말들을 소환하는 재구성의 능력은 감추어진 것, 보이지 않는 것을 발견해내는 능력까지 포함하고 있다.

대상의 모든 면을 한 번에 볼 수 없는 것이 인간의 한계라면, 이 한계를 통해 오히려 세상과 우리의 관계를 풍요롭게 하는 것이 바로 시적 발견이 지닌 가치다. 보고 있지만 보고 있음으로 해서 보지 못하는 것이 있음을 깨닫고 그 이면을 발견하거나 창조하는 것이 시 창작의 기초임도 잊어서는 안 될 것이다.

이미지를 위한 기술

시는 결국 이미지에서 시작해서 이미지로 끝나는 문학 장르이다. 국어 시간에 한 번쯤 들어봤을 시의 구성 요소가 혹시 지금도 생각이 나시는지. 국어 시험에서는 흔히 음악적 요소, 회화적 요소, 의미적 요소로 시를 분해한다. 그러나 이러한 층위에서 벗어나 시를 전체적 체감으로 살펴본다면 시를 시답게 하는 것은 당연히 운율이다. 운율은 외형적으로 드러나 있든, 혹은 산문 형태로 감추어져 있든 시 고유의 생래적 리듬이어서 도무지 감출 수가 없다. 운율은 시에서 정체성과 같은 요소이다. 때문에 시를 쓰기로 마음을 먹으면, 시인은 이미 이 운율 안에 갇히게 된다. 그것이 비록 산문시일지라도 말이다.

하지만 시의 회화적 요소로, 심상(心象) 혹은 '마음의 그림'이라고 불리는 이미지는 운율에 비해 훨씬 까다롭고 복잡하다. 왜냐하면 이미지는 시인이 자신의 감각을 통해 경험한 대상을 독자들의 머릿속에 살아 있는 것처럼 고스란히 펼쳐놓아야 하는데, 이미지 말고는 논리적 설명이나 다른 무엇으로 그것을 대신할 수 없기 때문이다. 게다가 이미지는 바닥, 즉 제로베이스, 완전의 무형에서부터 시작되는 요소다.

이미지가 삼차원적 조각상을 의미하는 그리스어 'eikōn'에서 유래되어 'icon'이 되고, 죽은 자의 초상을 뜻하는 'imago'가 되었다는 설명이 무슨 대수겠는가. 대신 청년 시절 체 게바라와 함께 라틴아메리카의 혁명에 직접 참여했던 프랑스의 작가이자 매체학자인 레지스 드브레의 지적을 소개하고자 한다. 그는 저서 『이미지의 삶과 죽음』에서 '이미지(image)'는 '마술(magic)'과 같은 철자의 조합이라고 설파했다. 즉 이미지 속에 마술이 들어 있고, 마술 안에 이미지가 들어 있다는 뜻인데, 혹시나 이 말을 듣는 순간 아, 하는 느낌이 오지 않으셨나.

마술이라는 게 무엇인가? 텅 빈 모자에서 비둘기나 토끼를 꺼내고, 빈손에서 끊임없이 종이카드를 뽑아내고, 순식간에 사람을 없애거나 없어진 사람을 엉뚱한 곳에 나타나게 하는 게 우리가 알고 있는 마술이다. 눈에 보이지 않는 것을 보이게 만들고, 눈에 보이는 것을 보이지 않게 만드는 것, 결국 이미지를 만들어내고 그것을 자유자재로 조종하는 것이 마술이라고 할 수 있다.

사람들은 마술이라 하면, 장터의 야바위꾼을 떠올리거나 착각, 착시, 환상, 환영과 같은 단어를 연상하며 일종의 속임수, 눈속임으로 이해한다. 마술은 이렇게 일어나지 않은 일을 마치 일어난 일처럼 내보임으로써 관객을 속인다. 마술과 한통속인 이미지도 마찬가지다. 보이지 않는 것을, 혹은 아무도 본 적이 없는 것을 우리 눈앞에 떡하니 내놓는 게 이미지다.

로마 바티칸 궁전에 있는 시스티나 예배당의 천장에는 미켈란젤로의 그림 〈아담의 창조〉가 그려져 있다. 미켈란젤로는 구약성서에 근거해 지금껏 아무도 보지 못했던, 그저 상상으로만 떠올렸던 아담과 신의 모습을 구체적 형상으로 구현해냈다. 옛날 머리맡에서 할머니에게 들었던 구미호의 이야기나 동화 속 유령이나 괴물들을 우리는 정작 단 한 번도 보지 못했지만, 충분히 구체적이고 생생한 형상으로 소환해낼 수 있다. 그러니까 이미지는 단순한 눈속임이 아니라 보이지 않는 것을 보이게 만드는, 마술인 셈이다.

대학교 1학년 '시론'의 첫 강의 시간에, 정년퇴임을 앞두고 있던 노교수는 대뜸 "시 속에 그림이 있고, 그림 속에 시가 있다"는 설명을 하셨다. 그는 에즈라 파운드를 신봉하며 사 년 내내 '이미지스트의 선언'만을 줄줄 외셨는데, 항상 시와 그림은 같은 원리라는 말씀을 덧붙였다. 귓등으로만 들었던 이 말의 뿌리가 송나라의 시인이자 화가인 소식의 '시중유화, 화중유시(詩中有畵 畵中有詩)'라는 말에서 비롯되었음을 알게 된 건 한참 후의 일이었다.

흔히들 "시 속에 그림이 있고, 그림 속에 시가 있다", "시는 소리 있는 그림이요, 그림은 소리 없는 시이다"라는 정의가 시와 그림을 동일시하던 동양의 전통에서 비롯된 것이라고 하는데 이는 조금 틀린 내용이다. 서양의 호라티우스 시학이나 르네상스 시대 이탈리아의 회화론을 뒤져보면 "시는 회화와 같이", "회화는 시와 같이"라며 글과 그림이 하나의 뿌리임을 밝히는 것들이 적지 않다. 장르적 표현 수단과 방식에서 차이가 있을 뿐이지 결국 지향하는 바는 같기 때문이다. 우리가 이미지를 이야기할 때 회화적 이미지를 먼저 떠올리는 것도 이 맥락과 다르지 않을 것이다. 이왕 미켈란젤로도 나오고 소식도 나왔으니, 현대화가인 르네 마그리트를 한번 소환해보자.

보통 르네 마그리트 하면, 초현실주의의 다양한 작품들이 떠오르지만, 대부분의 사람들은 그중 담배 파이프를 그려놓고 그 밑에 프랑스어로 "Ceci n'est pas une pipe(이것은 파이프가 아니다)"를 적어놓은 〈이미지의 반역〉을 먼저 떠올릴 것이다. 담배 파이프를 그려놓고서 이건 파이프가 아니라고 하는 당혹감을 선사하는 이 작품을 통해 마그리트는 단어와 이미지의 관계를 모순어법으로 다시 한번 확인해준다.

마그리트는 회화에서의 언어적 메시지의 역할을 중요하게 여겼는데, 「언어와 이미지」(1929)에서 글과 그림으로 이루어진 18개 항목을 통해 대상과 언어와 이미지의 관계를 탐색하고 분석하고 정리하는 수고도 마다하지 않았다. 그중 일부를 소개하면 아래와 같다.

- 대상은 그 이름과 그다지 관련이 없으므로, 우리는 그것과 더 잘 어울리는 다른 이름을 찾아줄 수 있다.
- 대상의 이름은 이따금 이미지를 대신한다.
- 말은 현실에서 대상의 자리를 차지할 수 있다.
- 이미지는 한 문장에서 단어의 위치를 차지할 수 있다.
- 모든 것은 대상과 그것을 표상하는 것 사이에 거의 아무런 관계가 없다는 것을 생각하게 한다.
- 다른 두 대상을 지칭하는 데 쓰이는 언어들은 이 두 대상을 구분할 수 있는 것이 무엇인지를 보여주지 않는다.
- 어떤 형태도 대상의 이미지를 대체할 수 있다.

마그리트는 이러한 분석을 통해 대상과 언어, 이미지의 관계를 새롭게 정립한다. 대상과 언어, 이미지의 자의성과, 대상을 언어나 이미지로 치환할 수 있는 가능성, 대상을 재현하는 방식의 다양성에 대해 탐색하면서 대상이 안과 밖, 내면과 외면의 경계를 넘나드는 자유로운 전이의 가능성을 설명하고 있다. 이는 시에서 이미지가 갖는 기능과 역할로도 이어진다. 시는 이미지의 자의성과 가능성을 통한 언어와 형상을 교환하고, 이를 통해 시적 대상의 본질을 새롭게 탐구하고 그 가능성을 확장하는 미적 쾌감을 만들어낼 수 있다. 시인이 하나의 이미지를 만들어내면서 대상에 대해 성찰하고, 관습화된 언어를 배격하고, 기표와 형상의 유희를 즐길 수 있다는 것은 시를 시답게 하는 가장 큰 특성에 속한다. 이런 까닭에 보이는 것들(이미지)과 실재 사이에 놓여 있는 관습적 사고를 거부하고, 당연하게 받아들여지는 현실의 모든 이미지들을 의심하고 자신만의 기발한 발상으로 재해석하는 시인을 철학자라고 부르기도 한다.

말이 많이 돌아왔나 보다. 아무튼 앞에서 잠시 설명한 바처럼 이미지는 시에서 마술 같은 놀라운 능력을 선보이는 시의 중요한 구성 요소이다. 시는 표현을 통해 구체적 이미지를 만들어내며, 이 이미지는 시인이 의도하는 정서나 메시지를 가성비 높게 전달해낸다. 행여 그것의 내용이 추상적 관념일지라도 이미지는 마술과 같은 능력으로, 보이지 않던 그것을 우리 눈앞에 펼쳐놓는다. 이때 눈앞에 펼쳐놓는다는 것이 꼭 시각만을 중시한다는 의미는 아니다. 이미지를 생산하고 수용하는 우리의 신체 감각은 시각뿐만이 아니라 청각, 촉각, 후각 등 다양한 감각에 의존하며, 그것들이 종종 결합되어 공감각의 형태로도 남겨진다. 감각에 대한 충실한 반응은 고스란히 이미지로 이어지는데 우리가 주목해야 할 부분은 감각을 통해 얻는 정보의 80퍼센트가 시각에 의한 것이라는 점이다. 그래서 우리는 이미지라고 하면 자연스럽게 시각과 연결시키게 된다. 시각은 가장 중요하면서도 보편화된 공동 요소의 감각이기 때문에 그만큼 독자와의 공감 통로가 넓고 깊기도 하다.

그럼 구체적 작품을 통해 이미지의 실례를 살펴보도록 하자.

수련 꽃잎을 꿰매는 이것은 별이 움트는 소리만큼 아름답다
공기의 현을 뜯는 이것은 금세 녹아내리는 봄눈 혹은
물푸레나무 뿌리의 날숨을 타고 오는 하얀 달일까

오늘도 공기가 휘어질 듯하게 풍경을 박음질하는
장마전선은 하늘이 먹줄을 튕겨놓고 간 봉제선이다
댐은 수문을 활짝 열어 태풍의 눈에 강줄기를 엮어준다

때마침 장맛비는 굵어지고, 난 그걸 풍경 재봉사라 부른다

오솔길에 둘러싸인 호수가 성장통을 앓기 전,
빗방울이 호수 가슴둘레를 재고 수면 옷감 위에 재봉질한다
소금쟁이들이 시침핀을 들고 가장자리를 단단히 고정시킨다

흙빛 물줄기들은 보푸라기의 옷으로 갈아입고

버드나무 가지에서 밤새 뭉친 실밥무늬가 비치기도 했고
꾸벅 졸다가 삐끗한 실밥이 굴러 떨어지기도 했다

그것은 풍경 재봉사의 마지막 바느질이 아닐까

주먹을 꽉 쥐려던 수련의 얼굴로 톡 떨어지는 물방울

수련꽃이 활짝 피어 호수의 브로치가 되었다
　　　　　　　—김민철 「풍경 재봉사」(2012년 『문화일보』 당선작)

　시의 표현에서 가장 경계해야 할 것은 닳고 닳은 관습적 인식과 상
습적 표현이지만, 그것 못지않게 피상적 인식과 추상적 표현도 반드시
피해야 할 경계 대상이다. 이는 구체적인 정황이나 경험의 실체가 담긴
감정과 태도가 없는 추상적 표현은 시를 암호화하여 독자를 접근 불가
의 상태로 쫓아내기 때문이다.
　김민철 시인은 호수에 떨어져 내리는 빗방울의 자국들을 수련 꽃잎

　　　　　　　　　　　　　　　　　　　　　　　風景의 뉘앙스

을 꿰매는 바느질로 보고, 이를 다시 별이 움트는 소리로 만들어내고 있다. 호수 표면에 부딪치는 빗방울의 모습을 바느질로 변환시키는 이미지의 힘이 생생하게 살아 있는데, 시인은 이를 서둘러 청각적 이미지로 전환시킨다. 별이 움트는 소리와 공기의 현이 그렇다. 여기에 날숨의 촉각과 하얀 달의 시각까지 보태지면서 1연은 그야말로 이미지의 종합선물세트가 된다. 시인은 시각과 청각의 이미지를 조율한 공감각적 이미지를 통해 자신만의 고유한 이미지를 만들어내고 있다.

이러한 이미지의 행진은 2연에서도 이어지는데, 습기 가득한 공기가 너무 무거워 하늘은 휘어질 지경에까지 이르고, 비로소 이 지점에서 시인의 마술이 작동된다. 무거운 공기로 붕괴 직전의 하늘을 기상도의 등압선, 즉 "하늘이 먹줄을 튕겨놓고 간 봉제선"으로 뜯어지지 않게 박음질을 해놓았다는 인식이 그렇다. 다시 4연에서 빗방울들이 호수의 가슴둘레를 재고, 소금쟁이들이 가장자리를 고정시키는 모습도 선명한 이미지로 남는다. 호수 위를 미끄러지듯 움직이는 소금쟁이와 수면에서 튀어 오르는 빗방울의 재봉질 역시 생생한 이미지로 남는다.

그럼 이러한 이미지들은 도대체 어디에서 만들어지는 것일까? 앞선 글에서 설명했던 것처럼 시인이 시적 대상에 대한 끈질기고 내밀한 관찰을 통해 발견을 이뤄내고, 이를 자신만의 이미지로 재구성할 때 개성 있는 시, 살아 있는 이미지들을 만들어낼 수 있다. 다시 말하자면 사물이나 대상의 이면을 보기 위해 그 대상에 밀착해서 오래도록 살피는 일이 이미지를 찾아내고 만들어내는 일의 시작이다. 김민철 시인이라고 해서 한눈에, 단번에, 호수에 내리는 빗방울을 재봉사의 바느질로 생각했을까. 아닐 것이다. 시의 이미지는 한눈에 보이지 않는다. 한눈에 보이는 것은 나만이 볼 수 있는 것이 아니기에 시에 써봤자 별다른 감흥을 만들어낼 수 없다. 시의 이미지는 시적 대상 깊숙이, 혹은 그 이면에 있는 것이어서 원래 한눈에 보이지 않는다. 상상력을 통해 오래오래 지켜보며 공을 들이면서 이미지를 채굴하고 여기에 자연스러운 시적 논리도 붙여가야 좋은 시가 될 수 있다. 이미지는 결국 사유의 깊이에서 나오는 것이다.

메마른 나무옹이에 새 한 마리가 구겨져 있다
다물어지지 않는 부리 위를 기어다니는 어두운 벌레들
작은 구멍에 다 들어가지 않는 꺾인 날개가
바람에 흔들리는 이파리들의 그림자를 쓰다듬고 있다
누군가가 억지로 밀어 넣은 새의 몸을 오래도록 들여다본다
나도 분명 그런 적이 있었을 것이다
어울리지 않았던 것들의 속을 채워보기 위해
아귀가 맞지 않는 열쇠를 한 번 밀어넣어 보듯이
혼자 날아가지도 못할 말들을 해본 적이 있었을 것이다

둥근 머리통을 한참 보다가 눈이 마주친다
이쪽의 눈과 저쪽에 있는 새의 눈이 마주치자,
여태껏 맞아본 적 없는 햇빛이 머리 위로 쏟아진다
머리통이 간지러워져서,
나도 어딘가 머리를 드밀어본 적이 있는 것 같은데

방에서 방으로 옮겨갈 때의 걸음을 생각해보니

나는 언제나 이곳과 저곳의 국경을 넘는 사람인 거 같아

누워있는 사람의 말을 대신 전할 때

구겨진 새의 몸을 손으로 감싸서 누구한테 내밀듯

나도 어떤 말인지 모를 말들을 했던 것 같아

새의 부리가 날 보고 웅얼거리는 것 같아서

내 귀가 어쩌면, 파닥거리다가 날아갈 것 같아서

나무옹이를 나뭇가지로 쑤신다

좀 더 따뜻한 곳으로 들어가라고

삼키지 못할 것들을 밀어넣듯이 밀어넣는다

—김진규 「대화」 (2014년 『한국일보』 당선작)

　당시 심사를 맡았던 정호승, 김정환, 황인숙 시인은 이 작품을 이렇게 표현했다. "김진규는 관찰력이 뛰어난 시인이다. 세심한 관찰로 잡아낸 광경이 감각적인 성찰로 전화(轉化)한다. 아마도 죽음을 아는 게 성년이리라. '비성년' 이미지에서 시작해 '비성년'을 어떻게든 벗어나고자 하는 고통스러운 움직임이 고통스러우리만큼 집요하게 그려져 있다"고.

　나무옹이는 나무의 몸에 박힌 가지의 밑부분을 가리킨다. 단순하게 말하자면 나무의 몸통에서 뻗친 가지가 있던 자리다. 나무의 가지는 광합성을 위해 다른 가지들과 숙명적으로 위로 자라는 경쟁을 하게 되는데, 이 광합성 경쟁에서 뒤처진 가지는 잎이 마르고 가지도 말라 죽게

된다. 이때 죽은 가지의 끝이 살아 있는 나무의 몸통이나 더 큰 줄기에 묻히는 것을 옹이라고 한다. 따라서 옹이는 이미 죽음의 흔적이라고 할 수 있는데 시인은 여기에 죽은 새의 이미지를 덧보태고 있다.

시인은 단순히 자신이 목격한 장면만을 독자들에게 던져주지 않고 이미지를 통해 새로운 시적 국면을 만들어내며 자신의 메시지를 전달하려 한다. 그래서 시인은 누군가 억지로 나무 구멍 안으로 밀어 넣은 죽은 새의 모습을 통해 언젠가 화자가 "아귀가 맞지 않은 열쇠를" 밀어 넣어보았던 기억을 소환해낸다. 이미지는 이렇게 죽은 새와 나무옹이 등 시각적 재생에만 그치는 것이 아니라 그것을 통해 시인이 전달하고자 하는 내면적 실재, 관념이나 정서를 호소력 있게 전달하는 수단으로 활용된다. 비록 이미지는 집요한 관찰과 응시, 묘사를 통해 얻어지지만 시각적 이미지를 뛰어넘어 온몸의 감각을 총동원하여 대상에 자신의 내면을 덧칠하려 한다. 이것이 이미지에 대한 시인의 욕망이 아닐까.

심사위원들이 새가 바라보는 죽음 저편을 성년의 이미지로 보고, 죽음 이편에서 파닥거리거나 옹얼거리는 모습을 미성년의 이미지로 본 배경도 이러한 맥락과 닿아 있다. 시인은 단순히 자신이 목격한 풍경을 구체적 회화의 형태로 만들어내는 것이 아니라 시인 자신만의 통찰과 직관을 통해 독자들이 미처 보지 못했던 대상의 새로운 모습과 의미를 보이게 하는 마술을 부린다. 죽은 새와 눈이 마주쳤다는 진술 역시 마술과 같은 시인의 상상적 이미지이다. 그 찰나는 화자에게 강렬한 이미지로 다가와 "햇빛이 머리 위로 쏟아"지는 것 같고 "머리통이 간지"럽기까지 하다.

이미지를 한마디로 정의하면 감각의 재현이라 할 수 있다, 시인은 시적 장면을 설명하거나 진술하지 않고 사실적 묘사를 통해 감각적으로 그려내곤 한다. 이를테면 "작은 구멍에 다 들어가지 않는 꺾인 날개가/바람에 흔들리는 이파리들의 그림자를 쓰다듬고 있다"는 구절처럼 말이다. 여기서 한걸음 더 나아가 "다물어지지 않는 부리 위를 기어다니는 어두운 벌레들"을 묘사함으로써 죽음의 이미지까지 생생하게 그려낸다. 김진규의 이 작품은 제대로 형상화된 시가 얼마나 개성적이고 진솔한 삶의 국면을 잘 그려내는지를 단적으로 알려준다.

영국의 시인 세실 데이 루이스는 이미지를 언어로 만들어진 그림이라고 했다. 이는 독자의 상상력에 호소하는 방법으로, 시인의 상상력에 의해 그려진 그림이라는 의미다. 좋은 시는 이미지를 통해 생각하는 힘을 기를 수 있는 기회를 제공한다. 시 속에서 시인은 말을 다 하지 않고 다만 이미지를 통해 암시적으로 그려낼 뿐이다. 시인이 당장 눈앞의 사물을 사실적 이미지로 그려냈다고 해도 시인의 내면이 담기지 않으면 그저 평범한 기술에 불과할 뿐이다. 시인의 독창적 상상력을 통해 대상을 재구성하고 새로운 이미지와 의미를 만들어내야 비로소 시적 마술이라고 할 수 있을 것이다. 눈에 보이는 것 너머까지 바라볼 수 있는, 혹은 바라보게 만드는 이미지의 힘이 시인에게는 꼭 필요하다.

풍경의 뉘앙스: 김병호 평론집

초판 1쇄 인쇄 2025년 3월 7일
초판 1쇄 발행 2025년 3월 12일

지은이 | 김병호
발행인 | 강봉자, 김은경

펴낸곳 | (주)문학수첩
주소 | 경기도 파주시 회동길 503-1(문발동 633-4) 출판문화단지
전화 | 031-955-9088(마케팅부) 031-955-9532(편집부)
팩스 | 031-955-9066
등록 | 1991년 11월 27일 제16-482호

홈페이지 | www.moonhak.co.kr
블로그 | blog.naver.com/moonhak91
이메일 | moonhak@moonhak.co.kr

ISBN 979-11-93790-98-4 04810
       978-89-8392-156-7 (세트)

* 파본은 구매처에서 바꾸어 드립니다.